고독한 영혼의 방랑자

칼릴 지브란 자전적 산문소설

고독한
영혼의
방랑자

문지사

이 책을 읽는 분에게

여기에 실린 이야기는 《예언자》가 발표되기 전인 1908년에 완성되었다.

《예언자》로 인해 칼릴 지브란은 그 시대의 으뜸가는 젊은 철학자로, 가장 사랑받는 시인으로 부상되었으며, 그의 언어는 인간의 사고思考를 전달하는 훌륭한 문장이 되었다.

그러나 여기에 실린 이야기들이 발표되었을 때, 당시 25세였던 지브란은 아랍어를 사용하는 몇몇의 애호가들—대개 이스라엘인들 외에는 알려지지 않았다.

이 책은 어떤 점에서 그의 소설 《계곡의 님프들》의 속편이라 할 수 있다. 또 이 책의 내용은 소설 형식으로 되어 있지만, 설교집과 흡사하다. 그의 다른 어떤 책들보다도 대담하고 솔직하며 훨씬 강렬함을 주고 있다.

영혼을 통하여 본 약한 인간들의 실상과 허상을 아름다운 언어로 표현한 그의 목소리는 한줄기 봄볕처럼 우리들의 가슴 속으로 파고들어 불행과 역경을 딛고 일어서는 의지를 심어 줄 것이다.

오늘날 우리의 새 세대에게 성서聖書 다음으로 많이 읽히고 있는 까닭도 실은 여기에 있는 것이다.

옮긴이

아, 젊은 날의 벗들이여!
그대들이 사랑했던 순결한 여인의 이름으로
간절히 호소하노니
내 사랑하는 이의 쓸쓸한 무덤 위에
찬란한 슬픔의 꽃다발을 놓아다오.
그대들이
셀마의 무덤 위에 바친 꽃은
마치 새벽의 눈으로부터
시들은 장미꽃 위로 떨어져 내리는
이슬방울과도 같은 것이 되리라.

이야기를 시작하면서

사랑이 신비로운 빛으로 나의 눈을 뜨게 하고, 그 불타는 손가락으로 내 영혼을 처음으로 건드렸을 때, 그 무렵의 나는 열여덟 살이었다.

그리고 셀마 카라미는 그녀만이 갖고 있는 천성의 아름다움으로 내 영혼을 눈뜨게 해 주었는데, 그녀는 내 인생의 슬픔을 숭고한 사랑의 정원으로 이끌고 간 첫 여인이었다. 그곳에서의 한낮은 꿈처럼 흐르고 밤은 결혼식과도 같았다.

셀마 카라미는 그녀 자신의 특이한 아름다움을 본보기로 하여, 나에게 아름다움을 숭배하도록 가르쳐 준 여인이 있으며, 그녀의 사랑으로서 그 비밀을 계시해 준 여인이었다. 그녀야말로 참된 삶의 시를 나에게 처음으로 노래해 준 여인이었다.

젊은이라면, 누구나 자기의 첫사랑을 기억하고 있으며, 또한 그의 가장 깊은 마음속의 감정을 변모시키고, 그 신비로움이 가져다준 온갖 고뇌에도 불구하고, 전 생애를 통해 그토록 행복에 떨게 한 첫사랑의 추억을 되찾으려고 안타깝게 애쓴다.

모든 젊은이에게는 누구나 인생의 봄이 불현듯 그의 앞에 나타나 고독을 행복의 순간으로 바꾸어 놓고, 그리하여 밤의 침묵을 음악으로 가득 채우는 셀마와 같은 여인이 있게 마련이다.

셀마의 입술을 통해 나의 귀에 속삭여진 '사랑'이란 말을 들었을 때, 비로소 나는 자연의 의미와 사색과 명상에 깊이 빠져들었으며,

온갖 종류의 책과 성경의 계시를 이해하려고 애썼다.

　마치 셀마가 내 앞에 빛의 기둥인 양 서 있는 것을 보았을 때, 나의 삶은 낙원에서의 아담의 삶과도 같이 텅 빈 혼수상태였다. 그리고, 그녀는 나의 이러한 공허를 비밀과 경이로 가득 채워 나로 하여금 인생의 의미를 이해하게 해 준 내 마음의 이브였다.

　최초의 이브는 자기 자신의 의지로써 아담을 낙원 밖으로 끌어냈지만, 셀마는 그만의 부드러움과 지순한 사랑을 가지고 나를 미덕의 정원으로 들어가게 해 주었다.

　하지만 아담에게 일어났던 일이 나에게도 일어났으니, 내가 어떤 명령에도 거역한 일이 없고 또 금단의 열매를 맛보지도 않았건만, 그 번쩍이는 칼날은 나를 공포에 떨게 하여 마침내 사랑의 낙원으로부터 나를 강제로 추방한 것이다.

　지금, 그 아름다운 꿈이 남겨 준 것은 아무것도 없다.

　이제는 오랜 세월이 바람처럼 지나가고 내 주위에서 보이지 않는 날개처럼 파닥이며, 내 가슴 깊은 곳을 슬픔으로 가득 채워 두 눈에 눈물짓게 하는 쓰라린 추억 외에는 그리고, 내 사랑하는 아름다운 셀마는 죽고 없으며, 비탄에 잠긴 나의 가슴과 사이프러스 나무로 둘러싸인 그녀의 무덤 이외는 그녀를 기념할 것이라곤 아무것도 남아 있지 않다.

　오직 저 무덤과 이 가슴만이 셀마에 관한 증거로 남아 있을 뿐이다.

　지금은 무덤을 지키는 고요로 하여 어두운 관 속에 깃든 하나님의 비밀을 밝혀내지 않으며, 나무 뿌리가 육신의 원소를 빨아올릴 때 나뭇가지들의 살랑거림은 무덤의 신비를 말하지 않는다.

　그러나, 내 가슴의 괴로운 한숨은 사랑의 아름다움과 죽음이 펼쳐 놓는 연극을 살아 있는 사람들에게 알릴 뿐이다.

　아! 베이루트 시에 흩어져 있는 내 젊은 날의 친구들이여! 그대들은 소나무 숲 근처에 있는 공동묘지를 지날 때면, 부디 조용히 안으로 들어가서 발자국 소리조차 죽은 자의 깊은 잠을 방해하지 않도록 천천히 걸어가다오. 그리하여 셀마의 무덤 앞에 공손히 엎드려 그녀의 시체를 에워싸고 있는 흙에 인사하고, 깊은 한숨과 더불어 나의 이름을 전해 주기 바란다.

　'저 멀리 바다 건너 사랑의 죄수가 되어 살고 있는 지브란의 모든 희망이 이곳에 묻혀 있다. 바로 이 장소에서 그는 행복을 잃어버렸고, 눈물을 남김없이 흘려버렸으며, 영원히 미소를 잃어버렸노라고 말이다.'

　지브란의 슬픔은 그 무덤 가에 서 있는 사이프러스 나무들과 함께 자라고 있고, 또한 그의 영혼은 그 무덤 위에서 매일 밤 슬픈 소리로 나뭇가지와 어울려 셀마의 떠남을 애도하면서, 어제는 인생의 입술에서 울리는 아름다운 노랫가락이었으나, 오늘은 대지의 품속에 파묻힌 셀마의 비밀을, 그녀를 추모하면서 밤마다 떠돌고 있다.

아, 젊은 날의 벗들이여! 그대들이 사랑했던 순결한 여인의 이름으로 간절히 호소하노니, 내 사랑하는 이의 쓸쓸한 무덤 위에 꽃다발을 놓아다오. 그대들이 셀마의 무덤 위에 놓는 꽃은 마치 새벽의 눈으로부터 시들은 장미꽃 위에 떨어져 내리는 이슬방울과도 같은 것이 되리라.

— 칼린 지브란

목차

첫 번째 이야기

부러진 날개

I —— 조용한 슬픔

나의 벗들이여!

그대들은 젊은 날의 여명을 기쁜 마음으로 기억하고, 그 청춘이 지나감을 슬퍼한다. 그러나 나는 내 지난 청춘의 나날을 감옥의 창살과 수갑을 생각해 내는 죄수인 양 기억하고 있다.

그대들은 유년기와 청년기 사이의 시절을 속박과 보호로부터 벗어난 황금의 시기라고 말하지만, 그러나 나는 이 시기를 하나의 씨앗이 내 마음 밭에 떨어져서 마침내, 사랑으로 찾아와 가슴의 문을 열고 그 깊은 구석을 비추어 줄 때 비로소 지식과 지혜의 세계로 향하는 출구를 발견할 수 있었던 조용한 슬픔의 시기라고 부르고 있다.

이렇듯 사랑은 나에게 말하는 힘과 눈물을 주었던 것이다.

그대들은 자신들의 사랑놀이를 목격하고, 순결한 속삭임을 엿들었던 정원이며 과수원, 그리고 밀회 장소와 어두운 골목길을 기억하고 있을 것이다.

나 역시 북 레바논의 아름다운 고장을 기억한다. 눈을 감으면 언제나 신비와 위엄으로 가득 찬 계곡이며, 마치 하늘에 닿으려는 듯 영광과 장엄함으로 뒤덮인 산들을 본다. 그리고 도시의 소음이 내 귀를 막을 때마다, 나는 언제나 시냇물의 속삭임과 나뭇가지의 살랑거리는 소리를 듣는다.

내가 지금 말하고 있는 이 모든 아름다움은—그리고 어린 아이가 어머니의 가슴을 그리워하듯, 내가 그것을 간절히 보고 싶어 갈망하는 데도 내 영혼에 상처를 입혀 광활한 하늘에서 자유로이 날아다니고 있는 매처럼 청춘의 암흑 속에 감금되어 있다.

그들 계곡과 골짜기는 나의 상상력에 불을 질렀지만, 그보다 더욱 쓰라린 상념은 내 가슴에 절망의 그물을 짰다.

들판에 나갈 때마다 나는 알 수 없는 실망에 싸인 채 돌아왔다. 그럴 때면 실망의 원인이 무엇인지 알지 못했다.

잿빛 하늘을 바라볼 때마다 언제나 나는 마음이 어두워지는 것을 느꼈다. 새들의 지저귐과 샘물의 속삭임에 귀 기울일 때마다 나는 괴로움의 이유도 알지 못하면서 홀로 괴로워했던 것이다.

순수함은 사람을 공허하게 만들고, 그 공허함은 사람을 한가롭게 만든다고 한다. 이 말은 죽은 자로 태어나 얼어붙은 시체처럼 살아가는 사람들에게는 진실일지 모른다.

그러나, 느끼는 것이 많고 아는 것이 거의 없다시피 한 감수성이 예민한 소년은 태양 아래에서 가장 불행한 신의 피조물이다. 왜냐하면, 그는 두 개의 힘에 의해서 갈기갈기 찢겨지기 때문이다.

첫 번째 힘은 그를 높은 이상으로 끌어올려 몽상의 구름을 통해 삶의 아름다움을 그에게 보여주지만, 두 번째 힘은 그를 지상에 묶어두어 그의 두 눈을 먼지로 가득 채우고 공포와 암흑으로 그를 억누른다.

고독은 비단 같은 고운 손을 가지고 있지만, 그 거센 손가락으로 가슴을 움켜잡기 때문에 작은 가슴은 슬픔으로 고통스러워한다. 고독은 지순한 영혼의 반려자일 뿐만 아니라 슬픔의 동반자이기도 하다.

슬픔에 시달림을 받는 소년의 어린 영혼은 지금 막 꽃잎이 벙그는 흰 백합과 같다. 그것은 미풍에 떨며 새벽이 오면 가슴을 열고, 밤의 그림자가 찾아오면 그 잎을 뒤로 접는다.

만일, 그 소년이 오락이나 친구, 또는 놀이 상대를 갖지 않았다면, 그의 삶은 거미줄만 눈에 뜨이고 곤충들이 기어 다니는 소리밖에 들리지 않는 좁은 감옥처럼 될 것이다.

젊은 날, 나를 사로잡았던 그 슬픔은 오락거리가 없었기 때문에 생긴 것은 아니었다. 또한, 친구가 모자라서 그런 것도 아니었다. 왜냐하면, 나는 언제나 친구를 만날 수 있었으니까.

그러한 슬픔은, 나로 하여금 고독을 사랑하게 만든 마음속의 병에 의해 생겨난 것이었다. 슬픔은 나의 내부에서 놀이나 오락에 대한 취미를 빼앗아 버렸다. 또 슬픔은 내 어깨에서 청춘의 날개를 잘라 버렸고, 그리하여 나를 계곡 사이에 놓인 호수처럼 만들었다.

그러나, 그 고요한 수면에 영혼의 그림자와 여러 빛깔의 구름과 나무를 투영시키지만, 지줄거리며 바다로 흘러가는 출구를 발견할 수는 없었다.

　　이것이 바로 열여덟 살이 되기까지의 내 삶이었다. 그리고 열여덟 살이 된 그해는, 내 인생의 분수령과도 흡사했다.

　　왜냐하면, 비로소 나는 사물을 판단하고 깨달음에 눈을 떴고, 인생의 태어남과 몰락을 이해하게 되었기 때문이다.

　　바로 그해에 나는 다시 태어났으며, 만일 한 인간이 다시 태어나지 않는다면, 그의 삶은 마치 생존이란 책에서 한 장의 백지와 같은 여백으로 남을 것이다.

　　바로 그해에, 나는 한 아름다운 여성의 눈을 통해 나를 바라보는 천상의 천사를 보았다. 또한, 나는 악한 사나이의 가슴에서 미친 듯이 날뛰는 지옥의 악마들도 보았던 것이다.

　　삶의 아름다움과 악의를 통해 천사와 악마를 보지 못한 사람은 지식으로부터 아주 멀어질 것이며, 그의 영혼은 사랑이 고갈된 빈 잔과 같을 것이다.

Ⅱ —— 운명의 손

　　그렇듯 황홀한 그해의 봄에, 나는 베이루트에 있었다. 정원에는 4월의 꽃들이 가득 피어 있었고, 대지는 온통 녹색의 풀밭으로 펼쳐져 있어, 이 모든 것은 천국으로부터 예고된 대지의 비밀인 듯했다.

　　우리의 상상력을 자극하고, 시인에게 영감을 주기 위해 자연이 보낸 천상의 아름다운 어린 소년이나 신부新婦와도 같은 모습을 한 오렌지나무와 사과나무들은 향기 그윽한 백의白衣의 꽃을 입고 있었다.

　　봄은 어느 곳에서나 모두 아름답지만, 특히 레바논에서의 봄은 더욱 아름답다. 봄은 대지를 떠돌아다니는 하나의 정령이기도 하지만, 제왕과 예언자와 더불어 얘기를 나누며 바람과 추억인 '레바논의 성스러운 삼나무 전설'을 되뇌이면서 레바논의 하늘 위를 방황하고 있다.

　　겨울의 진흙과 여름의 먼지가 깨끗하게 씻긴 베이루트는 봄날의 신부와도 같으며, 또 그것은 시냇가에 앉아 매끈한 피부에 묻은 물기를 태양 빛에 말리는 한 마리의 인어와도 같았다.

4월 어느 날, 나는 이 아름다운 도시로부터 떨어진 곳에서 살고 있는 친구의 집을 방문했다. 우리가 얘기를 나누고 있을 때, 65세가량 되어 보이는 점잖은 노인 한 분이 집 안으로 들어왔다.

내가 그에게 인사하기 위해 자리에서 일어서려니까, 내 친구는 그 노인을 페리스 에판디 카라미라고 소개하고 나서 내 이름을 칭찬이 섞인 말로 소개했다.

노인은 마치 기억을 되살리려고 애쓰는 것처럼 손끝을 이마에 댄 채 잠시 나를 바라보는 것이었다.

이윽고 그는 미소 지으며 나에게로 다가오면서 말했다.

"자네는 바로 내 절친한 친구의 아들이로군. 이제 자네에게서 그 친구의 옛 모습을 보니, 정말 기쁜 일일세."

그의 말에 몹시 감격하여 애정을 느낀 나는, 흡사 폭풍우가 몰아치기 전에 본능적으로 자기의 둥지로 돌아가는 새와도 같이 그에게 끌렸다.

우리가 자리에 앉자, 그는 내 아버지와 함께 보낸 시절을 회상하면서, 지난날의 우정에 관해 얘기해 주었다.

노인이란, 고국으로 돌아가고 싶은 이방인처럼 추억에 잠겨 젊은 날로 돌아가기를 좋아한다.

그는 마치 자기의 가장 훌륭한 시를 낭독하기를 즐기는 시인과 같이 지난날의 이야기를 들려주는 것을 기쁨으로 여겼다. 그는 정신적으로 과거 속에 머물러 살고 있었다.

왜냐하면, 현재란 너무나 빨리 지나가고 게다가 미래는 그에게 무덤의 망각으로 차츰 가까워지는 것으로 느껴지기 때문이었다.

추억으로 가득 찬 시간은 풀 위에 비치는 나무의 그림자처럼 지나갔다. 페리스 에판디 노인은 떠날 때, 내 어깨에다 왼손을 얹고 오른손을 잡아 흔들면서 말하는 것이었다.

"자네 아버지를 못 본 지도 20년이 되었네. 자네가 아버지를 대신해서 우리 집에 자주 찾아 주기를 바라네."

나는 감사한 마음으로 내 아버지의 절친한 친구분에게 최선을 다하겠노라고 굳은 약속을 했다.

노인이 떠나자, 나는 그에 대해 좀 더 많은 얘기를 해 달라고 친구에게 부탁했다. 그러자 그가 말했다.

"페리스 에판디는 부유함을 지닌 선량한 노인이지만, 선량함이 부유하게 한 건, 이 베이루트에서 그분 말고는 본 적이 없지. 그래서 어느 누구에게도 해를 끼치지 않고 세상을 떠날 그런 분이야. 그분에게는 따님이 하나 있는데, 품성이 아버지를 닮았고, 그녀의 아름다움과 우아함은 이루 형용할 수 없을 정도야. 그래서 어쩌면 불행해질지도 몰라. 왜냐하면, 그녀의 부친이 부유하다는 사실 때문에 그녀를 끔찍한 낭떠러지 끝에 세워놓고 있기 때문이지."

그가 말하는 동안, 나는 그의 얼굴빛이 흐려지는 것을 놓치지 않고 보았다. 다시 그가 말을 계속했다.

"그분은 고귀한 마음을 지닌 착한 노인이지만, 큰 결점은 의지력이 약하다는 걸세. 사람들은 그가 마치 장님이나 되는 양

그를 마음대로 흔들고 있지. 그분의 따님은, 자기의 자부심이
나 뛰어난 지성을 지니고 있으면서도 부친에게 맹목적으로 순
종하고 있는데, 이것은 그들 생활 속에 숨겨져 있는 비밀이거
든. 그런데 이 비밀을 한 사악한 인간이 발견했다네. 그는 주교
主敎로서 복음의 그늘 속에 자기의 사악함을 교묘하게 감추고
있는 자이지. 그는 종교를 숭상하는 이 나라의 종교 지도자
중의 한 사람일세. 사람들은 무조건 그의 말에 복종하고 그를
숭배하고 따르도록 종용하고 있다네. 그는 흡사 도살장으로
끌려가는 양 떼처럼 사람들을 인도하고 있지. 바로 이 주교에
게 증오에 가득 차고 타락에 빠져 헤어나지 못하고 있는 조카
가 하나 있는데, 얼마 후에는 오른편에 이러한 자기 조카를 앉
히고, 왼편에 페리스 에판디의 따님을 앉힐 계획이지. 그리하여
그는 사악한 손으로 결혼 꽃다발을 걸어 주고는 순결한 처녀
를 더러운 방탕아와 결합시킬 작정이지. 이것은 대낮의 마음을
밤의 가슴에 내맡겨 주는 격일세. 페리스 에판디와 그의 따님
에 관해, 내가 자네에게 들려줄 수 있는 이야기란 이것이 전부
라네. 그러니 더 이상 내게 묻지 말아 주겠나."

　이렇게 말하면서 그는 창문 쪽으로 고개를 돌렸는데, 그것
은 마치 우주의 아름다움이 침잠함으로써 인간 존재의 문제를
해결해 보려는 듯한 모습이었다.

　나는 친구의 집을 떠나면서 페리스 에판디와 한 약속을 지키
기 위해, 또 그분과 내 아버지와의 우정을 생각해서, 며칠 안에
그분의 집을 방문할 예정이라고 말했다.

　그는 얼마 동안 나를 응시했는데, 그때 나는 내 단순한 몇

마디의 말이 그에게 새로운 생각을 계시해 준 것처럼 그의 표정이 변하는 것을 눈치챘던 것이다. 이상스러운 시선으로 나를 바라보는 것이었다.

그것은 사랑과 자비와 공포의 시선으로 어느 누구도 예측할 수 없는 것을 예견하는 예언자의 표정, 바로 그것이었다.

이윽고, 그의 입술이 약간 떨렸으나 내가 문 쪽을 향해 한 걸음 떼어놓자, 그는 아무 말도 하지 않았다.

그 비밀을 간직한 듯한 표정은 줄곧 내 뒤를 따라다녔으며, 그 의미를 나는 어른이 되어서야 직관적으로 이해하게 되었고, 영혼이 지식과 더불어 성숙되는 경험의 세계로 들어갔을 때에야 비로소 깨달을 수 있었던 것이다.

Ⅲ── 성소聖所의 문

　며칠 동안, 나는 고독에 사로잡혀 있었고 갖가지 책들의 엄격한 표지에 그만 질려 버렸다. 그래서, 나는 마차를 한 대 세내어 타고, 페리스 에판디 씨의 집을 향해 출발했다.

　사람들이 즐겨 찾는 소나무 숲에 이르자, 마부는 길 양편에 늘어선 버드나무의 그늘로 이어진 사설 도로로 마차를 몰았다. 그 길을 빠져나가자마자, 우리는 녹색의 풀밭과 포도나무, 그리고 이제 막 피어나기 시작한 4월의 꽃들과 만났다.

　얼마 후에 마차는 아름다운 정원 한가운데 자리 잡고 있는 한적한 집 앞에 멈춰 섰다. 장미와 치자 그리고, 자스민 향이 대기 속에 가득 차 있었다.

　내가 마차에서 내려 넓은 정원으로 걸음을 옮기자, 바로 앞쪽에서 페리스 에판디가 마중 나오고 있었다. 그는 진심으로 나를 환영하면서 집안으로 안내하여 오랜만에 아들을 만나는 행복한 아버지처럼 나를 바로 자기 옆자리에 앉히는 것이었다.

그런 다음 나의 생활과 장래 문제와 교육에 대한 질문을 쉴 사이 없이 퍼부었다. 나는 야심과 열정에 가득 찬 목소리로 그의 물음에 대답했다.

왜냐하면, 나는 내 귀에서 영광의 찬가가 들려오는 것을 들었으며, 또 희망에 부푼 꿈의 고요한 바다를 항해하고 있었기 때문이다.

바로 그때, 화려한 흰 비단 가운을 걸친 아름다운 젊은 여성이 비로드 커튼을 친 문 뒤에서 나타나 우리를 향해 걸어왔다.

페리스 에판디와 나는 자리에서 일어났다.

"내 딸 셀마라네."

하고, 그 노인은 다정하게 말했다. 그러고 나서 그는 나를 그녀에게 소개했다.

"운명은 내 절친한 옛 친구를 그의 아들의 모습으로 나에게 되돌려 주었구나."

셀마는 마치 손님이 어떤 일로 자기 집을 방문하게 되었는가를 의심이나 하는 것처럼 잠시, 나를 뚫어지게 바라보았다.

내가 그녀의 손을 잡았을 때, 그 손은 마치 흰 백합과 같았으며, 야릇한 아픔이 내 가슴에 전해져 왔다.

우리는 셀마가 무언의 경의를 표할 만한 심령을 방 안으로 데려오거나 한 것처럼, 모두 말없이 앉아 있었다. 그녀는 너무 긴 침묵을 의식했는지 나에게 미소를 보내면서 말했다.

"저의 아버님은 젊은 날 당신 아버님과 함께 보내신 옛날 이야기를 여러 번 되풀이해서 저에게 들려주셨어요. 만일 당신 아버님께서도 그와 같은 얘기를 하셨다면, 오늘 이 자리의 만남은 처음 있는 자리가 아닌 셈이죠."

노인은 자기 딸이 이렇게 말하자, 매우 흡족해하며 말했다.

"셀마는 몹시 감상적이지, 이 애는 모든 것을 영혼의 눈을 통해 보고 있어."

그리고는 마치 그를 추억의 날개에 태우고, 과거의 시절로 데리고 가는 마법의 매력을 나에게서 발견이나 한 것처럼 조심스럽고도 재치 있게 얘기를 다시 시작했다.

내가 나 자신의 만년을 몽상하면서, 그를 생각하고 있노라니, 그는 마치 폭풍우 속을 굳건히 견뎌 온 우뚝 솟은 고목처럼, 또 새벽의 미풍에 흔들리는 어린나무 위에 그림자를 드리우는 햇살처럼 나를 바라보았다.

하지만, 그녀는 계속해서 침묵하고 있었다. 이따금 그녀는 인생 드라마의 첫 장과 마지막 장을 읽는 것처럼 처음에는 나를, 그리고 다음에는 그녀의 아버지를 차례로 바라보는 것이었다.

그 정원에서의 한낮은 재빨리 지나가, 나는 창문을 통해서 희미한 금빛의 저녁노을이 레바논의 산에 입 맞추는 아련한 풍경을 보게 되었다.

페리스 에판디는 계속해서 그의 경험담을 들려주었으며, 나 또한 기쁜 마음으로 귀를 기울이면서 너무도 열정을 가지고 그에게 관심을 쏟았기 때문에, 그의 슬픔은 행복으로 바뀌었다.

셀마는 아무 말도 하지 않고 슬픈 눈길로 우리를 바라보며 창가에 앉아 있었다. 그러나, 그녀의 아름다움은 혀와 입술이 내는 소리보다 더 숭고한 고유한 언어를 가지고 있었다.

그 아름다움은 모든 인간에 공통되는 무한한 언어이며, 지줄대는 작은 시냇물을 자기의 심연으로 끌어들여서 침묵하게 만드는 잔잔한 호수인 것이다.

이렇듯 우리의 영혼만이 아름다움을 이해할 수 있으며, 또한 아름다움과 더불어 살며 성숙할 수 있다. 때로 아름다움은 우리의 마음을 당황하게 하여 어떠한 말로도 그것을 표현할 수 없다. 아름다움이란 우리의 눈으로 볼 수 없는 느낌이며, 그것은 깨달은 자와 존경받는 자에게서 우러나는 것이기 때문이다. 참된 아름다움이란 지극히 성스러운 영혼에서 솟아나는 한 줄기 빛이며, 그것은 육신에 빛을 던져 준다.

이것은 마치 대지의 깊은 곳에서 솟아나는 생기가 한 송이 꽃에게 온갖 빛깔과 향기를 주는 생명과도 같다.

참된 아름다움은 한 남자와 한 여자 사이에 존재할 수 있는, 사랑이라는 영혼의 합일 속에 깃들어 있는 것이다.

나의 영혼과 셀마의 영혼은 우리가 만난 바로 그 시각부터 서로의 손을 잡고 서로의 마음에 도달한 것일까? 그러한 동경은 내가 그녀를 태양 아래 가장 아름다운 여인으로 보이게 만든 것인가? 아니면, 나는 결코 존재한 일이 없는 대상을 멋대로 떠올리게 하는 청춘의 독한 술에 취해 있는 것인가?

나의 청춘은 내가 태어날 때부터 지니고 있는 두 눈을 멀게 하여 그녀의 눈의 빛남과 입술의 감미로움, 자태의 우아함을 상상하게 만든 것인가?

아니면, 내 눈을 열어 사랑의 행복과 슬픔을 보여준 것은,

바로 그녀의 빛과 감미로움과 우아함이었단 말인가?

이 같은 물음에 답하기란 어려운 것이다. 하지만 나는 진심으로 일찍이 느껴 본 적이 없는 감동을 맛보았으며, 천지창조의 물결 위에 떠도는 영혼과 같이, 내 가슴에 고요히 깃드는 새로운 연민의 정을 느꼈다. 그리하여 바로 그 연민의 정으로부터 나의 행복과 나의 슬픔이 태어났던 것이다.

이와같이 셀마와의 첫 상면의 시간은 끝났고, 또한 이렇게해서 신의 의지는 청춘과 고독의 속박에서 나를 해방시켜 주었으며, 나로 하여금 사랑의 길을 걸어가도록 만들어 주었다.

사랑만이 이 세상에서 우리가 가질 수 있는 유일한 자유이다. 왜냐하면, 사랑은 영혼을 너무나 고양시켜 인간의 법률이나 자연 현상마저도 그 진로를 바꾸지 못하기 때문이다.

내가 자리에서 일어나 곧 떠나려고 하자, 페리스 에판디는 내게 가까이 다가와서 부드럽게 말했다.

"자네는 내 아들이나 마찬가지야. 이제 자넨 이 집에 오는 길도 알았으니, 자네 아버지의 집에 온다는 기분으로 자주 들려주어야 해. 나를 아버지로 셀마를 누이로 생각하게. 알겠지?"

이렇게 말하면서 그는 자기의 말에 대한 확인이라도 구하려는 듯이 셀마를 돌아다보았다. 그러자 그녀는 확고한 표정으로 고개를 고덕이고 나서 오랜 친구를 만난 사람처럼 나를 바라보았다.

페리스 에판디 카라미의 입에서 흘러나온 말들은 나를 그의 딸과 함께 사랑의 제단 위에 나란히 세워주었다. 그 말들은 환희로 시작해서 비애로 끝나는 천국의 노래였고, 또 그것은 우리의 영혼을 빛과 타오르는 불꽃의 왕국까지 치솟게 해 주었으며, 그와 더불어 행복과 고통을 함께 마시게 한 술잔이었다.

이윽고 나는 그 집을 떠났다. 페리스 에판디는 정원의 끝까지 나를 배웅해 주었으며, 그동안 내 가슴은 목마른 사나이의 떨리는 입술처럼 격렬하게 뛰고 있었다.

IV ── 불꽃의 향기

4월〔니신달〕은 서서히 그러나, 빨리 지나갔다. 나는 페리스
에판디의 집을 계속 방문했으며, 그 아름다운 정원에서 셸마를
만나, 그녀의 아름다움을 바라보고, 그녀의 지성에 탄성을 올
리며 슬픔에 찬 침묵에 귀를 기울였다. 나는 그녀에게로 보이
지 않는 손이 나를 이끌어 가는 것을 느꼈다.

방문 때마다, 나는 그녀의 아름다움에서 새로운 의미를 발
견했으며, 그녀의 감미로운 영혼을 통하여 새로운 것을 통찰했
다.

마침내 그녀가, 그 한 페이지 한 페이지를 이해하고, 그 한
귀절 한 귀절을 내가 노래 부를 수 있는 한 권의 책이 되었을 때
까지, 그러나 나는 결코 그 책을 끝까지 읽을 수 없었다.

신이 아름다운 영혼과 육체를 마련해 준 여인은, 드러나 있
는 그러나 숨겨져 있는 하나의 진리이다. 그러므로 우리는 그
진리를 사랑에 의해서만 이해할 수 있고, 미덕에 의해서만 만져

볼 수 있는 것이다. 그리고 우리가 그러한 여인을 묘사하고자
하면, 그 여인은 안개처럼 사라져 버리고 마는 것이다.

셀마 카라미는 영혼의 아름다움과 육신의 아름다움을 모두
지니고 있었다. 하지만, 그녀를 한 번도 본 일이 없는 사람에게
어떻게 내가 그녀를 묘사해 줄 수 있겠는가?

죽은 자가 어찌 나이팅게일의 노래와 장미의 향기, 냇물의
한숨을 기억할 수 있겠는가. 무거운 족쇄를 찬 죄수가 어떻게
새벽의 미풍을 따라갈 수 있겠는가? 침묵은 죽음보다 더욱 고
통스러운 것이 아니란 말인가.

내가 빛나는 색채로 셀마를 성실하게 그릴 수 없다 해서, 나
의 자존심이 그녀를 평범한 말들로 묘사하는 것을 허락하지
않는다는 말인가?

사막에서 굶주린 사람은 하나님이 그에게 만나^{manna. 성서에 나}
^{오는 기적의 음식}와 메추라기를 내려주지 않는 한, 말라빠진 빵일지
라도 사양하지 않을 것이다.

흰 빛깔의 비단옷을 입고 있는 셀마의 모습은 창문으로 스
며드는 달빛처럼 아련했다. 그녀의 걸음걸이는 우아하고 율동
적이었으며, 목소리는 나지막하고 부드러웠다. 또한, 그녀의
말은 바람이 살랑거릴 때 꽃잎에서 떨어지는 이슬방울처럼 흘
러 나왔다.

그러나 셀마의 얼굴이란, 처음에는 마음속의 격렬한 고뇌를
반영하고, 그다음에 천국의 환희를 그대로 비추는 듯한 표정
은 어떠한 말로도 묘사할 수 없는 것이었다.

셀마의 얼굴이 지닌 아름다움은 고전적인 것은 아니었다.

그것은 화가의 붓이나 조각가의 끌로는 측정할 수 없고 속박할 수 없는, 모사模寫할 수 없는 꿈의 계시와도 같았다.

이렇듯 셀마의 아름다움은 그녀의 금발에 있는 것이 아니라 그것을 둘러싸고 있는 순결에 있었으며, 아름다움은 그녀의 커다란 눈에 있지 않고, 그 눈에서 발산되는 빛에 있었다.

또한 그녀의 아름다움은 붉은 입술이 아니라 그 입술에서 흘러나오는 감미로운 말에 있었으며, 그녀의 상앗빛 이목구비가 아니라, 앞으로 다소곳이 숙인 고갯짓에 있었다.

그리고, 그녀의 아름다움은 완전한 자태에 있는 것이 아니라 하늘과 땅 사이에서 희게 타오르는 횃불 같은 고귀한 영혼 속에 있었다. 또한 그녀의 아름다움은 시詩의 선물과도 같았다. 하지만 시인이란 불행한 사람으로 그들의 영혼이 아무리 고귀한 곳에 이른다고 하더라도 여전히 눈물의 봉지 속에 갇혀 있기 때문이다.

셀마는 많은 말을 한다기보다는 오히려 깊은 명상에 잠기는 편이었다. 그리고, 그녀의 침묵은 우리를 꿈의 세계로 인도하여 가서 자기 심장의 고동 소리에 귀를 기울이게 하며, 우리 앞에 서서 두 줄기 시선으로 우리를 바라보는 생각과 감정의 영혼을 떠올리게 하는 음악과 같은 것이었다.

셀마는 평생 동안을 깊은 슬픔의 외투를 입고 있었으며, 그것은 꽃이 만발한 나무가 새벽안개 속에서 더욱 아름다운 것처럼, 그녀의 신비한 아름다움과 기품을 더욱 돋보이게 해 주었다.

우리가 상대방의 얼굴에서 서로의 심장이 느끼는 것을 읽고 있는 것처럼, 숨겨진 목소리의 메아리를 듣기라도 하는 것처럼 슬픔은 그녀의 영혼과 나의 영혼을 단단한 고리처럼 이어 주었다.

하나님은 두 개의 육신을 하나로 만들어 주었으며, 이별은 곧 고통으로 남을 수밖에 없었다.

슬픔에 잠긴 영혼은 자기와 닮은 영혼과 결합할 때, 비로소 안식처를 얻는다. 그것은 이방인이 낯선 이국땅에서 같은 조국의 사람을 만날 때 기운이 북돋아지는 것처럼 애정을 다해 결합한다.

슬픔을 매개로 해서 결합되는 가슴은, 행복이란 영광에 의해서 분리되지 않을 것이며, 눈물에 의해 씻겨진 사랑은 영원히 순결하고 아름다운 것으로 남을 것이다.

V — 폭풍

어느 날, 페리스 에판디는 나를 저녁 식사에 초대했다. 나는 쾌히 승낙했다.

이때, 나의 영혼은 신이 셀마의 손에 쥐어준 성스러운 빵, 우리가 그것을 먹으면 먹을수록 더욱더 갈망하게 되는 영혼의 빵에 굶주리고 있었던 것이다.

아라비아의 시인 카이스와 단테, 사포가 맛보았고, 그들의 가슴을 불붙게 했던 것도 바로 이 빵이었던 것이다. 그것은 여신이 키스의 달콤함과 눈물의 쓰라림을 함께 마련해 준 그 빵이었다.

페리스 에판디의 집에 도착하자, 나는 나무에 머리를 가린 채 정원의 벤치에 앉아 있는 그녀를 보았다. 그녀는 흡사 흰 비단 면사포를 쓰고 있는 신부인 양 혹은, 그곳을 지키는 파수병 같기도 했다.

나는 말 없이, 그리고 경건하게 그녀에게로 다가가서 그 곁에 앉았다. 나는 어떠한 말도 할 수가 없었다. 그리하여 나는 가슴의 유일한 언어인 침묵에 호소할 수밖에 없었지만, 셀마가 나의 무언無言의 말에 귀를 기울이고, 내 눈에 깃든 영혼의 그림자를 지켜보고 있다고 느꼈던 것이다.

잠시 후에 에판디가 집 안에서 나와 언제나 마찬가지로 나를 반겨 주었다. 그가 나에게 손을 내밀었을 때, 나는 흡사 그 동작이 나와 그의 딸을 결합시킨 비밀을 축복하고 있는 듯한 느낌을 받았다.

이윽고 그가 말했다.

"저녁 준비가 됐다. 애들아, 어서 가서 먹자."

우리는 일어나서 그의 뒤를 따라갔다. 셀마의 두 눈은 빛나 있었다. 왜냐하면, 그녀의 아버지가 우리를 '애들아!'하고 불러 줌으로써 그녀의 사랑에 또 하나의 새로운 감정이 어울렸기 때문이다.

우리는 식탁에 앉아 식사를 하면서 오래된 포도주를 즐겼다. 하지만, 우리들의 생각은 아득히 먼 곳에서 떠돌고 있었다. 그것은 우리의 미래에 가져다줄 예측할 수 없는 고통에 대해서 생각하고 있었던 것이다.

이렇듯 우리 세 사람은 서로 분리된 생각 속에 있었으나 사랑으로 결합하고 있었다.

감정은 풍부하나 지식은 빈약한 천진무구한 세 사람, 즉 자기 딸을 지극히 사랑하는 한 노인과 불안스럽게 미래를 생각하는 스무 살 난 한 젊은 처녀, 그리고 삶의 포도주는 물론, 인성의 식초조차 맛보지 못한 채 꿈꾸고 방황하면서 사랑과 지식의 절정에 도달하려고 애쓰지만, 자기 자신을 고양시킬 수 없는 한 젊은이에 의해 한 편의 연극이 공연되고 있었던 것이다.

우리 세 사람은 황혼의 노을빛을 받으며 앉아서 하늘의 눈이 지켜보는 가운데, 한적한 저택에서 음식을 먹고 마시고 있었으나, 우리 앞에 놓인 잔 밑바닥에는 숨겨진 고통과 번민이 깔려있었다.

우리가 식사를 끝마쳤을 때, 하녀가 들어와서 주인을 만나자고 하는 사람이 현관에 와 있음을 알려주는 것이었다.

"누구지?"

노인이 물었다.

"주교님의 심부름꾼입니다."

하녀가 대답했다.

잠시 어두운 침묵이 흘렀다. 그런 사이 페리스 에판디는 천국의 비밀을 알아내고자 하늘을 우러러보는 예언자와 같이 자기 딸을 조용히 응시했다. 그러고 나서 그는 결심한 듯 하녀에게 말했다.

"그 사람을 들여보내."

하녀가 나가자, 동양식 복장을 하고 곱슬곱슬한 턱수염이 덥수룩한 한 남자가 들어와서 정중히 노인에게 인사를 했다.

"주교님께서 손수 마차를 보내서 노인장을 모셔 오라는 분부십니다. 노인장과 더불어 중대한 일을 의논하고 싶다고 말씀하셨습니다."

그러자 페리스 에판디의 얼굴이 흐려졌고, 그의 미소는 사라졌다. 한순간 깊은 생각에 잠긴 후, 그는 내 곁으로 와서 정다운 목소리로 말했다.

"내가 돌아올 때까지 이곳에 있어 주었으면 하네. 셀마가 이 쓸쓸한 집에서 자네의 말동무가 되는 것을 좋아할 테니까 말일세."

이렇게 말하면서, 그는 셀마에게로 고개를 돌리고 미소를 지으며 그녀의 동의를 구했다. 고개를 끄덕이는 그녀의 뺨은 붉게 물들었다. 그리고 악기에서 울려 나오는 음악보다 더 달콤한 목소리로 말했다.

"손님을 즐겁게 해 드리기 위해 최선을 다하겠어요, 아버님."

셀마는 마차가 아버지와 주교의 심부름꾼을 태우고 완전히 사라질 때까지 지켜보았다.

그러고 나서, 그녀는 녹색 비단으로 커버를 씌운 소파로 와서 나의 맞은편에 앉았다. 마치 새벽의 미풍에 따라 푸른 풀밭의 양탄자를 향해 고개 숙이는 한 송이 백합과도 같았다.

짙은 수목으로 가득 둘러싸여 있고, 침묵과 사랑과 아름다운 미덕美德이 함께 살고 있는 셀마의 아름다운 집에서, 내가 밤에 그녀와 단둘이만 있게 된 것은 정녕 하늘의 뜻이었다.

우리는 둘 다 말이 없었으며, 서로가 먼저 말하기를 기다리고 있었다. 하지만, 말이란 두 영혼이 서로를 이해하는 유일한 수단은 결코 아니다. 마음을 한데 모으는 것은 입이나 혀에서 흘러나오는 한마디의 말이 아니다.

입이 말하는 것보다 더 위대하고 더 순수한 것이 있는 법이다. 침묵은 우리의 영혼을 밝혀 주고, 우리의 가슴에 속삭이며,

마침내는 우리의 영혼과 가슴을 함께 끌어들이는 것이다.

침묵은 우리와 우리 자신으로부터 떼어놓아 우리로 하여금 영혼의 하늘을 항해하도록 하고, 마침내는 우리의 천국으로 더욱 가까이 데리고 간다.

그리하여 육체란 감옥에 불과하고 이 세계는 유배지에 지나지 않는다는 것을 느끼게 한다.

셀마는 나를 바라보았다. 그녀의 두 눈은 가슴의 비밀을 드러내고 있었다. 이윽고 그녀가 나즉이 말했다.

"우리 정원으로 나아가 나무 밑에 앉아서 산 너머로 떠오르는 달을 바라보아요."

나는 고분고분 자리에서 일어났지만, 잠시 망설였다.

"달이 떠올라 정원을 비춰 줄 때까지, 이곳에 좀 더 있는 게 더 낫다고 생각하지 않아요?"

나는 계속해서 말했다.

"나무와 꽃을 어둠이 숨기고 있어 더 이상 우린 아무것도 볼 수 없으니까요."

그러자, 그녀가 말했다.

"어둠이 나무와 꽃을 모두 숨긴다 할지라도, 우리 가슴 속의 사랑은 결코 숨기지 못할 거예요."

신비스런 어조로 말을 하면서, 셀마는 시선을 돌려 창밖을 바라보았다. 나는 그녀의 말을 곰곰이 생각하면서, 또 그 한 마디 한 마디에 담긴 참된 의미를 음미하면서 침묵을 지켰다.

그러자, 그녀는 마치 자기가 한 말을 후회라도 하는 듯 예의 그 신비로운 시선으로 내 귀에서 이 말들을 쫓아 버리려고 하는 것처럼 나를 지그시 바라보았다.

하지만, 그 신비로운 눈은 나로 하여금 그녀가 한 말을 잊게 하기는커녕 오히려 더 선명하게, 더 인상 깊게 내 영원한 기억 속에 이미 자리잡고 있듯이 내 가슴의 심연에서 되풀이되고 있을 뿐이었다.

이 세상의 온갖 아름다움과 위대함 역시 한 인간의 마음속에서 일어나는 단 한 번의 생각과 감정에 의해서 창조되어지는 것이다.

우리가 오늘날 보고 있는, 지난 세대에 의해 만들어진 모든 현상도 그것이 나타나기 전에는 한 남성의 마음속에 깃든 생각이었거나 혹은 한 여성의 가슴 속에 깃든 충동이었다.

그토록 많은 피를 흘리고 또 인간의 마음을 자유에로 향하게 했던 그 많은 혁명 역시 수많은 인간 가운데 살고 있는 한 인간의 관념에서 나온 것이다.

많은 제국들을 멸망시킨 파괴적인 전쟁 또한 한 개인의 마음속에 존재한 하나의 사고에서 발생된 것이었다. 인간성의 진로를 바꾸어 놓은 지고한 가르침 또한, 그의 재능에 의해 환경으로부터 격리된 한 남자의 이상에서 나온 것이었다.

단 한 번의 사고력이 피라미드를 세웠고, 이슬람의 영화를 가져왔으며, 알렉산드리아의 도서관을 불태운 원인이 되기도 했다.

한 가지 생각이 불현듯 당신에게 떠올라서, 그대를 영광의 자리로 이끌고 가거나 혹은 정신병원으로 데리고 가기도 할 것이다.

여성의 단 한 번의 눈짓이 당신을 세상에서 가장 행복한 사람으로 만들기도 하고, 한 사람의 입에서 나온 한마디의 말이 당신을 부자로 만들기도 하고 가난뱅이로 만들기도 한다.

그날 밤, 셀마의 입에서 나온 그 말은 바다 한가운데에 닻을 내린 한 척의 배와도 같이 나를 과거와 미래 사이에 붙들어 매 놓았던 것이다. 그 말은 나를 청춘과 고독의 깊은 잠에서 일깨워 주었으며 삶과 죽음이 연기하는 무대 위에 올려놓았다.

우리가 정원으로 나아가 자스민 나무 곁에 있는 벤치에 말없이 앉았을 때, 꽃향기는 미풍과 어울리고 있었다. 그리고 우리가 자연의 숨소리에 귀기울이고 있을 때 푸른 하늘의 커다란 눈이 우리의 연극을 지켜보고 있었다.

달이 순닌산 너머에서 떠올라 해안과 언덕과 산을 비추었다. 그리하여 우리는 요술을 부려 아무것도 없는 데서 갑자기 나타난 환영처럼 계곡의 가장자리에 윤곽을 드러내고 있는 마을을 볼 수 있었다.

또 우리는 은은한 달빛 아래 모습을 드러낸 레바논의 아름다움을 모두 볼 수 있었다.

서양의 시인들은 에덴동산이 아담과 이브의 타락 이후에 사라진 것과 마찬가지로 레바논 역시 다윗과 솔로몬과 선지자들이 죽은 이후에 잊혀진 하나의 전설의 지역으로 생각하고 있다.

그들 서양 시인들에게는 '레바논'이라는 어휘는 신성한 삼나무의 향기로 산기슭이 흠뻑 젖어 있는 산들과 연관된 하나의 시적詩的 표현이 되었다. 그것은 그들에게 준엄하고도 견고하게 서 있는 대리석과 구리로 건조된 사원과 계곡에서 풀을 뜯고 있는 한 무리 양 떼를 떠올리게 하는 것이다.

그날 밤, 나는 시인의 눈으로 꿈같은 모습을 하고 있는 레바논을 보았다.

이처럼 사물의 표정은 정서에 따라 변화하며 우리는 그 속에 깃든 신비로움과 아름다움을 보게 된다. 하지만, 그 신비로움과 아름다움은 우리 자신의 내부에 깃들어 있는 것이다.

달빛이 셀마의 얼굴과 목과 두 팔을 비출 때, 그녀는 사랑과 아름다움의 여신 이쉬타르를 숭배하는 어떤 신자의 손에 의해 조각된 상아의 조각처럼 보였다.

그녀가 나를 바라보며 말했다.

"왜 아무 말도 없으세요? 당신의 지난 날에 대한 이야기라도 들려주세요."

내가 그녀를 똑바로 바라보자, 침묵은 사라지고 내 입술이 열리며 말이 흘러나왔다.

"우리가 이 정원으로 나오면서 내가 한 말을 듣지 못하셨나요? 꽃들의 속삭임과 침묵의 노랫소리를 들은 당신의 영혼은 내 영혼의 절규와 내 가슴의 외침을 들을 수 있답니다."

그녀는 얼굴을 두 손에 파묻고 떨리는 목소리로 말했다.

"그래요, 들었어요. 전 당신의 가슴에서 들려오는 목소리와 대낮의 심장에서 절규하는 소리를 들었어요."

나의 과거 그리고, 나의 생존 그 자체, 아니 셀마를 제외한 일체의 것을 잊은 채, 나는 그녀의 말에 대답했다.

"나 역시 당신의 말을 들었지요. 대기 속에서 고동치고 우주

전체를 떨게 하던 상쾌한 음악을 들었답니다."

이 말을 듣자 셀마는 두 눈을 감았다. 나는 그녀의 입술에서 슬픔이 뒤섞인 기쁨의 미소를 보았다.

그녀는 부드럽게 속삭였다.

"전 이제 하늘보다 더 높고, 바다보다 더 깊은 생명과 죽음, 시간보다도 더 신비로운 그 어떤 것이 이 세상에 존재한다는 걸 알았어요, 이전엔 미처 몰랐던 것을 말예요."

그 순간, 셀마는 친구보다 더 소중하고, 누이보다 더 가깝고, 연인보다 더 사랑스럽게 여겨졌다.

이제 그녀는 더없는 사랑이 되었고 아름다운 꿈이 되었으며, 내 영혼 속에 살아 있는 저항할 수 없는 정서가 되었던 것이다.

사랑이란 오랜 시간과 끈질긴 구애로부터 비롯된다는 생각은 잘못된 것이다. 사랑은 정신적인 친화력에 의해서 생겨난 것이며, 만일 이 친화력이 한순간에 창조되지 않는다면 오랜 세월이 걸려도 또 몇 세대가 지나도 창조되지 않을 것이다.

이윽고 셀마가 고개를 들어 순닌 산과 하늘이 맞닿은 지평선을 멀리 바라보며 말했다.

"어제, 당신의 그 모습은 내 아버님의 보호 아래에서 나와 함께 살면서 내 곁에 앉아 있는 형제와 같았어요. 그런데, 지금 난 형제간의 애정보다 더 이상하고 신비로운 어떤 것의 현상을 느낀답니다. 슬픔과 행복으로 가득 채우는 사랑과 두려움이 뒤섞인 그런 감정 말입니다."

그녀의 말에 나는 이렇게 대답했다.

"우리가 두려워하고 있고, 또한 우리 가슴을 가로질러 가면서 흔들어 놓는 이 감정은 달을 대지의 둘레로 인도하고, 태양을 신의 주변으로 인도하는 자연의 법칙과 같습니다."

그러자 셀마는 손을 내 머리에 얹고서 손가락으로 머리카락을 매만졌다. 그녀의 얼굴은 환히 빛나고 두 눈에서는 백합 꽃잎에 내리는 이슬방울처럼 눈물이 방울져 흘러내렸다.

그리고 말했다.

"누가 우리의 이야기를 믿을까요? 우리가 이러한 시간에 의혹의 장애물을 극복한 것을 누가 믿을까요? 우리가 처음 만난 4월이 우리를 인생의 가장 신성한 곳에 머무르게 한 달이란 것을 누가 믿을까요?"

그녀가 말하는 동안 내내 그녀의 손은 내 머리에 놓여 있었다. 나는 화려한 왕관이나 영광의 꽃다발을 머리에 얹어놓는 것보다 지금 내 머리카락을 매만지고 있는 아름답고도 매끈한 그녀의 손을 택하겠노라고 생각했다.

그래서, 나는 그녀에게 대답했다.

"사람들은 우리의 이야길 믿지 않을 겁니다. 그들은 사랑이 계절의 도움 없이 자라고 꽃필 수 있는 유일한 꽃이라는 걸 알지 못하니까요. 하지만 우리를 처음 만나게 한 것은 4월이고, 우리를 인생의 가장 신성한 곳에 가두어 버린 것도 바로 이 시간이지 않습니까? 그리고, 우리의 영혼을 태어나기 전으로 결속시키고 수많은 낮과 밤을 통해 우리로 하여 서로의 포로로 만든 것은 신의 손길이 아니겠어요.

인간의 생명은 요람에서 시작되는 것도 아니고 무덤에서 끝나는 것도 아니랍니다. 달빛과 별들로 가득 찬 하늘은 사랑하는 영혼과 직관적 정신에 의해 버림받지 않는 것이지요."

그녀가 내 머리에서 손을 치웠을 때 나는 밤바람에 뒤섞인 일종의 전류가 내 머리카락의 뿌리에서 흐름을 느꼈다. 마치 성소聖所의 제단에 입맞춤으로써 축복을 받는 헌신적인 참배자마냥 나는 셀마의 손을 잡고 불타는 입술 위에 오랫동안 대었다. 그 기억은 나의 가슴을 녹여 주고, 그 달콤한 맛으로 내 영혼의 모든 미덕을 일깨워 주었다.

한 시간가량이 흘러갔다. 그 1분 1초는 사랑의 한 해였다. 밤과 달빛과 꽃과 수목들의 침묵은 우리에게 사랑 이외의 모든 현실을 잊게 해 주었다.

그때 우리는 말발굽 소리와 마차 바퀴의 덜거덕거리는 소리를 들었다. 우리는 유쾌한 감정에서 벗어나 꿈의 세계로부터 당혹과 절망의 세계로 뛰어든 페리스 에판디가 일을 마치고 돌아오는 소리를 들었던 것이다. 우리는 일어나 그를 맞이하기 위해 정원을 가로질러 갔다.

마차가 정원 입구에 도착하자, 페리스 에판디는 마차에서 내려 마치 무거운 짐을 나르고 있는 것처럼 약간 허리를 앞으로 굽힌 채 우리가 있는 곳으로 천천히 걸어왔다.

그는 셀마에게로 다가가서 두 손을 그녀의 어깨에 얹고 조용히 바라보았다. 그의 주름진 얼굴에서는 눈물이 흘러내렸으며, 입술은 슬픈 미소를 머금은 채 떨고 있었다.

이윽고 그가 슬픈 음성으로 말했다.

"내 사랑하는 셀마야. 머지않아서 너는 이 애비의 품에서 떠나 다른 남자에게로 옮겨 갈 것이다. 이제 곧 운명은 너를 이 한적한 집에서 대 저택으로 데리고 갈 것이다. 그러면 이 정원은, 네 발자국 딛는 소리가 들리지 않아 서운해 할 것이고, 이 애비는 한 낯선 남자에 지나지 않게 되었구나. 이제 모든 것은 끝났다. 신의 축복이 있기를 빌 뿐이다."

이 말을 듣자. 금세 셸마의 얼굴은 어두워졌으며, 그녀의 눈은 마치 죽음의 환영을 본 것처럼 얼어붙었다. 그리하여 그녀는 총에 맞은 한 마리 새처럼 고통스러워하며 목이 멘 소리로 말했다.

"지금 뭐라고 하셨죠? 그게 도대체 무슨 뜻인가요? 저를 어디로 보내시겠다는 거예요?"

셸마는 아버지의 비밀을 밝혀내려고 애쓰는 듯이 날카로운 시선으로 그를 쳐다보았다.

잠시 후에 그녀가 침묵을 깨며 말했다.

"알겠어요. 모든 걸 알겠어요. 주교가 아버님에게서 저를 빼앗아 날개 부러진 이 작은 새를 새장 속에 가두려는 거죠? 이것이 아버님의 참뜻인가요?"

페리스 에판디는 깊은 한숨으로 대답을 대신했다. 다정하게 셸마를 데리고 집 안으로 걸어갔다. 나는 한동안 정원에 서 있었다. 알 수 없는 불안의 파도가 가을날 나뭇잎에 휘몰아치는 폭풍우처럼 내 가슴을 때리고 있었다.

이윽고, 나는 그들의 뒤를 따라 거실로 들어갔다. 그리고 나는 당황한 모습을 보이지 않으려고 페리스 에판디와 악수를 나누고 나의 아름다운 별인 셸마를 바라보고 나서 그들의 집을 떠났던 것이다.

내가 거의 정원을 벗어났을 때 나는 노인이 부르는 소리를 들었다. 그래서 나는 몸을 돌려 그를 마주 보았다. 사죄하는 듯이 내 손을 붙잡고 말했다.

"여보게, 용서하게. 공연히 눈물을 보여서 자네의 저녁 시간을 망쳐버린 것을 말야. 하지만, 내 집이 텅 비고 외로워 절망에 빠질 때 부디 날 찾아와 주게. 내 아들아, 아침이 밤과 만날 수 없듯이 젊음은 늙음과 어울릴 수는 없지.

그렇지만, 자네는 내게 와서 내 젊은 날의 추억을 되살려 주어야 하네. 또 이제는 내가 더이상 세상의 지식과 어울려 지낼 수 없는 생활의 갖가지 소식을 자네가 가지고 와서 들려주게. 셀마가 내 곁을 떠나고 내가 이곳에 외롭게 남아 있더라도 자네는 나를 찾아주겠지?"

그가 슬픔을 자아내는 이런 말을 하고 있는 동안, 나는 내내 그의 손을 말없이 잡고 있었다. 그리고 내 손 위로 떨어지는 따뜻한 눈물을 느꼈다. 슬픔과 자식으로서 느끼는 애정으로 떨면서 나의 가슴은 비탄에 젖어 있었다.

내가 고개를 들었을 때, 그는 허리를 굽혀 나의 이마에 입술을 갖다 대었다.

"잘 가거라. 내 아들아, 잘 가거라."

노인의 눈물은, 그것이 쇠잔해 가는 육신에 남아 있는 삶의 찌꺼기이기 때문에 젊은이의 눈물보다 더욱 설득력이 있었다. 젊은이의 눈물은 장미 꽃잎에 떨어진 이슬방울과 같지만, 노인의 눈물은 겨울이 다가와 바람에 흩날리는 낙엽과도 같은 것이다.

내가 페리스 에판디 카라미의 집을 떠나 올 때부터 셀마의 목소리는 여전히 나의 귀에서 울리고 있었으며, 그녀의 아름다움은 혼령처럼 내 뒤를 따라왔다. 그리하여 그녀의 아버지가 흘린 눈물은 내 손에서 서서히 말라갔다.

나는 낙원에서 추방된 아담처럼, 그곳을 떠나왔지만 내 가슴 속의 이브는 이 세상을 온통 에덴동산으로 만들기 위해 나와 함께 있지는 않았다. 그날 밤 나는 처음으로 죽음의 얼굴을 보았다고 느꼈다.

이렇게 해서 태양은 그 열기로 들판에 생기를 불어넣기도 하고 들판을 죽이기도 하는 것이다.

VI ── 불의 연못

　인간이 밤의 어둠 속에서 은밀히 하는 일은 한낮의 밝음 속에서 확연히 드러나는 법이다. 내밀히 속삭인 말은 뜻밖에도 공동의 이야깃거리가 될 것이며, 오늘 우리가 숙소의 한 모퉁이에 숨기는 행위도 내일이면 거리의 구석구석에까지 알려질 것이다.

　그리하여 어둠의 그림자는 불로스 갈리브 주교가 페리스 에판디 카라미를 만난 저의를 드러냈으며, 그날의 화제는 온 도시에 그대로 퍼져 마침내는 내 귀에까지 들어왔다.

　그날 밤, 불로스 갈리브 주교와 페리스 에판디 사이에 논의된 것은 가난한 사람들과 과부, 고아들에 대한 것은 아니었다. 페리스 에판디에게 사람을 보내서 주교의 개인 마차에 태워 데려오게 한 주된 목적은, 셀마를 주교의 조카인 만수르 베이 갈리브와 약혼시키는 일이었던 것이다.

　셀마는 부유한 페리스 에판디의 단 하나의 혈육이었으며, 주교가 셀마를 택한 것은 그녀의 아름다움과 고귀한 영혼 때문이 아니라, 만수르 베이에게 많은 재산을 보장해 주고, 그를 명사로 만들어 주는데 필요한 막대한 재산 때문이었다.

동양의 종교 지도자들은 그네들의 베풀음에 만족하지 않고, 오히려 자기의 모든 것을 남보다 우월한 사람으로 만들고, 압제자로 만들려고 노력하는 것임에 틀림이 없다.

왕자의 영광은 상속에 의해 장남에게 돌아가지만, 종교 지도자에 대한 존대는 그의 형제나 조카들 사이에까지 만연된다. 따라서 기독교의 주교, 회교는 이맘〔회교국의 종교 지도자〕, 브라만교의 승려는 그들의 먹이를 수많은 촉수觸手로 낚아채 그 피를 입으로 받아먹는 바다의 파충류처럼 된다.

주교가 자기 조카를 위해 셀마에게 청혼했을 때, 그녀의 부친으로부터 받은 유일한 대답은 깊은 한숨과 떨어지는 눈물이었다. 그것은 자기의 유일한 혈육을 잃고 싶지 않았기 때문이었다. 아름다운 젊은 처녀로 키워 놓은 자기의 무남독녀와 헤어지게 될 때는 그 어떤 사람의 영혼도 전율할 것이다. 딸의 결혼을 앞둔 부모의 슬픔은 아들의 결혼을 맞는 행복과 맞먹는다. 왜냐하면, 아들은 가정에 새로운 가족을 데리고 오지만, 딸은 결혼하면 잃어버리는 결과가 되기 때문이다.

페리스 에판디는 주교의 뜻을 마지못해 받아들였다. 본의 아니게 그의 요청에 복종하였던 것이다. 노인은 주교의 조카를 매우 잘 알고 있었으며, 그가 위협하고, 증오심과 사악함으로 가득 차 있고, 형편없이 타락한 인물임을 알고 있었다.

이 레바논에서는 어떤 신자도 주교에게 대항해서는 좋은 신분을 유지할 수 없었던 것이다. 어떠한 사람도 종교 지도자에게 복종하지 않고선 자기의 명성을 지킬 수 없다. 눈은 창에 찔리지 않고서는 그 창에 대항할 수 없으며, 손은 칼에 베이지 않고서는 그 칼을 잡을 수는 없는 법이다.

만약, 페리스 에판디가 주교의 요청을 거절하였다면, 셀마의 평판은 여지없이 땅에 떨어져 버리고, 그녀의 이름은 많은 사람들의 입술과 혓바닥의 오물에 의해 더럽혀졌을 것이다. 여우의 생각처럼 손이 닿지 않는 높은 곳의 포도송이는 시어서 못 먹는 포도인 것이다.

이와 같이 운명은 셀마를 사로잡아, 가련한 동양의 여성이라면 누구나 가야만 되는 행렬 속으로 굴욕적인 노예처럼 끌려갔으며, 꽃향기 그윽한 달빛이 환한 하늘을 사랑의 흰 날개로 훨훨 날아다닌 고귀한 영혼을 함정에 떨어뜨렸던 것이다.

어떤 나라에서는 부모의 재산이 자식들에게는 불행의 근원이 된다고 한다. 부모가 그들 재산의 안전을 위해 사용한 넓고 견고한 금고는, 그들 후손의 영혼에게는 좁고 어두운 감옥이 된다. 사람들이 숭배하는 전능한 황금은 영혼을 벌주고 마음을 죽이는 악마가 되는 것이다.

셀마 카라미는 부친의 재산과 신랑의 탐욕 때문에 희생된 가련한 여자였다. 만일 그녀의 부친에게 재산만 없었더라면, 셀마는 아직도 행복하게 살고 있었을 것이다.

일주일이 지나갔다. 셀마의 사랑은 밤이면 나를 위해 행복의 노래를 불러주고, 새벽이면 삶의 의미와 자연의 비밀을 밝히기 위해 나를 깨워 주는 유일한 위안이었다.

그것은 질투가 섞이지 않은 풍요이며, 영혼에 해를 입히지 않은 성스러운 사랑이었으며, 영혼을 만족 속에 목욕시키는 깊은 친화력이며, 충족되었을 때 영혼을 박애로 충만 시키는 애정으로 향한 무한한 갈망이었다.

그것은 영혼을 동요시키지 않고서 희망을 창조하고 세상을 천국으로, 그리하여 인생을 감미롭고, 아름다운 꿈으로 바꾸어 놓는 부드러움이다.

나는 아침에 일찍 일어나 들판을 거닐면서 자연을 눈뜨게 하고 있는 영원의 현상을 보았으며, 해변에 앉아 있을 때면 영원의 노래를 부르고 있는 파도 소리를 들었다.

또한, 거리를 걸어가면서 인생의 아름다움을 보았고, 지나가는 사람들의 외양과 노동자들의 활동에서 인간의 광채를 보았으며, 삶의 환희를 느꼈다.

하루하루가 그림자처럼 지나가고 구름이 흐르듯 사라졌다. 그리하여 나에게는 슬픔을 떠올리게 하는 추억 외에는 아무것도 남지 않았다. 봄의 아름다움과 자연이 눈뜨는 것을 바라보고 있던 내 눈은 폭풍우의 광폭함과 겨울의 절망을 제외하고는 아무것도 볼 수 없었다. 지난 날에는 기쁜 마음으로, 파도 소리를 듣던 내 귀는 오직 울부짖는 바람 소리와 절벽을 때리는 바다의 분노만 들을 수 있을 뿐이었다.

인류의 지칠 줄 모르는 활력과 우주의 장관을 행복스럽게 바라보던 내 영혼은 실망과 패배를 맛보고 고통받고 있었다. 그 사랑의 날들보다 더 아름다운 것은 아무것도 없었고, 그 끔찍한 슬픔의 밤들보다 더 비통한 것은 없었다.

더는 충동을 거절할 수 없게 되었을 때, 나는 주말에 다시 셀마의 집을 찾아갔다. '아름다움'이 건축하고 '사랑'이 축복을 내린 성소聖所, 그곳에서 영혼은 예배하고 가슴은 겸허하게 무릎 꿇고 기도드릴 수 있었다.

정원에 들어섰을 때, 나는 이 세계로부터 나를 끌어내어 분쟁과 고난이 없는 초자연적인 영역에 데려다 놓는 강렬한 힘을 느꼈다. 하늘의 계시를 받는 신비주의자인 양 나는 나무와 꽃에 에워싸여 있는 나 자신을 보았다.

그리고, 집 현관에 이르렀을 때, 나는 자스민 그늘 아래 놓인 벤치에 앉아 있는 셀마를 보았던 것이다. 신의 섭리가 나의 행복과 불행의 발단으로 선택한 일주일 전 그날 밤, 우리가 함께 앉았던 그 자리에 앉아 있었다.

그녀는 내가 다가가도 조금도 움직이지 않고 한마디의 말도 하지 않았다. 그러나 그녀는 내가 다가오고 있음을 직감적으로 알고 있는 듯했다. 내가 바로 그녀 곁에 앉자, 잠시 동안 나를 바라보더니 깊은 한숨을 쉬며 고개를 돌려 하늘을 올려다보는 것이었다.

그리고 신비로운 침묵이 한순간 지나자, 그녀는 내가 있는 쪽으로 다시 고개를 돌려 떨리는 손으로 내 손을 잡으며 가냘픈 음성으로 말했다.

"나의 친구인 당신, 나를 보아요. 내 얼굴을 들여다보고 당신이 알고자 하는, 내가 얘기할 수 없는 사실을 얼굴에서 읽으세요. 나를 좀 보세요. 내 사랑…… 나를 보란 말예요. 내 형제인 당신……"

나는 그녀를 뚫어지게 바라보았다. 그리하여 며칠 전까지만 해도 입술처럼 미소 짓고 나이팅게일의 날개처럼 파닥거리던 그 두 눈이, 이제는 움푹 들어가 슬픔과 고통으로 흐려져 있음을 보았다. 그녀의 얼굴은 태양의 입맞춤을 받아 금방 피어난 백합 꽃잎을 닮아 있었지만, 지금은 시들어 핏기마저 잃고 있었다.

그녀의 감미로운 입술은 마치 가을이 그 줄기에 남기고 떠나 버린 장미 꽃잎처럼 시들어 있었다. 상아의 기둥이었던 그녀의 목은 그녀의 머리 위에 얹혀 있는 슬픔의 짐을 더 이상 떠받들 수 없다는 듯이 앞으로 굽어 있었다.

이 모든 변화를 나는 셀마의 얼굴에서 보았던 것이다. 그것들은 달빛을 가렸지만, 달을 더욱 아름답게 만드는 흘러가는 구름과도 같았다.

마음속의 모진 시련을 드러내는 표정이, 비록 그것이 엄청난 비극과 고통을 말하고 있다 할지라도, 아름다움을 더해 주는 법이다. 그러나, 침묵 속에 숨겨진 신비를 말하지 않는 얼굴은 아무리 균형이 잡혀 있다 할지라도 아름답지 못하다. 포도주의 빛깔이 투명한 수정을 통해서도 보이지 않는다면, 술잔은 우리의 입술을 유혹하지 못할 것이다.

그날 저녁, 셀마는 인생의 쓰라림과 달콤함을 섞어 빚은 성스러운 포도주로 가득 찬 술잔과 같은 존재였다.

그녀는 남편이라는 무거운 멍에를 목에 씌울 때까지는 부모의 집을 떠날 수 없고, 시어머니의 학대를 견디며 노예처럼 살아야 할 결심을 하게 되었을 때, 비로소 사랑하는 어머니의 품을 떠날 수 있는 동양의 여성을 상징하고 있었다.

나는 줄곧 셀마를 바라보았다. 그녀의 우울한 영혼의 말에 귀 기울이고, 그녀와 더불어 괴로워했다.

마침내 시간이 멈추고 우주가 사라져 버리는 것 같은 적막감을 느꼈다. 뚫어지게 나를 응시하고 있는 그녀의 커다란 두 눈을 볼 수 있었으며, 내 손을 꼭 쥐고 있는 그녀의 가늘게 떨리는 차디찬 손을 느낄 수 있었다.

나는 셀마의 나직한 음성을 듣고서야 비통한 고통 속에서 깨어났다.

"이봐요, 내 사랑. 불행한 미래가 찾아오기 전에 우리 진실하게 얘기를 나누어요. 아버님은 내가 죽을 때까지 함께 있게 될 그 사람을 만나러 가셨어요. 하나님이 나를 세상에 내보내기 위해 선택하신 아버님은 내가 일생동안 주인으로 섬기도록 선택된 그 남자를 만날 거예요. 지금까지 나를 보살펴 주신 늙으신 아버님은 나의 반려자가 될 젊은이를 이 도시의 한가운데에서 만날 거예요. 틀림없이 오늘 밤, 양가에서는 결혼 날짜를 정할 거예요.

지난 주, 바로 이 시간에 자스민 나무 아래에서 '사랑'이 처음으로 나의 영혼을 포옹했어요. 하지만 '운명'은 주교의 저택에서 내 인생의 이야기 중에서 그 첫마디를 쓰고 있을 거예요. 지금, 나의 아버님과 구혼자가 결혼 날짜를 상의하고 있는 동안 마치, 나는 굶주린 뱀이 지키고 있는 샘물 위를 떠도는 한 마리 목마른 새와 같이 당신의 영혼이 내 주위에서 떨며 방황하는 것을 보고 있어요. 아아! 이 밤은 얼마나 위대하며 또 얼마나 신비한 것일까요!"

이 말을 들으면서 나는 완전히 절망적인 어두운 그림자가 우리의 사랑을 붙들고, 요람기에서 그 사랑을 질식시키는 것을 느꼈다. 그래서 나는 그녀에게 이렇게 대답했다.

"그 새는 갈증 때문에 생명을 잃었거나 뱀의 손아귀로 떨어져 먹이가 되더라도 물 위를 계속 떠돌고 있을 것입니다."

그녀가 대답했다.

"아니에요. 내 사랑, 나이팅게일은 끝까지 살아남아서 어둠이 올 때까지, 봄이 지나갈 때까지, 샘물이 말라 버릴 때까지 이 세상이 끝날 때까지 노래해야 해요. 영원토록 말예요. 그 노랫소리는 내 가슴에 생명을 불어넣기 때문에 침묵을 지켜서는 안 되는 거예요. 또한 그 날갯짓은 내 가슴에서 구름을 없애 주기 때문에 날개가 부러져서는 절대로 안 되요."

그러자 나는 이렇게 속삭였다.

"내 사랑, 셀마. 갈증은 그를 지쳐 버리게 할 것이고, 공포는 그의 목숨을 빼앗아가 버릴 것입니다."

셀마는 내 말에 입술을 떨면서, 즉시 응답했다.

"영혼의 갈증은 물질 세계의 포도주보다 더욱 감미롭고, 영혼의 공포는 육체의 편안함보다 훨씬 더 귀중해요. 하지만, 내 말을 들어봐요, 내 사랑. 잘 들어보세요. 오늘 나는 내가 전혀 짐작도 할 수 없는 새로운 인생의 문턱에 서 있어요. 나는 넘어지지 않으려고 앞을 더듬으며 걸어가는 장님과 같답니다. 아버님의 부유한 재산은 결국 나를 노예시장에 내놓았으며, 어떤 남자가 나를 샀어요. 난 그를 알지도 못하고 사랑하지도 않았지만, 결혼이란 그물을 쓰면 난 그를 사랑하게 될 것이며, 그에게 복종하여 그를 섬겨야 하며, 그를 행복하게 해 주어야 합니다. 나는 하나의 연약한 여인으로서 강한 남자에게 줄 수 있는 모든 것을 그에게 주어야만 한답니다.

하지만 내 사랑, 당신은 인생의 절정에 있어요. 당신은 화려한 꽃으로 덮인 넓은 길을 마음껏 활보할 수 있어요. 당신은 당신 가슴의 길을 밝혀 주는 횃불로 만들어서 이 세상의 어느 곳이나 거리낌 없이 걸어 다닐 수 있어요. 또 당신은 자유롭게 생각하고, 말하고 행동할 수 있어요.

당신은 남자이기 때문에 이성의 얼굴에 스스로의 이름을 쓸 수 있으며, 당신 아버님의 재산을 사고팔기 위해 노예시장에 데려다 놓지 않아도 되기에 주인으로 살아갈 수 있어요. 그리하여 당신은 자기가 선택하는 여성과 결혼할 수 있고, 그녀가 당신 집에서 살기 이전에도 당신의 가슴 속에서 살게 할 수 있어요. 또한, 누구의 방해도 받지 않으면서 서로의 속마음을 털어놓을 수 있어요."

잠시 침묵이 지배했다. 셀마는 말을 계속했다.

"하지만, 당신은 남성의 영광을 찾고 나는 여성의 의무를 다한 채 '인생'이 우리를 갈라놓는 것은 바로 지금인가요?

골짜기의 그 깊은 곳에서 나이팅게일의 노래를 삼켜 버리고, 바람이 장미 꽃잎을 흩날려 버리며, 발이 포도주잔을 밟아 버리는 것은 바로 이것을 위해서인가요?

달빛을 받으며 우리 두 사람의 영혼이 결합된 자스민 나무 곁에서 보낸, 그 많은 밤들은 모두 헛된 것인가요?

우리가 별들을 향해 너무 재빨리 날아갔기 때문에, 우리의 날개는 지쳤고, 그래서 지금은 끝없이 깊은 구렁으로 떨어지고 있는 것인가요?

아니면, 그 '사랑'이 우리에게 왔을 때, 그가 잠들어 있었다는 걸까요! 그리하여 그가 잠에서 깨어났을 때는 격노하여 우리를 벌주기로 작정한 것인가요?

그렇지 않다면, 우리의 영혼이 한밤의 미풍을, 우리를 갈갈이 찢어 골짜기의 깊은 곳으로 먼지처럼 날려 보내는 바람으로 변하게 한 것일까요. 우리는 어떤 명령에도 거역한 적이 없고 금단의 열매를 맛보지도 않았는데도, 도대체 무엇이 우리를 이 낙원에서 추방하려는 것일까요?

우리는 결코 음모를 꾸미지도 않았고 폭동을 일으키지도 않았는데, 어째서 우리는 지옥으로 떨어져야 하는 걸까요. 아니 그렇지 않아요. 우리를 결합시킨 순간은 몇 세기보다 더 위대하고 우리의 영혼을 비추어 주던 빛은 암흑보다 더 강한 것이었어요.

만일 폭풍우가 우리를 이 거친 바다 위에 떼어놓을지라도 파도는 고요한 해안에서 우리를 결합시켜 줄 거예요. 비록 삶이 우리를 죽인다 해도 죽음은 우리를 다시 결합시킬 거예요. 여인의 마음은 시간이나 계절과 더불어 변하는 것은 아니랍니다. 비록 그 심장은 영원히 죽는다 할지라도 결코 소멸하지는 않아요.

또 여인의 가슴은 전쟁터로 바뀐 들판과 같답니다. 그래서, 나무는 뿌리째 뽑히고, 풀들이 모두 타버리고, 바위는 붉은 피로 물들어 있고, 대지가 뼈와 해골로 덮여있다 하여도 그 가슴은 마치 아무것도 일어나지 않은 것처럼 고요하고 평화롭게 보이게 마련입니다. 왜냐하면, 봄과 가을이 사이를 두고 차례로 찾아와서, 그들의 작업을 다시 시작하기 때문이죠. 하지만, 이제 우린 어떻게 해야만 하나요? 우리는 어떻게 헤어져야 하고, 언제 만날 수 있을까요?

사랑이란 저녁에 찾아왔다가 아침에 떠나가는 낯선 나그네라고 하면 될까요? 아니면, 이 사랑을, 우리가 잠을 잘 때 찾아와서 깨어날 때 떠나가는 꿈이라고 생각할까요? 우리는 이 한 주일을 침착한 마음으로 제자리를 찾아야 하는 도취의 시간이라고 생각하면 될까요?

제발 당신을 바라볼 수 있게 고개를 들어요, 내 사랑. 부디 당신의 목소리를 들을 수 있게 입술을 열어요. 내게 말해줘요! 당신은 이 폭풍우가 우리들의 사랑의 배를 침몰시킨 뒤에도 당신은 날 기억하겠어요? 당신은 밤의 침묵 속에서 나의 날개가 속삭이는 소리에 귀 기울여 줄 수 있겠어요?

당신에게로 울리는 내 영혼의 소리를 들을 것인가요? 나의 한숨 소리에 귀 기울여 줄 건가요. 당신은 내 그림자가 땅거미와 더불어 가까이 가서 새벽빛과 함께 사라지는 것을 바라볼 것인가요? 말해 줘요, 내 사랑.

내 눈에는 신비로운 빛이 되고, 내 귀에는 감미로운 노래가 되어, 내 영혼에는 자유로운 날개가 된 후에 당신은 무엇이 될 것인가를…… 당신은 무엇이 될까요?"

이와 같은 얘기를 듣는 동안 나의 가슴은 녹아내렸다. 나는 그녀에게 슬픔에 찬 음성으로 말했다.

"당신이 바라는 대로 되겠소, 내 사랑."

그러자, 다시 셀마가 말했다.

"나는 당신이 자신의 슬픈 생각을 사랑하는 시인처럼 나를 사랑해 주기를 바래요. 나는 당신이 먼 길을 떠나온 나그네가 물을 마실 때 그의 모습이 비치는 고요한 우물을 기억하듯이 날 기억해 주기를 바래요. 나는 당신이 이 세상 빛을 보기도 전에 죽은 자식을 기억하는 어머니처럼 나를 기억해 주기를 바래요. 또 특사령이 도착하기 전에 죽은 죄수를 기억하는 왕처럼 나를 기억해 주기를 바래요. 나는 당신이 진정한 내 마음의 벗이 되기를 바라며, 내가 곧 아버님의 곁을 떠나 남이 될 것이므로 고독한 그분을 자주 찾아와서 위로해 주기를 바래요."

나는 그녀에게 대답했다.

"나는 당신이 말한 것을 모두 그대로 하겠소. 그리고, 나는 내 영혼을 당신의 영혼에 담길 봉투로 만들고, 내 마음을 당신의 아름다움이 깃들 수 있는 작은 집으로 만들고, 내 가슴을 당신의 슬픔이 잠잘 수 있는 무덤으로 만들겠소.

셀마, 초원이 봄을 사랑하는 것처럼 나는 당신을 사랑할 것입니다.

셀마, 햇볕을 쬐고 있는 꽃의 생명처럼 나는 항상 당신 안에서 살겠소. 나는 시골 마을의 교회 종소리가 계곡에 메아리를 들려주는 것처럼 나는 당신의 이름을 노래할 것입니다. 해변이 파도의 이야기에 귀 기울이고 있는 것처럼 난 당신 영혼의 언어에 귀를 기울일 거요. 나는 이방인異邦人이 자기의 사랑하는 조국을 기억하고 있듯이, 또는 굶주린 사람이 잔치를 기억하듯 당신을 기억할 것입니다.

왕위를 잃은 왕이 지난날의 영광을 추억하듯이, 죄수가 평안과 자유의 시간을 갈망하듯이 난 당신을 기억할 것입니다. 나는 농부가 타작마당에 쌓인 밀 짚단을 기억하듯이, 또 목자가 푸른 초원과 맑은 시냇물을 기억하는 것처럼 난 당신을 기억할 것입니다."

셀마는 떨리는 가슴으로 내 말에 귀를 기울였다. 그러고 나서 말했다.

"내일이면 진실은 환상처럼 될 것이고, 깨어난 의식은 꿈으로 변모될 거예요. 사랑하는 사람의 그림자를 포옹해서 만족할 수 있으며, 목마른 자가 꿈속의 샘물에서 그의 갈증을 풀수 있을까요?"

나는 그녀에게 대답했다.

"내일이면, 운명은 당신을 평화로운 가정으로 데려다 놓는 대신, 나를 투쟁과 전쟁의 세계로 보낼 거요. 당신은 당신이 지니고 있는 아름다움과 미덕에 의해 최상의 행운을 타고 난 남자의 집에서 살게 될 것이고, 나는 고통과 공포의 삶을 살아가야겠지요.

당신은 생명의 문으로 들어가겠지만, 나는 죽음의 문으로 들어갈 겁니다. 당신은 환대를 받겠지만, 나는 고독 속에서 살게 될 겁니다. 하지만 나는 죽음의 계곡에 사랑의 조상影像을 세우고, 거기에 참배하겠습니다. 사랑만이 나의 유일한 위안으로 나는 사랑을 포도주처럼 마시고 옷처럼 걸치겠습니다.

새벽이 오면 사랑은 나를 잠에서 깨워 먼 들판으로 데리고 갈 것이며, 한낮에는 새와 함께 태양의 열기를 피할 나무 그늘을 찾을 것입니다. 저녁이 내리면 사랑은 내가 노을 속에 쉬면서 낮의 밝음에 이별을 고하는 자연의 노래를 들을 수 있게 할 것이며, 하늘을 떠가는 희미한 구름의 모습을 나에게 보여 줄 것입니다.

또한, 밤이 되면 사랑은 나를 포옹해 줄 것이고, 그래서 나는 연인들과 시인들이 살고 있는 하늘의 세계를 꿈꾸면서 잠잘 것입니다.

봄이 되면 나는 오랑캐꽃과 자스민꽃 가운데를 사랑과 함께 나란히 거닐 것이며, 백합 꽃받침 속에 남아 있는 겨울의 물방울을 마실 것입니다. 여름이 오면 사랑과 나는 건초더미를 베개로 삼아 풀밭을 침대로 하여 누울 것이고, 그러면 푸른 하늘은 우리가 별과 달을 바라볼 때 고요히 덮어 줄 것입니다.

또한, 가을이면 사랑과 나는 포도밭으로 가서 포도 짜는 기계 옆에 앉아서 황금빛 옷을 발가벗기는 포도 덩굴의 모습을 지켜볼 것입니다. 그러면 철새 떼들이 우리의 머리 위를 날아가겠지요. 겨울이 오면, 우리는 옛날 얘기와 먼 나라의 역사를 주고받으면서 난롯가에 앉아 있을 겁니다. 내가 젊어 있는 동안 사랑은 내 교사가 되어 줄 것이고, 중년에는 내 위안으로, 노년에는 나의 기쁨이 될 것입니다. 내 사랑 셀마, 사랑은 내 생명이 끝날 때까지 나와 함께 있을 것이며, 내가 죽은 후에는 하나님의 손이 우리를 다시 결합시켜 줄 것입니다.”

이 모든 말은 마치 난로 속에서 사납게 튀어 오르다가 마침내는 한 줌의 재가 되어 사라지는 불꽃과도 같이 내 가슴의 심연에서 솟구쳤던 것이다.

셀마는 마치 그녀의 두 눈이 눈물로써 나의 말에 대답하는 입술인 양 흐느껴 울고 있었다.

'사랑'이 날개를 달아 주지 않는 사람들은 그 슬프도록 행복한 시간에 유령의 구름 너머로 날아가서 셀마의 영혼과 나의 영혼이 함께 살았던 그 신비로운 세계를 볼 수 없는 것이다.

사랑이 수행원으로 선택하지 않은 사람들은 사랑이 부를 때 듣지 못한다.

이 이야기는 그러한 사람들을 위한 것은 아니다. 비록 그들이 이 책의 한 페이지를 이해한다 할지라도, 말의 옷을 입지 않고 종이 위에 살지 않는, 그 어렴풋한 의미를 깨달을 수는 없을 것이다.

하지만 사랑의 잔에 담긴 포도주를 마셔 본 적이 없는 자는 어떠한 사람인가?

길바닥이 남자와 여자의 가슴으로 포장되고 천장을 비밀한 꿈의 덮개로 씌운 사원의 제단 앞에 경건하게 서 본 적이 없는 영혼이란 어떠한 것일까?

새벽이 잎사귀에 이슬방울을 내린 적이 없는 꽃은 어떤 것이며, 바다에 이르지 못한 채 그 흐름을 잃어버린 작은 시냇물은 어떠한 것인가?

셀마는 하늘을 향해 머리를 들고 광막한 창공에 점점이 떠 있는 별들을 바라보았다. 그녀는 두 팔을 뻗으며 눈을 커다랗게 뜨고 입술을 떨었다. 그녀의 창백한 얼굴에서, 나는 슬픔과 억압과 절망과 고통의 그림자를 읽을 수 있었다.

이윽고, 그녀는 울부짖었다.

"오, 주여! 이 가련한 여자가 당신의 마음을 상하게 한 것은 무엇입니까? 그와 같은 벌을 받을 만큼 죄악을 제가 저질렀다는 말입니까? 무슨 죄로 인해 저는 끝없는 징계를 받아야만 하는 걸까요.

오! 주여!

당신은 강하고 저는 연약하나이다. 어째서 당신은 저에게 고통을 주시는 건가요. 당신은 위대하고 전능하심에 비해, 저는 당신의 보좌實座 앞을 기어 다니는 보잘 것 없는 미물에 지나지 않나이다. 어째서 당신은 저를 당신의 발로써 짓밟고 계시나요. 당신은 사나운 폭풍우이오나 저는 먼지와 같은 존재입니다.

주여, 당신은 어째서 저를 차디찬 땅바닥에 내동댕이치셨나이까? 당신의 힘은 무한하오나 저는 무력하나이다. 그럼에도 당신은 어째서 저와 겨루려 하십니까? 당신은 은혜로우시고 저는 공손하나이다. 그런데 당신은 어째서 저를 파괴하려고 하시나요? 당신은 사랑으로 여인을 창조하셨습니다. 그런데, 어째서 당신은 사랑으로 저를 파멸시키려 하십니까?

오른손으로 당신은 저를 들어 올리시나, 왼손으로 저를 심연으로 내 던지셨습니다. 그러나 저는 그 까닭을 알지 못합니다. 당신은 저의 입안에 생명의 입김을 불어 넣어 주시나 죽음의 씨앗도 함께 뿌리셨습니다. 당신은 저에게 행복의 길을 보여 주셨으나 불행의 길로 안내하셨나이다. 또한 당신은 저의 입속에 행복의 노래를 부르게 하셨으나 슬픔으로 입을 다물게 하고 고통으로 저의 혀에 족쇄를 채우셨습니다.

당신은 신비로운 손가락으로 그녀의 상처에 옷을 입히셨으나 저의 기쁨의 둘레에 고통과 두려움을 매어 놓았습니다. 당신은 저의 침상에 기쁨과 평화를 숨기시지만, 그 곁에 장애물과 공포를 세우셨습니다. 당신은 당신의 의지에 따라 저의 애정을 자극하셨으나, 저의 애정으로부터는 수치심을 내뿜게 하셨습니다.

당신의 뜻에 의해 저에게 창조의 아름다움을 보여 주시나 아름다움에 대한 사랑은 끔찍한 갈증이 되었습니다. 당신은 그녀가 죽음의 잔에서 생명을 마시고 생명의 잔에서 죽음을 마시게 하셨습니다. 또한 당신은 그녀를 눈물로써 정화시키셨지만, 그녀의 삶은 눈물 속에서 흘러가 버립니다.

오, 주여! 당신은 사랑으로 저의 두 눈을 뜨게 하셨으나 또한 사랑으로 눈을 멀게 하셨습니다. 당신의 입술로 저에게 입을 맞춰 주셨으나, 억센 손으로 저를 내리치셨습니다. 당신은 제 가슴에 장미를 심으셨으나 그 둘레에 가시 울타리를 쳤습니다. 당신은 제가 사랑하는 젊은이의 영혼과 저의 현재를 묶어 주셨지만, 저의 여생을 미지의 남자의 육체와 결합시키셨습니다.

그러하오니 주여, 이 필사적인 싸움에서 제가 강해질 수 있도록 도와주시고 죽음에 이를 때까지 제가 진실되고 고귀함을 간직할 수 있도록 도와주소서.

오, 주여!

주의 뜻이 하늘에서 이루어진 것 같이 땅에서도 이루어지소
서."

한동안 침묵이 계속되었다.

셀마는 창백하고 기운을 잃은 듯 땅을 내려다 보고 있었다.
그녀의 팔은 밑으로 처져 있었고, 머리는 숙여져 있어, 그 모습
은 마치 폭풍우가 나뭇가지를 꺾어 내던져 말라 죽게 한 것 같
았다.

나는 그녀의 차디찬 손을 잡고 거기에다 입을 맞추었다. 그
러나, 내가 그녀를 위로하려고 했을 때, 사실은 그녀보다도 더
위로를 받고 싶은 사람은 나 자신이었다. 나는 우리들의 맹세
를 생각하며, 내 심장의 고통에 귀를 기울이면서 침묵을 지켰
다. 우리는 둘 다 아무 말도 하지 않았다.

극도의 고통은 아무 소리도 내지 않는 법이다. 따라서, 우
리는 넋이 빠진 채 지진으로 하여 모래 속에 파묻힌 대리석 기
둥처럼 침묵을 지키고 앉아 있었다. 우리는 어느 쪽도 상대방
의 말을 듣고 싶어 하지 않았다.

왜냐하면, 우리 가슴의 의지의 실오라기는 너무 약해져서 숨
결로도 그것을 끊을 수 있을 정도였기 때문이다.

어느덧 한밤중이 되어 우리는 순닌 산 너머로 떠오르는 초
생달을 볼 수 있었다. 그것은 별 무리 가운데서 희미한 촛불에
둘러싸인 관 속에 누워 있는 시체의 얼굴과도 같았다.

그리고 레바논은 너무 늙어서 등이 굽고, 두 눈은 불면증을
피하는 안식처가 된 채 어둠을 지켜보며 새벽을 기다리는 노인
의 모습과 흡사했으며 폐허가 된 왕궁에서 잿더미로 변한 보

좌에 앉아 있는 왕과 같았다.

산과 나무와 강은, 마치 인간이 그의 경험과 정서에 따라 변모하듯이 시간과 계절의 순환과 함께 모습을 바꾸었다.

낮에는 신부를 닮은 키 큰 포플러가 저녁에는 한 줄기 연기처럼 보일 것이다. 대낮에는 견고하게 버티고 있는 거대한 바위가 밤에는 대지를 침대로 삼고 하늘을 이불로 삼는 불쌍한 거지처럼 보일 것이다.

그리고 아침에 반짝이는 빛을 보고 영원의 찬미가를 듣는 시냇물도 저녁에는 자식을 잃은 어머니처럼 울부짖는 눈물의 여울물로 변할 것이다.

그날 밤, 달은 보름달로 우리의 영혼이 행복한 모습으로, 한 주일 전에는 위엄 있어 보이던 레바논은 슬픔에 가득 차고 외로워 보였다.

우리는 일어나 작별 인사를 나누었다. 그러나, 사랑과 절망은 두 개의 유령처럼 우리 두 사람 사이에 버티고 서 있었으며, 그 하나가 손가락이 달린 날개를 우리의 목 위로 뻗을 때 한쪽은 울고, 다른 쪽은 소름 끼치는 웃음을 웃었다.

내가 셀마의 손을 잡고 그 위에 내 입술을 갖다 대자, 그녀는 나에게 다가와, 내 이마에 입을 맞추었다. 그러고 나서, 그녀는 나무 의자 위에 쓰러지듯 몸을 던졌다. 그리고는 눈을 감고 부드럽게 속삭였다.

"오, 주여. 저에게 은총을 베푸소서. 그리고 저의 부러진 날개를 치유해 주소서."

셀마를 정원에 홀로 남겨두고 떠나왔을 때 수면이 안개로 가려진 호수처럼, 내 모든 감각은 두터운 베일로 덮인 것 같은 느낌을 가졌다.

달빛과 깊은 고요와 수목의 아름다움은 나를 영원 속으로 가라앉혔으나, 나를 둘러싼 모든 것은 추하고 끔찍한 모습으로 보였다.

나에게 우주의 아름다움과 경이를 보여 주던 진실의 빛은 내 가슴을 태우는 장대한 불꽃으로 바뀌었으며, 내가 늘 듣던 영원의 음악은 사자의 성난 울음소리보다 더 놀라게 만드는 아우성으로 들려왔다.

내 방에 도착하자, 나는 사냥꾼의 총에 맞아 떨어진 한 마리의 상처 입은 새처럼 침대 위에 쓰러졌다. 그리고는 셀마가 한 말을 되풀이했다.

"오, 주여! 저에게 은총을 베푸소서. 그리하여 저의 부러진 날개를 치유해 주소서."

Ⅶ —— 죽음의 보좌 앞에서

그 당시의 결혼이란, 오늘날과는 달리 젊은 남자와 그 부모에 의해 모든 것이 좌우되고 있었다.

대부분의 나라에서는 젊은이의 주장대로 진행되고, 여자는 마치 상품처럼 구입되어 한 집에서 다른 집으로 배달되는 존재에 불과했다.

그리하여 조만간에 여자의 아름다움은 사라지고 캄캄한 구석에 버려진 낡은 가구처럼 살아갈 뿐이다.

현대문명은 여성들을 좀 더 현명하게 만들었지만, 남성의 탐욕으로 인하여 그녀들의 괴로움도 증가되었다. 어제의 여성은 행복한 아내였으나, 오늘의 여성은 불행한 주부일 뿐이다.

지난날의 그녀는 눈이 먼 채 밝은 불빛 속을 걸었으나, 오늘날의 그녀는 눈을 뜬 채 어둠 속을 걷고 있는 것이다.

지난날의 그녀는 자기의 무지로 하여 아름다웠으나, 단순함으로 하여 저속했으며, 자기의 약함으로 하여 강하기도 했다.

그러나, 오늘날의 그녀는 자기의 옅은 지혜로 하여 추해졌으며, 자기의 지성으로 하여 천박하고 무정해졌다.

아름다움과 지성, 그리고 육신의 허약과 정신의 건강함이 여성에게서 결합 될 날은 과연 올 것인가?

나는 정신의 발달은 인간 생활의 필연적인 법칙이지만, 그 완성에 도달하는 것은 더디고 고통스럽다는 것을 믿는 사람 중의 하나이다. 만약, 한 여성이 어떤 면에서 자기 자신을 향상시킨다면 다른 면에서는 뒤떨어진다는 것은 마치 산정에 이르는 험로에는 반드시 도둑이 숨어 있고 이리의 굴이 있는 거와 마찬가지 이치이다.

이 이상야릇한 세대는 잠자고 깨어나는 사이에 존재한다. 그것은 손에 과거의 흙과 미래의 씨앗을 들고 있는 것과 같다. 어쨌든 우리는 모든 도시에서 미래를 상징하고 있는 여성을 발견하게 된다.

베이루트 시에서 셀마 카라미는 미래의 동양 여성을 상징하고 있었다. 그러나, 자기의 앞 시대를 살아간 많은 여성들처럼 그녀 역시 현재의 희생자가 되었다.

그리하여 줄기로부터 사납게 찢겨져 나가 강물에 의해 휩쓸려 가는 한 송이 꽃처럼, 그녀 또한 패배한 자들의 비참한 행로를 걸어가고 있었다.

마침내 만수르 베이 갈리브와 셀마는 결혼해서 부유하고 고귀한 사람들만이 거주하고 있는 라스 베이루스 거리의 아름다운 집에서 함께 살았다.

페리스 에판디 카라미는 마치 양 떼에 에워싸인 외로운 목자 牧者와 같이 한적한 정원과 과수원 한가운데 자리 잡고 있는 그의 집에 홀로 남겨졌다.

이제는 결혼식의 들뜬 낮과 밤이 지나갔다. 그러나, 신혼여행은 전쟁이 계곡과 들판에 해골과 죽은 뼈를 남기듯이 쓰라린 슬픔의 시간에 대한 추억만을 남겼을 뿐이다.

동양의 결혼식이 풍기는 예의 바름은 젊은 남녀의 가슴에 생기를 넣어 주지만, 그 마지막은 맷돌처럼 바다의 밑바닥으로 떨어지게 될지도 모른다. 그들의 들뜬 기분은 파도에 씻겨 없어질 때까지만 남아 있는 모래 위의 발자국과 같다.

봄은 지나갔다.

또한 여름과 가을 역시 지나갔다.

하지만 셀마에 대한 나의 사랑은 나날이 부풀어 올라 마침내는 일종의 말 없는 숭배로, 그것은 흡사 고아가 천국에 있는 자기 어머니의 영혼을 그리워하는 감정이었다.

나의 동경은 그것 외에는 아무것도 볼 수 없는 맹목적인 슬픔으로 바뀌었고, 내 두 눈에서 눈물을 쏟아낸 정열은 내 가슴에서 피를 빨아내는 당혹감으로 바뀌었으며, 애정의 한숨은 셀마와 그녀의 남편의 행복과 그녀 부친의 평화를 비는 끊임없는 기도가 되었던 것이다.

하지만, 나의 희망과 기도는 헛된 것이었다. 왜냐하면, 셀마의 불행은 죽음만이 치료할 수 있는 마음속의 병이 되었기 때문이다.

만수르 베이는 생활의 온갖 사치를 너무나 쉽게 차지한 사

람이었다. 하지만, 그럼에도 불구하고 그는 그와 같은 사치에
도 만족하지 않고 더욱 탐욕스러웠다.

셀마와 결혼한 후, 그는 고독하게 살고 있는 그녀의 늙은
부친을 전혀 돌보지 않았으며, 오히려 노인이 남기고 갈 재산
을 하루 빨리 자기가 상속받을 수 있도록, 그가 죽기를 빌고
있었다.

만수르 베이의 성격은 그의 숙부의 성격을 그대로 닮아 있
었다. 다만 두 사람 사이의 유일한 차이점이란, 주교가 걸치
고 있는 성복聖服과 가슴에 달고 있는 황금 십자가의 비호 아래
자기가 원하는 것을 비밀리에 갖는 데 비해, 그의 조카는 만사
를 공개적으로 하는 점이 달랐다.

주교는 아침에 성당에 나가고 그 나머지 시간을 과부와 고
아와 순진한 사람들을 착취하는 데 보냈다. 그러나, 만수로
베이는 오르지 성적 욕망을 추구하는 것에 시간을 낭비하고 있
었다.

일요일이면, 불로스 갈리브 주교는 복음을 설교했다. 그러
나 평일에는 그 지방의 정치적 음모와 술책으로 바쁜 시간을
보내느라고 그가 설교한 것을 실행하지 않았다.

그리하여 만수르 베이는 숙부의 권위와 세력을 이용해서 충
분한 뇌물을 받을 수 있는 사람에게 정치적 요직을 보장해 주
는 것을 업으로 삼고 있었다.

불로스 주교가 밤의 장막 속에 자신을 감추는 도둑인 반면,
그의 조카 만수르 베이는 대낮에 당당하게 걸어 다니는 사기
꾼이었다.

어쨌든 동양 여러 나라의 국민들은 이와 같은 그들을 신뢰하기 때문에 그와 같은 이리와 도살자들은 끝없는 탐욕으로 자기 조국을 멸망시키고, 무자비한 손으로 그들의 이웃을 무너뜨리고 있었다.

어째서 나는 삶에 상처를 받은 불행한 여인을 위해 이 모든 지면을 보류하는 대신에 가난한 나라의 반역자에 관한 말로써 이 페이지를 채우려 하고 있는 것일까?

무엇 때문에 나는 생명이 죽음의 이빨에 의해 강탈당한 한 연약한 여인의 추억을 위해 나의 모든 눈물을 간직하기보다는 오히려 억압당하는 사람을 위해 눈물을 흘려야 하는 것일까.

하지만, 친애하는 독자들이여. 당신들은 이와 같은 여인이 성직자들과 독재자들에 의해 억압받고 있는 국가와 같다고 생각하지 않는가?

당신들은 한 여인을 무덤으로 이끌어 가는 좌절된 사람이 지상의 사람들에게 스며 있는 절망과 같다고 믿지는 않는가?

한 여인과 한 국가에 대한 관계는 불빛과 등불에 대한 관계와 같다. 만약에 등불의 기름이 떨어져 간다면 그 불빛은 흐려져 갈 것이 아닌가?

또 가을이 지나갔다. 바람은 나뭇가지에서 낙엽을 떨어뜨리면서 울부짖으며 다가오는 겨울에게 그 길을 내주고 있었다.

나는 내 자신의 꿈 외에는 한 사람의 친구도 없이 베이루트 시에서 살고 있었으며, 그 꿈은 내 영혼을 하늘까지 높이 치켜올렸다가는 대지의 가슴에 깊이 파묻어 버렸다.

슬픔에 잠긴 영혼은 고독과 함께 위안을 찾는다. 그것은 마치 상처 입은 사슴이 무리를 떠나 그 상처가 낫거나 죽을 때까지 동굴 속에 숨어 사는 것과 같다.

어느 날, 나는 페리스 에판디가 앓는다는 소식을 들었다. 나는 내 쓸쓸한 방을 떠나, 그의 집을 향해 걸어갔다. 그리고, 나는 덜거덕거리는 마차 바퀴 소리가 끊임없이 들리는 큰길을 피해 오솔길을 택했다.

그 길은 올리브 나무 사이로 난 외로운 길이었다.

페리스 에판디의 집에 도착하자, 나는 곧장 집 안으로 들어가서 병약하고 창백한 모습으로 침대에 누워 있는 그를 발견했다. 그의 두 눈은 움푹 들어가 마치 고통의 유령이 출몰하는 깊고 어두운 계곡 같았다.

언제나 그의 얼굴에 활기를 띠게 하던 미소는 고통과 고뇌에 의해 질식해 있었고 부드러운 손의 뼈는 폭풍우 앞에서 떨고 있는 헐벗은 나뭇가지 같았다.

내가 다가가서 그의 건강을 묻자, 그는 창백한 얼굴을 내게로 돌리며 떨리는 입술로 미소를 머금었다. 그리고 나서, 그는 가냘픈 목소리로 말했다.

"가 다오, 내 아들아. 옆방으로 가서 셀마를 위로해 주게. 그리고, 그 애를 데리고 와서 내 침대 옆에 앉혀 주겠나."

나는 옆방으로 들어갔다. 그리고 나는 두 팔로 머리를 감싸 쥐고 울음소리가 자기 부친이 듣지 못하도록 베개에 얼굴을 파묻은 채 소파에 엎드려 있는 셀마를 발견했다. 천천히 다가가면서 나는 속삭임이라기보다는 한숨에 더 가까운 목소리로 나직이 그녀의 이름을 불렀다.

그녀는 마치 불행한 꿈을 꾸다가 저지당한 것처럼 무서움에 찬 몸짓을 했다. 그리고는 일어나서 내가 유령인지 아니면 살아 있는 사람인가를 의심하는 듯이 맥빠진 눈빛으로 나를 바라보았다.

그리하여 그녀와 내가 맨 처음 사랑의 포도주에 취했던 그 시간 속으로 우리를 추억의 날개에 태워 다시 데리고 간 깊은 침묵이 지나자, 셀마는 눈물을 닦으면서 말했다.

"보세요. 시간이 우리들을 얼마나 변하게 했는지를! 시간이 인생의 진로를 얼마나 바꾸어 놓았으며, 이 폐허에 우리를 버려 두었는가를! 보세요, 이곳에서 봄은 우리를 사랑의 굴레로 결합시켰고, 바로 이곳에서 우리를 함께 죽음의 보좌 앞으로 데려왔지요. 또 봄은 얼마나 아름다웠으며, 겨울은 얼마나 잔인한가요!"

이렇게 말하면서, 그녀는 마치 자기 앞에 서 있는 과거의 유령으로부터 자기의 눈을 보호하려는 듯이 재빠르게 두 손으로 얼굴을 가렸다.

나는 그녀의 머리에 손을 얹고 낮은 음성으로 침착하게 말했다.

"자, 셀마. 이리 와서 폭풍우 속에서도 견고한 탑이 됩시다. 또한 적 앞에 서서 무기를 겁내지 않고 맞서는 용감한 병사가 됩시다. 만일 그들이 우리를 죽이려 한다면 순교자처럼 죽을 것이며, 만일 우리가 승리한다면 우리는 영웅처럼 살 것입니다. 온갖 장벽과 고난에 용감히 맞서 나아가는 것은 안일을 택해

물러서는 것보다 훨씬 고귀한 것입니다. 죽을 때까지 등불 주위를 날으는 불나비는 어두운 땅속에서 사는 두더지보다 훨씬 강한 것입니다.

자, 셀마, 바위틈과 가시덤불 사이에 숨어 있는 해골과 범을 보지 않도록 태양을 똑바로 바라보면서, 이 거친 길을 힘차게 걸어갑시다. 만약에 위험이 우리를 길 한가운데 멈춰 세운다면, 우리는 밤으로부터 비웃음만 듣게 될 것입니다. 하지만, 우리가 용감하게 산의 정상에 도달한다면, 우리는 승리와 환희의 노래를 부르는 영혼과 같이 있게 될 것입니다.

어서 기운을 내요, 셀마! 눈물을 닦고 얼굴에서 슬픔을 지워 버려요. 기운을 내서 일어나요. 그리하여 당신 부친의 침대 곁에 가서 앉읍시다. 그분의 생명은 당신의 생명에 의존하고 있으며, 당신의 미소는 그분의 유일한 치료 약입니다."

부드러우면서도 애정이 넘치는 시선으로 나를 바라보고 나서, 그녀가 말했다.

"당신 자신도 인내가 필요한데, 어째서 당신은 나에게 인내를 가지라고 요구하시는 건가요? 굶주린 자가 자기의 빵을 다른 배고픈 사람에게 줄 수 있을까요? 아니면, 병든 자가 그 자신이 몹시 필요로 하는 약을 다른 병자에게 줄 수 있을까요?"

셀마는 고개를 앞으로 다소곳이 숙인 채 자리에서 일어섰다. 그리고 우리는 함께 페리스 에판디의 방으로 가서, 그의 침상 곁에 앉았다. 그녀는 억지로 미소를 띠며 평온한 체했고, 그녀의 부친은 자기가 한결 기분이 전보다 좋아졌으며, 차츰 원기를 회복하고 있다는 것을 딸에게 믿게 하느라고 애쓰고 있었다. 그러나, 아버지와 딸은 서로의 슬픔을 눈치채고 있었으며, 소리 없는 한숨을 듣고 있었다.

그들은 말없이 서로를 서서히 무너뜨리는 두 개의 대등한 힘과 같았다. 아버지의 가슴은 딸의 처지로 하여 녹아내리고 있었다. 그들은 사랑과 죽음으로 서로를 포옹하면서 한편으로는 이 세상을 하직하고, 다른 한편으로는 비탄으로 고통받는 두 개의 순수한 영혼이었다.

그리고 나는 흐린 나날이 머물러 있는 가슴을 간직한 채 그 두 사람 사이에 외로운 섬처럼 끼어 있었다. 우리들은 운명의 손에 의해 뭉쳤다가 으스러진 세 사람이었다.

즉, 노인은 홍수로 하여 폐허가 된 집과 같았고, 백합을 상징하던 그녀는 날카로운 낮에 의해 목이 잘리었으며, 나는 연약한 어린 나무로 폭설에 의해 휘어져 있었다.

한편, 우리 모두는 운명의 손에 쥐어진 장난감이었다.

페리스 에판디는 천천히 몸을 움직여 힘없는 손을 셀마에게 내밀면서 자애롭고 부드러운 목소리로 말했다.

"내 손을 잡아라, 애야."

셀마는 그의 손을 잡았다. 그러자, 노인이 말했다.

"나는 살고 싶은 만큼 살았다. 게다가 인생의 계절에 열리는 온갖 과일들을 마음껏 맛보았다. 나는 별 걱정 없이 인생의 모든 것을 침착하게 경험했다. 나는 네가 세 살 때 네 어머니를 잃었다. 그녀는 너를 내 무릎에 소중한 보물처럼 남겨두고 떠나갔지. 나는 네가 자라는 것을 지금까지 지켜보았으며, 얼굴은 마치 고요한 연못 위에 비친 별처럼 네 어머니의 모습을 닮아

갔어. 너의 성격과 지성, 아름다움은 바로 네 어머니의 것이었으며, 말하는 태도나 몸짓까지도 꼭같았지.

너는 내가 이 세상을 살아가는 동안의 유일한 위안이었다. 네가 말하는 태도나 몸짓까지도 네 어머니를 그대로 닮았기 때문이야. 이제 나는 너무 늙었고, 내 유일한 휴식처는 죽음의 부드러운 날개 사이란다. 힘을 내려무나, 내 사랑하는 딸아. 나는 네가 한 여성으로 자란 것을 볼 만큼 오래 살지 않았느냐? 부디 행복하기를 바란다.

나는 죽은 후에도 너와 함께 살 것이다. 내가 오늘 이 세상을 떠나는 것은 내일 떠나거나 그 후에 떠나는 것과 아무런 차이가 없는 것이란다. 왜냐하면, 우리의 일생이란 가을날의 나뭇잎처럼 사라지기 마련이기 때문이지. 내 죽음의 시간이 서둘러 다가오고 있고, 내 영혼은 네 어머니의 영혼과 합일되기를 바라고 있단다.”

이와 같이 상냥하고 자애롭게 말하고 있는 동안, 그의 얼굴은 환하게 빛나고 있었다.

이윽고 그는 베개 밑에 손을 집어넣고 금테를 두른 작은 사진 한 장을 끄집어냈다. 그 작은 사진에 눈길을 멈춘 채 그가 다시 말했다.

“자, 셸마야. 이리 와서 이 사진 속의 네 어머니를 보려무나.”

셸마는 눈물을 닦고 오랫동안 사진을 바라본 뒤에 거듭 사진에 입을 맞추었다. 그리고는,

“아, 사랑하는 어머니! 어머니!”

하고 울음을 터뜨렸다. 그리고는 마치 자기의 영혼을 그 사진에 쏟아 넣으려는 듯 사진 위에 떨리는 입술을 댔다.

인간의 입술에서 흘러나오는 가장 아름다운 말은, '어머니'라는 어휘이다. 그리고, 가장 아름답게 부르는 음성은 '우리 어머니라'고 부르는 소리이다. 그것은 희망과 사랑으로 가득 찬 말이며, 가슴의 심연으로부터 우러나오는 가장 따뜻하고 다정스러운 말인 것이다.

어머니는 우리의 모든 것, 어머니는 우리가 슬플 때 우리의 위안이며, 고통에 빠져 있을 때 우리의 희망이 되며, 약할 때 우리의 힘인 것이다.

어머니는 사랑과 자비와 동정과 용서의 원천이다. 어머니를 잃는 사람은 그를 끊임없이 축복하고 보호하는 지순한 영혼을 잃은 것이 된다.

자연 속의 모든 것은 어머니란 존재를 의미하고 있다. 태양은 대지의 어머니로서 열熱이라는 영양은 대지에게 준다. 태양은 바다의 노래와 새들과 시냇물의 찬가로 대지를 잠재울 때까지 밤에도 결코 우주를 떠나지 않는다.

또한 대지는 나무와 꽃의 어머니이기도 하다. 대지는 그들을 낳고, 그들에게 젖을 먹이고, 그들에게서 젖을 뗀다.

그리하여 나무와 꽃은 그들의 위대한 열매와 씨앗의 어머니가 되는 것이다. 그리하여, 모든 생존의 원형인 어머니는 아름다움과 사랑으로 가득 찬 영원한 정신이다.

셀마 카라미는 아주 어렸을 때 어머니가 돌아가셨기 때문에 어머니에 대한 기억이 전혀 없었다. 하지만, 그녀는 어머니의

사진을 보자,

"아, 어머니!"

하고 울부짖었다.

이와 같이 어머니라는 말은 우리의 가슴 속에 언제나 그림자처럼 숨어 있으며, 그것은 향기가 장미의 깊은 곳에서 솟아 나와 맑고 흐린 대기와 뒤섞이듯이 슬플 때나 행복할 때 우리의 입술에서 흘러나오게 된다.

셀마는 어머니의 사진을 하염없이 바라보며, 그 위에 쉴 사이 없이 입을 맞추더니, 이윽고 부친의 침대 위로 쓰러졌다. 그러자, 노인은 그녀의 머리 위에 두 손을 얹으며 말했다.

"사랑하는 딸아, 나는 종이 위에 찍힌 네 어머니의 모습을 보여 줬다. 애야, 그런데 내 말을 좀 들어보려무나. 네 어머니의 말을 들려줄 테니."

그녀는 어미 새의 날갯 소리를 들은 둥지 속의 작은 새처럼 머리를 치켜들고는 간곡하게 아버지를 바라보았다.

페리스 에판디는 천천히 말했다.

"네 어머니는 너를 기르고 있을 때, 너의 외할아버지를 잃었지. 네 어머니는 부친의 임종을 당하자 울고 탄식했지만, 현명하고 참을성이 많았어. 장례식이 끝나자마자, 바로 이 방에서 내 곁에 앉아 말했단다.

'여보, 이제 나의 아버님은 돌아가시고, 당신만이 이 세상에서 나의 유일한 위안이에요. 지금 내 가슴 속의 사랑은 삼나무 가지처럼 갈라져 있어요. 만일 나무가 튼튼한 가지 하나를 잃는다면, 그 나무는 고통을 받겠지만 죽지는 않을 거예요. 그

나무는 자기의 온 생명력을 다른 가지에 모두 쏟아 넣을 거예요. 그리하여 그 나무가 자라나서 비어 있는 곳을 채울 수 있게 말예요.'

이것이 네 외할아버지가 돌아가셨을 때, 네 어머니가 나에게 한 말이란다. 그러니까, 애야. 죽음이 내 육체를 그 안식처로 데려가고, 내 영혼을 하나님의 무릎 앞에 데려갈 때, 너도 이와 같이 말해야 한단다. 알겠니?"

셀마는 눈물을 흘리면서 상처난 가슴으로 목이 메어 그에게 대답했다.

"어머님께서 외할아버지를 잃으셨을 때는, 아버님께서 그 자리를 대신하셨어요. 하지만, 아버님이 돌아가신다면 누가 그 자리를 대신할까요? 어머님은 다정하고 진실한 남편의 보호를 받을 수 있었고, 어린 딸에게서 위안을 받을 수 있었지만, 아버님이 돌아가신다면 누가 나의 위안이 될까요? 아버님은 저의 아버지이자 어머니였으며, 제 젊은 날의 친구였어요."

이렇게 말하고 나서 그녀는 고개를 돌려 나를 바라보았다. 그리고는 내 옷깃을 잡으며 말했다.

"아버님이 돌아가신 후에 제가 만날 수 있는 친구란 오직 이 사람밖에 없어요. 하지만, 그 자신도 괴로워하고 있는데 어떻게 나를 위로할 수 있을까요? 상처 입은 가슴이 어떻게 낙심한 영혼에게서 위안을 찾을 수 있을까요?

슬픈 운명을 지닌 여인은 자기 이웃의 슬픔에 의해 위안 받을 수 없으며, 새는 부러진 날개로 날 수 없어요. 그는 내 영혼의 벗이지만, 이미 그에게 무거운 슬픔의 짐을 지우고, 내 눈물로써 그의 눈을 흐리게 해서, 마침내 그는 어둠 밖에 그 어떤 것도 볼 수 없게 되었답니다.

그는 내가 진정으로 사랑하는 형제이지만, 그는 내 슬픔이 더 커짐에 따라 내 가슴을 불태우는 눈물을 흘리게 하고, 나의 고통을 나누어 갖는 모든 형제와 같답니다."

셀마의 말은 내 가슴에 너무나 깊게 와 닿았으며, 나는 더 이상 견딜 수 없음을 느꼈다. 노인은 아주 우울한 기분으로 그녀의 말에 귀를 기울이고 있었다. 바람 앞의 등불처럼, 이윽고 그는 팔을 뻗으며 말했다.

"애야, 내가 평온하게 이 세상을 떠나가게 해 다오. 나는 이미 새장의 창살을 부러뜨렸어. 내가 날아가는 것을 막지 말아라. 네 어머니가 나를 부르고 있어. 하늘은 맑고, 바다는 고요하며, 이미 배는 항해할 준비를 끝내고 있다. 부디 항해를 지연시키지 말아라. 내 몸을 휴식을 취하고 있는 자들과 함께 편히 쉬도록 해 다오. 내 꿈이 끝나고, 내 영혼이 새벽과 함께 깨어나도록 해 다오. 네 영혼이 내 영혼을 포용하고 희망의 입맞춤을 나에게 퍼부어다오. 꽃과 풀들이 그들의 영양분을 잃지 않도록 내 몸에 슬픔과 고통의 물방울은 한 방울도 떨어뜨리지 말아라. 내 손등에 불행의 눈물을 흘리지 말아다오.

왜냐하면, 그것이 내 무덤 위에 가시 돋친 나무로 자라게 될지도 모르기 때문이다. 내 이마에 번민의 주름살이 지게 하지 말아다오, 바람이 지나가다가 그 주름살을 보고서 내 뼛가루를 푸른 초원으로 날라 주려고 하지 않을런지도 모른다.

……애야, 살아 있는 동안 나는 너를 아낌없이 사랑했다.

그러나, 죽어서도 나는 너를 사랑할 것이고, 내 영혼은 항상 너를 지켜보며. 너를 보호할 거다."

노인은 두 눈을 반쯤 감은 채 나를 바라보며 말을 계속했다.

"내 아들아, 네 부친께서 나에게 했던 것처럼, 너도 셀마의 참된 형제가 되어 주렴. 내 딸의 진정한 위안자로서 어려울 때 돕는 벗이 되어다오.

그리고, 이 애가 나를 애도의 눈물을 흘리지 않게 해 주렴. 죽은 자에 대한 애도는 잘못된 거야. 내 딸이 슬픔을 잊을 수 있도록 즐거운 이야기를 되풀이해서 들려주고 삶의 아름다운 노래를 불러주게. 그리고 네 부친께 나의 안부를 전해 주려무나. 그에게 우리의 젊은 날에 관한 이야기를 들려 달라고 하고, 내 생애의 마지막 시간에 내가 그 아들의 모습에서 친구를 진정으로 사랑했다고 전해 주게."

침묵이 계속되었다. 나는 노인의 얼굴에서 죽음의 창백한 그림자를 볼 수 있었다. 이윽고, 그는 우리를 번갈아 바라보면서 꺼져 가는 음성으로 말했다.

"의사는 부르지 말아라. 어쩌면 약의 힘으로 이 감옥에서 내 사형 선고를 늦출까 두렵기 때문이란다. 노예의 날들은 지나갔다. 지금 내 영혼은 하늘의 자유를 찾고 있어. 그리고, 내 곁에 사제를 부르지 말아라. 만일 내가 죄인이라면 그의 기도는 나를 구원하지 못할 것이며, 또한 내가 죄가 없다 하더라도 나를 천국으로 달려가게 하지는 못할 것이기 때문이지. 점성가가 별들의 진로를 바꿀 수 없듯이 인간은 하나님의 의지를 바꿀 수 없는 것이란다.

하지만, 내가 죽은 후에는 의사와 사제들이 마음대로 하도록 내버려 두어라. 왜냐하면, 내 영혼의 배는 목적한 해안에 닻을 내릴 때까지 항해를 쉬지 않을 것이기 때문이란다."

한밤중이 되자 페리스 에판디는 지친 눈을 떠서, 침상 곁에 무릎을 꿇고 앉아 있는 셀마에게 시선을 집중시켰다. 그는 말을 하려고 애를 썼으나, 제대로 되지 않았다. 이미 죽음이 그의 목소리를 질식시켰기 때문이었다. 하지만, 그는 온 힘을 다하여 마침내 몇 마디의 말을 남겼다.

"이제 밤은 지나갔다…… 아, 셀마야…… 아……"

마침내 그는 고개를 힘없이 떨구었고 얼굴은 창백해졌다. 그러나 그가 마지막 숨을 몰아쉬고 있을 때, 나는 그의 입가에 감도는 엷은 미소를 볼 수 있었다.

셀마는 자기 아버지의 여윈 손을 만져 보았다. 손은 차디찼다. 그러자 그녀는 고개를 들고 그의 얼굴을 쳐다보았다. 이미 얼굴은 죽음의 장막에 뒤덮혀 있었다.

셀마는 너무나 숨이 막혀 눈물을 흘릴 수도, 한숨을 쉴 수도, 하물며 움직일 수조차도 없었다. 한동안, 그녀는 조각의 눈처럼 고정된 시선으로 죽음의 세계에 갇혀 있는 노인을 응시했다. 그러고 나서, 그녀는 허리를 굽혀 이마를 마루 바닥에 대면서 말했다.

"오, 주여! 우리를 불쌍히 여기소서. 그리고, 우리의 부러진 날개를 치유해 주소서."

페리스 에판디 카라미는 세상을 떠났다. 그의 영혼은 영원에 안겨졌고 그의 육신은 대지로 돌아갔다. 그리하여 만수르 베이 갈리브는 그의 재산을 차지했고, 셀마의 인생은 슬픔과 불행의 삶에 감금된 죄인이 되었다.

나는 끝없는 슬픔과 몽상에 잠겨 있었다. 낮과 밤은 독수리가 그의 먹이를 약탈하듯이 나를 집어삼켰다. 몇 번이고 나는 지난 세대의 고서古書나 신전에 몰두함으로써 내 자신의 불행을 잊으려고 많은 노력을 기울였다.

하지만, 그것은 기름과 함께 꺼져 가는 작은 불꽃과 같았다. 왜냐하면, 나는 과거의 행렬에서 비극 밖에는 볼 수 없었으며, 흐느낌과 통곡을 제외한 그 어느 것도 들을 수 없었기 때문이었다.

〈욥기〉는 「시편詩篇」보다 더 매력적이었으며, 나는 〈솔로몬의 아가雅歌〉보다는 〈예레미야의 애가哀歌〉를 더 좋아했다. 〈햄릿〉은 서구 작가들의 다른 어떤 희곡보다 내 가슴에 더 많은 것을 생각하게 해 주었다.

이렇듯 절망은 우리의 시력을 약하게 만들었고, 우리의 귀를 막아버렸다. 우리는 파멸의 유령을 제외한 그 어떤 것도 볼 수 없으며, 오로지 설레이는 가슴에 고동치는 소리만을 들을 수 있을 뿐이다.

VIII ── 그리스도와 이쉬타르 사이에서

베이루트 시를 레바논과 이어 주는 정원과 언덕 사이에 작은 사원이 한 채 자리잡고 있었다.

이 사원은 아주 오랜 옛날에 흰 바위산을 파내서 세운 것으로 올리브나무와 편도나무, 버드나무들이 그 주위를 구름처럼 에워싸고 있었다.

이 사원은 큰길로부터 반 마일가량 떨어져 있기 때문에 이 이야기가 전해지기 시작한 당시에는 유적이나 고대의 폐허에 흥미를 가진 극소수의 사람들만이 이곳을 방문했다.

이곳은 레바논에서 숨겨지고 잊혀져 있는 장소 중의 하나로 많은 관심을 끌었다. 시내에서 멀리 떨어져 있는 이곳은 예배자들에게는 훌륭한 안식처가 되었고, 외로운 연인들에게는 아름다운 사랑의 장소가 되었다.

이 사원에 들어서는 사람은 누구나 동쪽 바위벽 위에 새겨진 옛 페니키아의 그림을 볼 수 있는데, 그 암벽에 새겨진 그림은 발가벗은 모습으로, 각각 다른 자세로 서 있는 일곱 명의 처녀들에 의해 둘러싸여서 보좌에 앉아 있는 사랑과 미美의 여신인 이쉬타르를 묘사하고 있었다.

첫 번째 처녀는 횃불을, 두 번째 처녀는 비올라를, 세 번째 처녀는 향로를, 네 번째 처녀는 술 항아리를, 다섯 번째 처녀는 장미꽃 가지를, 여섯 번째 처녀는 월계수 꽃다발을, 맨 마지막 일곱 번째 처녀는 활과 화살을 차고 있어, 그들 모두는 이쉬타르를 경건하게 바라보는 모습을 하고 있었다.

두 번째 그림은 첫 번째 그림보다 훨씬 현대적이었다. 그 그림은 십자가에 못 박힌 그리스도를 상징하고 있었으며, 그리스도 곁에는 비탄에 잠긴 동정녀 마리아와 막달라 마리아, 그리고 울고 있는 두 여인이 함께 서 있었다. 이 비잔티움의 그림은 15, 6세기에 조각되었음을 보여 주고 있다.

서쪽 벽에는 두 개의 둥근 창문이 나 있는데, 그곳을 통해 밝은 햇볕이 사원 안을 비추어서 그 두 그림을 마치 황금빛 물감으로 그린 것처럼 보이게 했다.

또한, 사원 한가운데에는 각각 옛 그림이 하나씩 그려진 정사각형의 대리석 석상이 있었는데, 그중 어떤 것은 고대 사람들이 이 바위에다 제물을 바친 흔적으로 돌처럼 굳은 핏덩이로 얼룩져 있어서 거의 알아볼 수가 없었다.

이 작은 사원은 살아 있는 사람들에게 여신의 비밀을 계시해 주고 지난 세대와 종교의 발달을 말없이 설명해 주는 깊은 침묵만이 있을 뿐이다.

이와 같은 정경은 시인을 그가 살고 있는 현재로부터 더 먼 세계로 데리고 가고, 철학자에게는 인간이란 태어날 때부터 종교적이라는 사실을 설명하고 있었다.

그들은 자기들이 눈으로 볼 수 없는 세계에 대한 필요성을 느꼈기 때문에 갖가지 상징을 그림으로 묘사했으며, 그 그림은 삶과 죽음으로 인한 그들의 욕망과 숨겨진 비밀을 드러내고 있었다.

그 알려지지 않은 사원에서 나는 한 달에 한 번씩 셀마를 만나 그녀와 더불어 그 이상한 그림을 바라보며 십자가에 못 박힌 그리스도를 생각하면서 시간을 보냈다.

또한, 우리는 이쉬타르의 조상影像 앞에서 분향하고, 그 성소에 향료를 뿌림으로써, 이쉬타르의 모습에 나타난 아름다움을 숭배하고 사랑하며 살아간 페니키아의 젊은 남녀에 대해 묵상했던 것이다.

즉 영원 앞에서 시간의 행진에 따라 되풀이되는 이름뿐으로 아무것도 생각할 수가 없었다.

내가 셀마와 만난 그 시간의 흐름 속에서 고통과 행복, 슬픔과 희망, 불행으로 가득 찬 그 성스러운 추억을 글로 쓰기란 어려운 일이다.

우리는 그 오래된 사원에서 사람의 눈에 띄지 않게 만나서 지난날을 회상하기도 하고, 우리의 현재를 의논하기도 했으며, 미래에 대한 공포감을 느끼기도 했다.

그리고는 상상적인 희망과 슬픈 꿈을 가지고 우리 스스로를 위안하려고 애쓰면서, 우리들 가슴 속의 가장 깊은 곳에 숨겨진 비밀을 조금씩 끄집어내기도 하였다.

또 우리의 불행과 고통을 서로에게 호소하기도 했다. 이따금 우리는 침묵에 잠겨서 눈물을 닦고 난 후, 사랑 이외엔 그 어떤 것도 망각한 채 미소 짓는 것이었다.

우리는 우리의 가슴이 녹아내릴 때까지 서로를 포옹했다. 그러면 셀마는 내 이마에 청순한 키스의 자국을 남겨 내 마음을 환희로 가득 넘치게 했다.

나 또한 그녀가 상앗빛 목을 숙일 때 키스로 대답해 주었다. 그때 그녀의 두 볼은 마치 작은 동산의 이마에 비치는 첫새벽의 빛과도 같이 부드럽게 홍조를 띠었다. 우리는 구름이 노을에 젖어 오랜지 빛으로 물드는 먼 수평선을 조용히 바라보았다.

우리의 얘기는 사랑에만 국한되지는 않았다. 가끔 세상 문제에 관해 말하기도 했으며, 서로의 사상과 지식을 교환하기도 했다. 대화가 진행되는 동안, 셀마는 여성의 사회적 지위를 비롯해서 그녀에게 남아 있는 지난 세대의 행적이며, 남편과 아내와의 관계, 그리고 결혼생활을 위협한 영혼의 질병과 타락 등에 관해 이야기했다.

나는 그녀가 이런 말을 한 것을 기억하고 있다.

"시인이나 작가들은 여성의 본질과 실체를 이해하려고 애쓰고 있지만, 정녕 오늘날까지도 그들은 여성의 가슴 속에 숨겨진 비밀을 이해하지 못하고 있어요. 왜냐 하면, 그들은 오로지 성性의 베일 뒤에서 여성을 바라보기 때문이며, 그 외형만을 보죠. 또한 그들은 증오의 눈을 통해서 여심을 확대하여 바라보고, 따라서 연약함과 복종을 제외하고는 아무것도 보지 못하는 거예요."

또 어느 때인가 그녀는 사원의 벽에 조각된 그림을 손으로 가리키면서 이렇게 말했다.

"이 바위의 숨은 가슴 속에는 사랑과 슬픔 사이에, 애정과 희생 사이, 보좌에 앉아 있는 이쉬타르와 십자가 곁에 서 있는 마리아 사이를 왕래하는 영혼의 비밀을 알 수 있고, 여성의 욕망의 본질을 묘사하는 두 가지 상징이 있어요. 남자는 명성과 명예를 높이 사지만, 여성은 그 값을 치르는 거지요."

하나님과 사원 위를 날아다니는 새 떼를 제외하고는 아무도 우리의 밀회를 알지 못했다. 셀마는 파사 공원이라는 곳까지 마차를 타고 와서, 거기서부터 사원까지는 걸어와서 그녀를 애타게 기다리고 있는 나를 만나곤 했던 것이다. 우리는 남의 눈을 두려워하지 않았으며, 또한 양심이 우리를 괴롭히지도 않았다.

사랑의 불꽃으로 정화되고 눈물로 씻겨진 우리의 맑은 영혼은 사람들이 수치나 치욕이라고 부르는 것보다 훨씬 더 고귀했다.

그것은 인간의 가슴에 깃든 숭고한 애정에 거역하는 낡은 관습이나 노예제도에 관한 법률 따위에는 얽매이지 않는다. 그러한 영혼은 하나님의 보좌 앞에 부끄러움 없이 당당하게 설 수 있다.

우리의 인간 사회는 7천 년 동안이나 타락한 법률에 맹목적으로 굴복해 왔기 때문에, 마침내는 보다 우월하고 영원한 법률의 의미를 이해할 수 없었던 것이다.

인간의 두 눈은 너무나 희미한 촛불에 익숙해져 있기 때문에 햇빛을 볼 수 없다. 그러므로 영혼의 질병은 한 세대에서 다음 세대로 상속되어 왔기 때문에 마침내 그것은 질병으로서가 아니라, 하나님이 아담에게 준 자연의 선물로서 생각하는 사람들의 한 부분이 되었다.

만약 그 사람들이 이와 같은 질병의 병균에 감염되지 않는 사람을 만난다면, 그들은 그를 수치와 치욕으로 생각했을 것이다.

셀마가 남편이 있는 가정을 벗어나서 사원에서 은밀하게 다른 남자를 만났기 때문에, 그녀가 나쁘다고 생각하는 사람들은 건강하고 건전한 사람을 반역자로 생각하는 일종의 병들고 심약한 사람이다. 그들은 마치 행인들에게 짓밟힐까 두려워서 어둠 속에 기어 다니는 곤충과 같다.

감옥에서 도망칠 수 있음에도 불구하고 탈옥하지 않은 채 압박받고 있는 죄수는 겁쟁이다. 순진무구하면서 억압받는 죄수인 셀마는 자기 자신을 노예 생활로부터 해방시킬 수가 없었다.

감옥의 창문을 통해서 푸른 들판과 드넓은 하늘을 바라본다고 해서, 그녀가 비난받아야 하는가? 셀마가 그리스도와 이쉬타르 사이에서, 내 곁에 앉기 위해 가정을 잠시 떠나온다고 해서 사람들은 그녀를 남편에게 충실하지 못하다고 생각해야 할 것인가?

사람들이 셀마에 대해서 뭐라고 지껄이든 상관할 일이 아니다. 그녀는 이미 다른 영혼들을 모두 가라앉힌 늪을 지나왔으며, 울부짖는 이리들과 날름대는 뱀들 때문에 결코 도달할 수 없는 세계에 도달해 있었다.

또한, 사람들이 나에 대해서 제멋대로 떠들어도 좋다. 죽음의 유령을 본 영혼은 도둑을 만난다 해도 두려워하지 않기 때문이다.

머리 위에서 번쩍이는 칼과 다리 밑으로 낭자하게 흐르는 피를 본 병사는 길거리에서 아이들이 그에게 내던지는 돌 따위는 조금도 상관하지 않는다.

IX —— 희생

늦은 6월의 어느 날, 사람들이 여름 더위를 피해서 도시를 떠나 산을 찾아 나설 때 나는 안달루시아[스페인 남부지방]를 예찬한 작은 시집 한 권을 손에 들고, 셀마를 만나기 위해 사원으로 향했다.

사원에 도착하자, 나는 그곳에 앉아 시집을 훑어보면서 내 가슴을 환희와 감동으로 가득 채우는 그 시들을 읽으면서 그녀를 기다렸다.

그 시의 내용은 그라나다 옛 서부 사라센 왕국의 수도에 작별을 고하고 저들의 왕궁과 공공건물이며, 모든 희망을 뒤에 남긴 채 눈에는 눈물을, 가슴에는 슬픔을 간직하면서 떠나가는 왕과 시인과 기사들에 대한 추억을 나의 영혼에 불어넣어 주었다.

한 시간이 채 못되어서 나는 셀마가 사원 한가운데를 가로질러 다가오는 모습을 보았다. 마치 그녀는 세상의 온갖 걱정을 자기의 두 어깨에 짊어지고 있는 것처럼 양산에 몸을 의지하고 있었다.

그녀가 내 곁에 앉았을 때, 나는 그녀의 눈빛에서 어떤 변화가 있었음을 눈치채고 그것에 대해 묻고 싶어 애가 탔다.

셀마 역시 내 마음속의 변화를 느끼고 있었다. 그래서 그녀는 내 머리에 두 손을 얹으며 말하는 것이었다.

"좀 더 가까이 다가오세요. 자, 어서요, 내 사람. 내 가까이서 갈증을 풀도록 해 주세요. 이별의 시간이 다가오고 있어요."

나는 그녀에게 급히 물었다.

"우리가 여기서 만나는 것을 당신의 남편이 알았나요?"

내 물음에 그녀가 대답했다.

"남편은 내게 신경을 쓰지 않을 뿐만 아니라, 내가 어떻게 시간을 보내고 있는지조차 모르고 있어요. 왜냐하면, 그는 가난으로 하여 윤락가로 떨어진 가련한 여자들과 시간을 보내느라고 정신없기 때문이지요. 빵을 위해 몸을 파는 그 여자들은 피와 눈물로 빚어진 사람들이에요."

나는 다시 물었다.

"그렇다면 당신이 이 사원에 와서 하나님 앞에 경건한 모습으로 곁에 앉아 있는 것을 방해하는 것은 무엇인가요? 셀마, 당신의 영혼이 우리의 이별을 요구하고 있는 것인가요?"

그녀는 두 눈에 눈물을 글썽이며 대답했다.

"아니에요. 내 사랑, 나의 영혼은 이별을 요구하고 있지 않아요. 이제 당신은 나의 한 부분이에요. 내 눈은 당신을 바라보는 것에 결코 싫증 내는 법이 없으니까요. 당신은 내 눈의 빛이니까요. 하지만, 무거운 족쇄에 채워진 인생의 험한 길을 걸어가야만 하는 것이 내 운명이라면 당신의 운명마저 그렇게 되는 것에 내가 만족하리라고 생각하세요?"

그러고 나서, 그녀는 이렇게 덧붙여 말했다.

"나는 그 모든 것을 다 말할 수는 없어요. 고통 때문에 혀는 벙어리가 되어 더 이상 말을 할 수가 없으며, 입술은 불행으로 닫혀 있어서 움직일 수조차 없기 때문이죠. 다만 내가 당신에게 말할 수 있는 것이란, 당신마저 나와 똑같은 함정으로 떨어질까 봐 두렵다는 것뿐이에요."

이 말을 듣고 나는 물었다.

"그게 무슨 말이요, 셀마? 대체 당신은 누구를 두려워하고 있다는 거요?"

그러자 그녀는 두 손으로 얼굴을 감싸며 냉정하게 말했다.

"주교는 내가 한 달에 한 번씩 집을 **빠져나가고** 있다는 사실을 벌써부터 눈치채고 있답니다."

내가 물었다.

"그렇다면, 우리가 여기서 만나는 걸 주교가 알아냈단 말인가요?"

그녀가 대답했다.

"사실이 그렇다면, 당신은 내가 여기에 앉아 있는 것을 바라보지 못했을 거예요. 하지만, 그는 의심을 품기 시작했어요. 하인과 문지기들 모두 불러놓고, 나를 면밀히 감시하라고 명령했답니다. 그 후로부터 내가 사는 집과 내가 가는 길은 모두 나를 감시하는 눈이며, 나를 가리키는 손가락이고, 내 생각의 속삭임을 경청하는 귀라는 느낌이 들어요."

그녀는 말을 끝내고 한동안 침묵을 지켰다. 그리고는 두 볼에 눈물을 흘리면서 다시 말했다.

"나는 조금도 주교가 두렵지 않아요. 물에 빠진 사람이 물에 젖는 것을 두려워하지는 않는 것은 당연하니까요. 하지만, 나는 당신이 그들의 함정에 빠져서 그의 먹이가 될까 봐 걱정입니다. 당신은 아직 젊고 햇빛처럼 자유로운 사람이어야만 해요. 나는 내 가슴을 향해 그 모든 화살을 쏠 운명이 두려운 게 아니라, 뱀이 당신의 발을 물어서 미래가 즐거움과 영광이 기다리고 있는 산정에 당신이 오르지 못하게 할까봐 그것이 두렵답니다."

내가 말했다.

"인생에 있어 빛의 뱀에게 물려 보지 않고, 어둠의 이리에게 물려 보지 않은 사람은 항상, 낮과 밤에 의해 속임만 당할 것입니다. 하지만 셀마, 잘 들어봐요. 인간의 악과 비열함으로부터 피하는 유일한 수단은 이별뿐인가요? 사랑과 자유의 길은 막히고, 죽음과 노예의 뜻에 복종하는 길만이 남아 있다는 말인가요."

그녀가 힘없는 음성으로 대답했다.

"그렇다면 이별과 서로 작별 인사를 하는 것만이 남아 있을 뿐이군요."

나는 그녀의 손을 잡고 흥분한 나머지 거칠게 말했다.

"우린 너무나 오랫동안 사람들의 뜻에 복종해 왔습니다. 우리가 만난 시간으로부터 지금까지 눈먼 자들의 손에 맹목적으로 이끌려 왔으며, 그들과 함께 그들의 우상 앞에서 예배드렸습니다. 내가 당신을 만난 시간부터, 우리는 주교가 마음 내키는 대로 내던진 두 개의 공처럼 그의 손안에 있었습니다.

죽음이 우리를 데리고 가버릴 때까지 우린 무작정 그의 뜻에 복종할 작정입니까? 다만 하나님은 생명의 입김을 죽음의 발밑에 놓아두기 위해 우리에게 주었다는 말입니까? 또한, 자유를 노예 생활의 그림자로 만들기 위해 우리에게 주었습니까?

자기의 영혼의 불꽃을 자신의 손으로 끄는 사람은 신의 이단자입니다. 왜냐하면, 하나님은 우리 영혼에서 타오르는 불을 피우기 때문입니다. 압제에 반항하지 않는 사람은 스스로 불의를 저지르는 것과 같습니다.

셀마, 나는 당신을 사랑하고, 당신 역시 나를 사랑하고 있습니다. 또한, 사랑은 귀중한 보물입니다. 그것은 민감하고 위대한 정신을 소유한 사람에게 주는 하나님의 은총입니다. 이와 같은 보물을 우리는 내팽개쳐 버려서 돼지들이 그것을 흐트러뜨리고 짓밟게 할 것인가요?

이 세상은 경이와 아름다움으로 가득 차 있습니다. 왜 우리는 주교와 그 무리들이 파 놓은 이 좁은 굴속에서 살아야 하는 겁니까? 삶은 행복과 자유로 빛나고 있습니다. 왜 우리는 스스로 어깨의 이 무거운 멍에를 벗어 버리고, 발에 묶인 사슬을 풀어버린 다음에 평화를 향해 자유로이 걸어가지 못합니까?

셀마, 어서 이 작은 사원을 떠나 하나님의 큰 교회로 갑시다. 이 나라와 그 모든 노예 생활과 무지로부터 벗어나 도둑들의 손이 미치지 않는 먼 나라로 갑시다. 어둠의 장막이 드리워진 해안으로 가서 행복과 이해로 새로운 생활을 찾을 수 있는 바다 저쪽으로 우리를 데리고 갈 배를 탑시다.

망설이지 말아요, 셀마. 지금의 시각은 우리에게 임금의 왕관보다 더 귀중하고, 천사의 보좌보다도 소중하니까요. 우리를 이 메마른 사막에서 꽃과 향기로운 식물이 자라는 푸른 들판으로 이끌어 주는 빛의 기둥을 따라갑시다."

그러나 셀마는 고개를 가로저었다. 그런 다음 천천히 사원의 천장에서 어떤 것을 바라보았다. 슬픔을 자아내는 미소가 그녀의 입술에 어렸다. 그녀가 말했다.

"아니에요. 그래선 안 돼요, 내 사랑. 신은 식초와 담즙이 가득 찬 잔을 내 손에 쥐여 주셨어요. 밑바닥에 조금 남은 시고 쓴 맛을 알기 위해서, 나는 몇 방울밖에 남지 않은 것까지 마시지 않을 수 없어요. 그리고 그 마지막 몇 방울마저 나는 참을성 있게 마실 거예요.

나는 사랑과 평화로운 새 생활을 하기에는 부족하답니다. 나는 삶의 쾌락과 감미로움을 즐길 만큼 충분히 튼튼하지 못하답니다. 왜냐하면, 날개가 부러진 새는 넓고 넓은 하늘을 날 수 없으니까요. 흐린 촛불에 길들여진 눈은 태양을 응시할 만큼 충분히 건강하지 못하답니다.

행복에 관해서 나에게 얘기하지 마세요. 그 추억은 나를 고통스럽게 만든답니다. 평화에 관해서 나에게 얘기하지 마세요. 그 그림자는 나에게 공포를 가져다주지요. 하지만 나를 보세요. 그러면, 나는 신이 내 꺼진 가슴에 성스런 횃불을 다시 밝혀 당신에게 보여줄 테니까요.

어머니가 하나뿐인 자식을 사랑하듯이 내가 당신을 지극히 사랑하고 있음을 알고 있으며, 사랑만으로 당신을 보호하라고 나에게 가르쳐 주었어요. 내가 멀고 먼 나라에까지 당신을 따라가지 못하게 하는 것은 불꽃으로 정화된 사랑이에요. 사랑은 내 욕망의 불꽃을 스러지게 하여 당신이 자유롭고, 고결하게 살 수 있도록 하는 거예요. 유한한 사랑은 사랑하는 사람의 소유를 필요로 하지만, 무한한 사랑은 사랑 그 자체를 필요로 해요. 순진무구한 시기와 젊음이 깨어나는 시간 사이에 찾아오는 사랑은 소유에 만족하는 만큼 삶의 포옹과 함께 성장하지요.

하지만, 하늘의 품 안에서 태어나서 밤의 비밀과 함께 성장한 사랑은 영원과 불멸을 제외한 그 어느 것에도 만족해 하지 않으며, 오직 신성 앞에서만 경건하게 설 수 있답니다. 내가 주교 조카의 집을 떠나 밖에 나가는 것을 금지하고 나의 유일한 즐거움을 빼앗고자 하는 것을 알았을 때, 나는 내 방문 앞에 서서 바다를 바라보았어요. 그리고는 그 너머에 있는 광대한 나라들과 그곳에서 찾을 수 있는 개인의 진정한 자유를 생각했어요.

나는 당신의 영혼의 그림자에 에워싸여 영원한 애정의 바다에 잠긴 채, 당신 곁에 살고 있음을 느꼈어요. 한 여인의 가슴에 빛을 비추어서, 그녀가 낡은 관습에 반항하게 하고 자유와 정의의 그늘에서 살게 한 이 모든 생각은 내가 연약하며 우리의 사랑이 유한하고 미약하기 때문에 태양을 향해 바로 설 수 없음을 믿도록 했어요. 그때 나는 자기의 왕국과 금은보화를 강탈당한 제왕처럼 울었어요.

하지만, 나는 곧 나의 눈물에 어린 당신의 얼굴과 나를 바라보는 당신의 두 눈을 보았으며, 전에 당신이 내게 들려주신 말이 떠올랐어요.

'셀마, 이리 와서 우리 폭풍우 속에서도 견디는 견고한 탑塔이 됩시다. 우리 적 앞에 서서 그의 무기를 겁내지 않고 맞서는 용감한 병사가 됩시다. 만일 그들이 우리를 죽이려 한다면 순교자처럼 죽을 것이며, 만일 우리가 승리한다면, 우리는 영웅처럼 살 것입니다. 온갖 장벽과 고난에 용감히 맞서 나아가는 것은 안일을 택해서 물러서는 것보다 훨씬 고귀한 것입니다.'

내 사랑, 이 말을 당신은 죽음의 날개가 내 아버님의 침상 위를 떠돌 때 했어요. 그리고, 이 말을 나는 어제 절망의 날개가 내 머리 위를 떠돌 때에 기억해 내고는 스스로 기운을 북돋았으며, 내가 삶의 감옥의 암흑 속에 있는 동안에도 어떤 귀중한 자유가 우리의 노고를 덜어 주고 우리의 슬픔을 줄여 주는 것을 느꼈어요.

나는 우리의 사랑이 바다처럼 깊고, 별들처럼 높으며, 하늘처럼 넓다는 것을 알았어요. 나는 당신을 만나기 위해 여기에 왔으며, 그리하여 나의 연약한 영혼에 새로운 힘을 얻어 이 힘은 보다 큰 것을 획득하기 위해 작은 것을 희생하는 능력을 발견합니다. 그것은 당신이 많은 사람들의 눈에 고결하고 명예롭게 남아 있고, 그들의 배반과 박해로부터 멀리 벗어나 있도록 하는 내 행복의 희생이랍니다.

지난날, 나는 이곳에 올 때면 마치 무거운 사슬이 나를 넘어뜨리는 듯한 느낌을 가졌어요. 하지만 오늘 나는 그 사슬에서 벗어나 먼 길을 가깝게 하려는 새로운 각오로 이곳에 왔어요. 나는 줄곧 겁에 질린 유령처럼 이 사원에 왔었어요.

하지만 이 시간 이후부터 나는 희생의 절박성을 느끼고 고통의 가치를 아는 한 용감한 여인, 즉 자기가 사랑하는 사람을 무지한 사람들로부터, 또 그들 자신의 굶주린 영혼으로부터 보호하고자 하는 순결한 여인의 마음가짐으로 달려왔어요. 나는 줄곧 떨리는 그림자처럼 당신 곁에 앉아 있었어요.

하지만 오늘, 나는 이쉬타르와 그리스도 앞에서 나의 참모습을 당신에게 보여 주기 위해 이곳에 왔답니다. 나는 그늘에서 자란 한 그루 나무와 같습니다. 그러나 오늘, 나는 햇볕 속에서 잠시 동안이나마 따사로움을 받기 위해서 가지를 내뻗었어요.

내 사랑, 나는 당신에게 작별 인사를 하기 위해 여기 왔으며, 우리의 이별이 위대하고 우리 사랑처럼 장엄하기를 갈구하고 있답니다. 우리의 이별이 금을 만들고 그 금을 더욱 눈부시게 빛나도록 만드는 불꽃처럼 되도록 해요."

셸마는 내가 말을 하거나 반박할 여유를 주지 않았다. 그러나 나를 바라보는 그녀의 두 눈은 빛나고 있었으며, 얼굴 또한 기품을 잃지 않았다. 이러한 그녀의 모습은 천사처럼 보였다.

그러고 나서, 그녀는 자기의 몸을 나에게 내던졌는데, 이것은 전에 없던 일이었다. 그리고는 보드라운 두 팔로 나를 껴안고, 나의 입술에 오래도록 깊고 불같은 입맞춤을 퍼부었다.

태양이 정원과 과수원에서 그 모든 빛을 거두어 서산으로 기울자, 셀마는 마치 자기의 눈빛으로 암벽의 그림과 상징물을 영원히 기억하려는 듯 사원의 구석구석을 오랫동안 응시했다.

그러고 나서, 그녀는 몇 발자국 앞으로 더 나아가서 그리스도의 벽화 앞에 경건하게 꿇어앉아 발에 입을 맞추고는 이렇게 속삭였다.

"오, 주여! 저는 당신의 십자가를 택하고 이쉬타르의 쾌락과 행복의 세계를 버렸나이다. 저는 가시의 면류관을 쓰고 월계수의 꽃다발을 버렸으며, 향료와 향수 대신에 피와 눈물로 저 자신을 씻었나이다. 저는 포도주와 감로가 담겨 있어야 할 술잔에서 식초와 담즙을 마셨나이다.

주여, 당신의 수행원으로 저를 받아들여 주소서, 자기들의 고난에 만족하고, 자기들의 슬픔에 기뻐하면서, 당신을 선택한 그들과 함께 저를 갈릴리 언덕으로 인도해 주소서."

그러고 나서, 셀마는 일어서서 나를 바라보며 말했다.

"이제 나는 끔찍한 유령들이 살고 있는 어두운 동굴로 비참하나 행복한 마음을 지닌 채 돌아갈 거예요, 나를 동정하진 마세요, 내 사랑. 그리고, 나에 대해서 조금도 미안하게 생각하지 마세요. 하나님의 그림자를 본 영혼은 악마의 유령을 결코 두려워하지는 않으니까요. 그리고, 신을 바라본 두 눈은 이 세상의 고통에 의해 닫혀지지는 않으니까요."

이 말을 끝내자, 셀마는 사원을 떠나갔다. 그러나 나는 하나님이 보좌에 앉아 있고, 천사들이 인생의 비극을 암송하며, 천국의 신부들이 사랑과 슬픔과 불멸의 찬미가를 부르는 계시의 세계에 몰입한 채 생각의 깊은 바다에 잠겨 그곳에 남아 있었다.

내가 깊은 생각에서 깨어나 셀마가 말한 한마디 한마디의 메아리를 되살리며, 그녀의 침묵과 행동, 동작과 표정과 손의 감촉을 기억하면서 정원 한가운데에 어리둥절한 모습으로 서 있는 나 자신을 발견했을 때, 밤은 벌써 깊어 있었다. 그제서야 나는 이별의 의미와 고독의 고통을 깨달았다.

나는 이 세상을 모두 잃어버린 듯한 비탄에 잠겼다. 남자들은 그들이 비록 자유롭게 태어났다고 할지라도, 그들의 조상들이 제정해 놓은 엄격한 법률의 노예로 남을 것이라는 사실, 그리고 우리가 변하지 않는다고 상상하는 하늘은 현재가 내일의 뜻에 복종하고, 어제는 오늘의 뜻에 복종해야 한다는 사실을, 내가 처음으로 발견한 것은 바로 이때였다.

그날 밤 이래로 몇 번이고 나는, 셀마로 하여금 삶보다는 죽음을 더 좋아하게끔 만든 영혼의 법률에 대하여 생각해 왔으며, 몇 번이고 나는 희생의 고귀함과 반항의 행복 중에서 어느 것이 더 고결하고 아름다운 것인가를 알기 위해 그 둘 사이를 비교해 보게 되었다.

그러나, 지금까지 나는 그 모든 혼돈된 문제 중에서 오직 한 가지 진리를 찾아내는 데 만족감을 느꼈다. 그리하여 그 진리란, 우리의 모든 행위를 아름답고 명예롭게 만드는 성실이라는 명제를 추출한 것이다.

그리고, 이 성실은 셀마 카라미에게 있었다는 사실도 알게 되었다.

X ── 구원자

5년 동안에 걸친 셀마의 결혼생활은 그녀와 남편 사이의 정신적인 유대를 강화시켜 주고, 그들의 영혼을 함께 묶어 줄 어린아이를 갖지 못한 채 지나갔다.

그들 자신을 영속시키고자 하는 남자들의 욕망으로 하여 아이를 낳지 못하는 여인은 어느 곳에서나 멸시의 눈총을 받게 마련이다.

실질적인 면에서 남자는 아이를 못 낳는 부인을 적으로 생각한 나머지 여자를 증오하고, 또 여자를 버리고, 마침내는 여자의 죽음을 원하게 되는 경우에까지 이른다.

만수르 베이 갈리브는 그런 유의 남자였다. 물질적으로, 마치 그는 땅과 같았으며, 강철같이 단단하고 무덤처럼 탐욕스러웠다. 자기 이름과 명성을 계속 이어갈 아이를 갖고자 하는 그의 욕망은 셀마의 아름다움과 감미로움에도 불구하고, 그로 하여금 그녀를 증오하게끔 만들었다.

동굴 속에서 자라난 나무는 열매를 맺지 못한다. 마찬가지로 삶의 그늘에서 살아온 셀마는 아이를 낳지 못했다. 나이팅게일은 새끼들이 운명적으로 노예 생활을 하지 않도록 보금자리를 새장 안에 만들지 않는다.

이렇듯 셀마는 불행한 죄인이었으며, 그녀가 자기의 삶을 함께 나눌 또 한 사람의 죄인을 갖지 못한 것은 어디까지나 신의 뜻이었다.

들판의 꽃들은 태양의 애정과 자연의 사랑이 낳은 아이들이며, 또한 인간의 아이들은 사랑과 연민의 꽃이다.

사랑과 연민이 라스 베이루스 거리에 있는 셀마의 아름다운 집을 지배한 적은 한 번도 없었다. 그럼에도 불구하고 그녀는 매일 밤 신 앞에 무릎을 꿇고 앉아 위로와 안락을 줄 수 있는 아이를 하나님께 간절히 요청했다. 그리하여 그녀는 끊임없이 기도했으며, 마침내 하늘은 그녀의 기도에 응답했다.

동굴의 나무는 마침내 열매를 맺기 위해 꽃을 피웠다. 새장에 갇힌 나이팅게일은 날개의 깃으로 보금자리를 만들기 시작했다.

셀마는 하나님의 귀중한 선물을 받기 위해 사슬에 묶인 두 팔을 하늘로 향해 활짝 벌렸다. 이 세상 그 어느 것도 아이를 낳을 수 있는 어머니가 되는 것보다 더 그녀를 행복하게 할 수는 없었다.

셀마는 하루하루를 손꼽으며, 하늘이 준 가장 감미로운 멜로디인 아들의 목소리가 그녀의 귀에 울려 퍼질 수 있는 시간을 고대하며 애타게 기다렸다.

그리하여 그녀는 자기의 눈물을 통해서 보다 밝은 미래의 새벽을 바라보기 시작했다.

삶과 죽음과 씨름하는 고통이 엄습하는 분만의 침대 위에 셀마가 눕혀진 것은 4월이었다. 의사와 간호사는 이 세상에 새로운 손님을 맞이할 준비를 하고 있었다.

그날 밤늦게까지 셀마는 진통으로 계속적인 울부짖음을 시작했다. 생명에서 한 생명이 떨어져 나오는 부르짖음, 텅 빈 하늘에서 계속되는 고통에 찬 소리, 위대한 힘 앞에 연약한 힘의 진통, 생과 사의 발 아래 절망의 심연 속에 누워 있는 가련한 셀마의 울부짖음……

새벽에, 이윽고 셀마는 사내아이를 낳았다. 그녀가 그 고통의 어둠 속에서 눈을 떴을 때, 미소 짓고 있는 많은 얼굴들이 방 안에 웃음 짓는 것을 보았다. 그녀는 다시 한번 그들을 바라보고, 그녀의 침대 곁에서 여전히 씨름하고 있는 생과 사를 보았다. 그녀는 두 눈을 감고 부르짖듯 말했다.

"아, 내 아들아!"

하고, 처음으로 입을 열었다. 간호사는 갓난아이를 비단 포대기에 싸서 그의 어머니 곁에 눕혔다. 그러나 의사는 계속 셀마를 주시하면서 슬픈 얼굴로 고개를 가로저었다.

기쁨의 소리는 이웃 사람들을 깨웠으며, 그들은 아이 아버지에게 후손의 탄생을 축하하기 위해 그의 집으로 달려왔다. 그러나 의사는 여전히 산모와 갓난아이를 응시하며 고개를 가로저었다.

하인들은 만수르 베이에게 좋은 소식을 전해 주기 위해 서둘렀다. 그러나 의사는 얼굴에 실망의 표정을 가시지 않은 채 셀마와 아이를 주시하고 있었다.

해가 높이 떠올랐을 때, 셀마는 갓난아이를 가슴에 껴안았다. 아이는 처음으로 두 눈을 뜨고 엄마를 바라보았다. 그녀는 힘없이 온몸을 부르르 떨고는 마지막으로 두 눈을 감았다.

의사는 셀마의 팔에서 아이를 받아들었다. 그의 두 볼에서 눈물이 흘러내렸다. 그는 혼잣말로 속삭였다.

"결국 이 아이는 잠시 왔다가 가는 손님이로군."

이웃 사람들이 널따란 홀에서 아버지와 함께 새로 태어난 아기의 건강을 위해 축배를 드는 동안, 갓 태어난 아기는 저세상으로 떠났다. 셀마는 의사를 바라보며 애원했다.

"제 아이를 주세요. 그 애를 한 번만 더 껴안게 해 주세요."

그 아이는 죽었지만, 홀에서는 축배의 술잔 소리가 높아지고 있었다. 아이는 새벽에 태어나서 해가 떠오를 무렵 죽었다.

그는 하나의 생각처럼 태어나서 하나의 한숨처럼 죽었으며, 하나의 그림자처럼 소리 없이 사라졌다. 신이 선물을 주셨으나 끝내 위로와 안락을 주지 못했다. 두 눈에서 흘러내린 어둠의 절망 빛의 어루만짐에 의해 말라버린 한 방울 이슬처럼 그의 생애는 밤의 끝에서 시작하여 낮의 시작에서 끝났다.

밀물을 따라 해변까지 밀려왔다가 썰물에 의해 바다의 심연으로 되돌아간 한 알의 진주. 인생의 꽃봉오리로 방금 피어났다가 죽음의 발아래 떨어진 한 송이 백합, 그가 나타나서 셀마의 가슴을 불 밝혔으며, 그가 떠나자 그녀의 영혼을 살해한 소중한 손님. 이것이 인간의 생애이며, 해와 달과 별의 생애이다.

셀마는 시선을 의사에게 집중시키고는 울부짖었다.

"제 아이를 돌려주세요. 그 애를 껴안게 해 주세요. 제 아이를 주세요. 그 애에게 젖을 먹이게 해 주세요."

그러자 의사는 힘없이 고개를 떨구었다. 그는 목이 메어 젖은 음성으로 말했다.

"당신 아이는 죽었습니다. 부인, 진정하십시오."

의사의 마지막 말을 듣자, 셀마는 절망적인 울음을 터뜨렸다. 그리고 나서, 그녀는 잠시 침묵하고 있다가 마침내 행복하게 미소 지었다. 그녀의 얼굴은 마치 무엇인가를 발견한 것처럼 밝아졌으며, 차분하게 입을 열었다.

"제발 아이를 돌려주세요. 그 애를 제게 가까이 데려와서 죽은 그 애의 모습을 제가 보게 해 주세요."

할 수 없이 의사는 죽은 아이를 셀마에게 데려다가 그녀의 팔에 안겨 주었다. 그녀는 죽은 아이를 껴안았다. 그러고 나서, 그녀는 얼굴을 벽 쪽으로 돌리고 죽은 아이에게 말했다.

"내 아들아, 너는 나를 데려가기 위해 왔었구나. 죽음의 해변으로 가는 길을 나에게 보여주기 위해 왔었구나. 자, 내 아들아. 기꺼이 나를 인도해라. 어서 빨리 이 어두운 동굴을 떠나자."

몇 분 후, 햇볕은 창문의 커튼을 거쳐 침대 위에 누운 채 침묵의 깊은 위엄에 의해 보호받으며 죽음의 날개에 의해 그늘진 두 사람의 육체 위에 떨어졌다.

의사는 두 눈에 눈물을 글썽이며 그 방을 떠났다. 그리고 그가 커다란 홀에 도착했을 때, 축제는 장례식으로 뒤바뀌었다. 그러나, 만수르 베이 갈리브는 한마디 말도 하지 않았을 뿐만 아니라, 눈물 한 방울도 흘리지 않았다.

그다음 날, 셀마는 흰 빛깔의 웨딩드레스로 된 수의를 입혀 관 속에 눕혀졌다. 갓난아이의 수의는 비난 포대기였고, 그의 관은 어머니의 두 팔이었으며, 그의 무덤은 어머니의 고요한 가슴이었다. 두 구의 시체는 하나의 관에 넣어서 옮겨졌다.

나는 셀마와 갓난아이의 뒤를 따르는 사람들과 함께 그 두 사람의 안식처까지 경건한 마음으로 걸어갔다.

공동묘지에 도착하자마자, 길러 주교는 성가를 부르기 시작했으며, 사제들은 기도를 올렸다. 그리고, 그들의 우울하고 무책임한 얼굴에는 무지하고 공허한 베일이 드리워졌다.

하관이 끝났을 때, 조객 중의 한 사람이 속삭이듯 덜렸다.

"관 하나로 두 사람의 시체가 묻는 건 내 생전 처음 보는 일인걸."

그러자 또 한 사람이 말했다.

"그 얘기는 자기 어머니를 무자비한 남편으로부터 구하기 위해서 왔던 것 같아."

세 번째 사람이 말했다.

"만수르 베이를 좀 봐요. 그는 마치 두 눈이 유리로 만들어진 것처럼 하늘을 명랑하게 바라보고 있어요. 그는 하루 만에 아내와 아들을 한꺼번에 잃어버린 사람 같아 보이지는 않아요!"

네 번째 사람이 덧붙여 말했다.

"그의 숙부인 주교는 내일 그를 더 재산이 많고 더 튼튼한 여자와 결혼시킬 겁니다."

하관을 하는 인부가 흙을 다 덮을 때까지, 주교와 사제들은 계속해서 노래를 불렀다. 조문객들은 개별적으로 주교와 그의 조카에게 다가가서 달콤한 동정의 말로 인사를 했다.

그러나 셀마와 그의 아들이 나와는 전혀 상관이 없는 것처럼, 더구나 나를 위로해 주는 사람이란 한 사람도 없는 고독감 속에서 나는 홀로인 양 외롭게 서 있었다.

작별 인사를 나눈 사람들이 하나둘 묘지를 떠나갔고 무덤 파는 인부가 손에 삽을 든 채 새로운 무덤 곁에 서 있었다.

나는 그에게 다가가서 물었다.

"혹시 페리스 에판디 카라미의 무덤이 어느 것인지 모르십니까?"

그는 잠시 나를 바라보았다. 그러고 나서 새로 만든 셀마의 무덤을 가리키며 말했다.

"바로 여기요. 나는 그의 딸을 그 사람 위에 묻었고, 그 딸의 아들을 또다시 그 애 어머니의 가슴 위에다 묻었소? 그리고 흙으로 모든 것을 덮었소."

그러자, 나는 말했다.

"이 무덤 속에 당신은 내 가슴도 함께 묻었습니다."

이윽고 무덤 파는 인부가 포플라 나무 뒤로 사라졌을 때, 더이상 나는 북받쳐 오르는 슬픔을 참을 수가 없었다.

나는 셀마의 무덤 위에 쓰러져 끝내 울음을 터뜨렸다. 〈끝〉

두

번

째

이

야

기

사랑이란
이름의 갈대

I

한 여자를 사랑하며 그녀를 동반자로 삼고, 그녀의 발에 자기의 눈물과 피와 땀을 쏟으면서, 그녀의 손에 자기가 애써 가꾼 열매와 고생이 만든 수확을 쥐여주는, 그리고는 갑자기 모든 낮과 밤을 기울여 자기가 구하려 했던 여인의 마음에 숨겨진 것들에 대한 기쁨, 그 비밀스런 사랑에 대한 즐거움을 터득할 수 있는 마음이 있을 때, 그 선물로써 사랑의 대가를 알게 되는 남자는 불행하다.

젊음의 무지로부터 깨어나 재능과 부富로 여자 앞에 군림하며 관대함과 친절의 옷을 입혀 주는, 그러나 살아 있는 사랑의 불꽃으로 가슴을 건드리거나, 신의 힘으로 남성의 눈에서 여성의 가슴에 흐르게끔 만드는 신성한 포도주로 영혼을 만족시켜 줄 수 없는 남자의 집안에서 살게 되는 여자는 불행하다.

나는 젊은 시절부터 라쉬드 베이 누만을 알고 있었다. 그는 레바논의 베이루트에서 태어나 그곳에서 살았다.

그의 집안은 지난날 찬란했던 영광에 대한 추억에 집착을 갖고 있는 아주 오랜 가문의 부유한 가정이었다. 그는 자기 선조들의 고상함에 관해서 열거하기를 좋아했다. 일상생활에서 그는 선조들의 습관과 전통을 고수했으며, 동양의 표리表裏를 가득 채운 서구식 방식과 유행 속에서도 마치 철새들의 이동처럼 그 속으로 피하곤 했다.

라쉬드 베이는 성질이 좋고 천성이 관대한 남자였다. 하지만, 시리아 사람들이 흔히 그렇듯 그도 사물의 표면만을 보았을 뿐 그 속에 숨어 있는 것은 보지 못했다.

그는 자기 영혼 속에서 노래하는 소리를 듣지 못하고 주위에서 들리는 소리에 귀를 기울이는 데에만 자신의 감각을 사용했다.

의미가 없는 것들, 인간으로 하여금 인생의 비밀을 보지 못하게 하고 영혼으로 하여금 창조에 의해 감춰진 것들에 대한 이해보다는 덧없는 쾌락을 추구하도록 하는 것에서 즐거움을 찾았다.

그는 인간, 또는 사물에 대한 사랑이나 증오를 쉽사리 나타냈다가는 조금 있으면 그러한 자신의 서두름에 대해 후회하지만, 그때에는 그 후회가 용서나 양해보다는 조소와 경멸의 요인이 되는 부류의 사람이었다.

와아데 할 아니의 영혼이 결혼을 행복으로 만들어 주는 사랑의 그늘 속에서 라쉬드 베이 누만의 영혼을 포용하기 전에 그 두 사람을 함께 묶었던 것은 그의 성격 중의 이러한 면들이었다.

여러 해 동안 베이루트를 떠나 있다가 돌아와서 나는 라쉬드를 만났다. 그는 기력이 없었고 안색이 좋지 못했다. 그의 일그러진 얼굴에는 슬픔의 그림자가 감돌았고, 우수에 찬 그의 두 눈에서는 상처 입은 마음과 억압받은 마음을 조용히 말해 주는 번민으로 가득 차 있었다.

나는 그가 지닌 아픔과 고통의 이유를 찾기 위해 주위를 돌아보았으나 소용이 없었다. 그래서 나는 그에게 물어보았다.

"친구여! 당신이 고통받는 이유는 무엇입니까? 지난날 당신의 얼굴에서 햇빛처럼 빛났던 기쁨은 어디로 갔습니까? 당신의 젊음을 말해 주었던 그 행복의 모습은 어디로 갔습니까? 죽음이 당신과 당신의 애인을 갈라놓았습니까? 아니면, 밤의 어두움이 낮의 저장물을 앗아간 것입니까?

자! 내게 말해 줘요. 친구로서 묻는 것이니, 당신의 영혼을 포옹하고 있는 이 슬픔, 그리고 당신의 몸을 떨게 하고 있는 그 커다란 아픔이 무엇인지를……"

지난날의 행복했던 순간의 메아리를 반향反響했다가는 곧 진정시키려는 듯 슬픔에 가득 찬 방랑자의 회상처럼 그는 나를 바라보았다. 그는 비참과 절망에 넘친 목소리로 말했다.

"어떤 사람이 사랑하는 한 친구를 잃었더라도 다른 많은 친구가 있으면 그의 마음은 위로가 됩니다. 어떤 사람이 그의 복을 잃으면 그는 자기에게 그 부富를 가져다주었던 노력이 다시 있음을 알고 생각 없이 살아갈 수 있습니다. 그러나, 인간이 마음의 평화를 잃으면 그는 어디에서 그것을 찾을 것이며, 어떻게 하여 보상받을 수 있겠습니까?

죽음이 손을 뻗치고 다가와 폭력으로 당신을 치면 당신은 상처를 받겠지만, 한낮과 밤이 지나고 나면 당신은 생명의 손가락이 해주는 애무를 받고 웃으며 즐기게 됩니다. 운명은 당신이 모르는 사이에 다가와 크고 겁나는 눈으로 바라봅니다. 그리하여 당신의 목을 움켜잡고 땅바닥에 내던지고는 무쇠 발로 당신을 짓밟은 후에 웃으며 떠나갑니다.

그러나, 얼마 안 있어 운명은 다시 돌아와서 당신에게 용서를 구하며 명주 같은 촉감으로 당신을 돌봐주며 희망의 노래를 불러줍니다.

밤의 장막은 온갖 종류의 고통과 괴로움을 함께 가지고 오지만, 그것들은 아침이 옴과 동시에 허무로 사라져 버립니다. 그러나, 만약 당신이 자신의 인생과 운명을 사랑하고 마음으로부터 노력을 기울여 먹이를 주는 새라면, 그 새가 마시는 물은 당신이 던지는 시선의 반짝임이며, 그 새장은 당신의 마음입니다. 그 둥지가 당신의 영혼이라고 한다면, 또 만약 당신이 그 새의 깃털을 애무하며 바라보고 있는데. 갑자기 그 새가 당신의 손을 떠나 하늘 높이 날아가서는 다른 새장 속에 내려 앉아 다시는 돌아오지 않는다면, 당신은 어떻게 하겠습니까? 당신은 어떻게 인내와 위로를 구하며 삶의 희망을 가질 수 있겠습니까?"

이 마지막 말을 할 때 라쉬드 베이의 목소리는 고통으로 억눌려 있었으며, 그의 몸은 바람이 부는 길가에 선 갈대처럼 흔들렸다.

그는 비틀린 손가락으로 무엇이든지 붙잡고 찢어버리려는 듯이 손을 뻗었다. 그의 얼굴에는 피가 솟아올라서 그의 주름진 근육을 어두운 빛깔로 물들어졌다. 그의 눈이 커짐과 동시에 눈꺼풀은 깊게 내려 있었다. 그는 마치 요술의 힘으로 무無에서 태어난 악령이 그의 생명을 잡기 위해 달려오는 것을 보고 있는 사람 같았다.

갑자기 그가 나를 돌아다보았다. 그의 표정이 순간적으로 변하면서 그의 나약해진 육체의 분노는 고통으로 떨고 있었다.

그는 눈물을 흘리면서 말했다.

"그녀는 내가 절약과 노동을 기울여 나의 보물을 바친…… 훌륭한 옷과 고귀한 보석은 물론 마차와 종자 좋은 말을 선사함으로써 모든 여자들로부터 선망을 받게 해 준 여자였답니다. 내 가슴으로부터 그녀를 사랑하여 그녀의 발에 내 정열을 퍼부었으며, 내 영혼은 선물과 공물을 쏟았습니다. 나는 그녀에게 있어서 사랑스런 친구이자 진실한 동료이었으며 믿음직한 남편이 되었으나 그녀는 나를 배반하였습니다. 그녀는 나를 떠나 다른 남자와 함께 빈곤의 그늘 밑에서 수치심으로 반죽한 빵을 나누며 불명예와 치욕이 혼합된 물을 마시게 되었습니다.

이러한 그녀가 내가 사랑하였던 여자였습니다. 내 가슴으로부터 음식을 주고, 내 눈빛으로 마실 것을 주었던 그녀는 우아한 새였습니다. 내 갈비뼈는 새장이 되었고, 내 영혼의 둥지가 되었던 그 새는 내 손아귀를 벗어나 다른 둥지로 날아가 버렸습니다. 그 둥지는 가시나무로 만들어진 것으로 그곳에서 벌레와 엉겅퀴를 먹고 독약과 쓸개즙을 마실 것입니다.

내 사랑의 낙원에서 살게 한 천사는 자기 자신의 죄로써 자기를 학대하며 동시에 그 범죄로서 나를 고문하기 위해 암흑 속으로 내려오는 두려운 악마가 되었습니다."

그는 말을 끊고 자기 자신을 보호하려는 듯이 두 손으로 얼굴을 감쌌다. 그러고 나서 그는 긴 한숨을 내쉬며 말했다.

"내가 당신에게 해 줄 수 있는 이야기는 이것이 전부입니다. 더 이상은 묻지 말아주십시오. 나의 불행에 대해서는 아무 말도 하지 못하도록 하여주십시오. 그러면 혹시 마음은 평정 속에서 평화와 종말을 갖게 될지도 모르겠습니다."

나는 자리에서 일어났다. 눈물이 앞을 가리고 마음은 연민의 정으로 가득 찼다.

말없이 나는 그의 곁을 떠났다. 그의 상처 받은 가슴에 부울 그 어떤 향유도 내 말속에는 있지 않았으며, 또 그 영혼의 어둠을 밝혀 줄 역할을 나의 지혜로서도 할 수 없었기 때문이다.

II

며칠 후에서야 나는 처음으로 와아데 알 아니^{Warde AlHani}를 만났다.

그곳은 나무와 들꽃으로 둘러싸인 초라한 집이었다. 그녀는 자기의 발로 짓밟혔고, 한 남자의 발굽 아래 죽도록 저버렸던 라쉬드 베이의 집에서 내 이름을 이미 들은 적이 있었다.

이때 나는 그녀의 빛나는 눈을 보고 또 목소리의 부드러운 울림을 듣고 이렇게 중얼거렸다.

'이 여자가 악마란 말인가?' 이 투명한 얼굴이 추한 영혼과 악마의 마음을 함께 지니고 있다는 것은 가능한 일일까? 정말 이 여자가 부정한 아내란 말인가? 내가 종종 그녀를 비방하였던 너무나 아름다운 새의 몸속으로 숨은 뱀처럼 상상했던 여자가 바로 이 여자란 말인가?'

그러나, 나는 내 자신으로 돌아와서 속으로 말했다.

'그렇다면, 이 미모의 얼굴이 아니라면 그에게 불행을 초래

했던 것은 무엇이었던가? 우리는 겉으로만 보이는 아름다움은 그 내면에 감추어진 끔찍한 비운과 깊고 쓰라린 슬픔을 야기시키는 원인이라고 배워오지 않았는가? 빛으로 시인의 상상력을 빛나게 해주는 달은 조수潮水로서 바다의 평정을 깨뜨리는 그 달과 똑같은 달이 아닌가?'

나는 그녀의 바로 옆에 있었다.

그녀는 마치 내 생각을 이미 알고 있다는 듯이 나의 당혹감과 갈등을 오래 끌지 않으려는 듯이 아름다운 머리를 자신의 하얀 손으로 매만지면서 플루트와 같은 깨끗한 음성으로 말했다.

"전에 당신을 한 번도 본 적은 없었어요. 하지만, 당신의 생각과 꿈의 메아리는 많은 사람들의 입을 통해서 잘 알고 있습니다. 어떤 억압받은 여자의 허약함을 동정하고 감정과 감수성이 예민한 여자에 대해 동정을 갖고 있는 당신을 나는 잘 알아요. 그 이유 때문에 나는 당신 앞에 내 가슴을 눕히고 그 영혼의 모습을 활짝 보여드리는 것입니다. 그리하여 그 속에 무엇이 숨겨 있는지를 보이고 사람들에게 와아데 알 아니는 조금도 사악하거나 부정한 여자가 아니었다고 말할 수 있도록 말이에요.

운명에 따라 라쉬드 누만을 만나게 되었을 때 나는 18살이었고, 그는 40살이 가까웠어요. 그는 나를 정열적으로 사랑하였고, 평범한 사람들이 그러하듯 나와의 결혼에 대한 그의 의지는 고귀한 것이었습니다. 그리하여 그는 나를 아내로 삼았고, 나는 그의 훌륭한 집에서 많은 하인을 거느린 안주인이 되었습니다. 내 몸에 그는 아름다운 실크를 입혔고, 내 머리와 목과 손목에는 온갖 귀중한 보석으로 장식해 주었답니다.

그는 나를 이상하고 희귀한 물건처럼 자기 친구들과 친지들의 집으로 데리고 다니며 구경을 시켰습니다. 그들이 경탄과 찬미의 시선을 내게 보내고 있음을 볼 때마다 그는 정복자와도 같은 미소를 지었습니다.

친구들의 아내가 나에 대하여 좋게 말할 때면 그는 자랑스럽게 머리를 곤두세우곤 했습니다. 그러나, 누구라도 '이 여자는 라쉬드 베이의 부인인가요, 아니면 양녀인가요?' 하고 묻게 되면 그는 들은 척도 하지 않았습니다. 또는 '라쉬드 베이가 젊어서 결혼을 했더라면 아마 와이데 알 아니보다 몇살 위였을 텐데!' 하는 말에도 그는 주의를 기울이지 않았던 것입니다.

이 모든 일은 내 인생이 채 어린 시절의 단꿈에서 깨기도 전에, 그리하여 사랑의 신이 내 사랑의 불꽃을 당기기도 전에, 그리고 애정과 감정의 씨앗이 내 가슴에서 꽃피기도 전에 일어난 것입니다. 이 모든 일들을 내가 원하는 최대의 행복이 육체를 아름답게 꾸며 주는 의상과 나를 태워 주는 우아한 마차, 내 주위를 둘러싼 값비싼 양탄자에 있는 줄로 알았던 때에 벌어진 것입니다.

그러나, 내가 허영에서 깨어나 두 눈으로 빛을 보았을 때 나는 나의 내부에서 솟아나는 신성한 불길이 활활 타오르며 혀를 날름거리는 것처럼 나를 압도하면서 아프게 하는 영혼의 굶주림을 느꼈습니다.

그리고 내가 그 꿈으로부터 깨어나 나의 날개가 좌우로 움직이면서 사랑의 영토로 높이 데려가서는 속박의 의미나 관습에 대한 것들을 채 알기 전에 내 몸을 구속하고, 관습의 쇠고랑에 의해 힘없이 자기 자신을 상실하는 아픔을 느꼈을 때, 그리고 이 모든 것들을 보았을 때, 나는 한 여성의 행복이란 남자의 영화나 지배에 있지 않다는 사실을 알았습니다.

남자의 관대함이나 자비 속에도 그 행복은 없었습니다. 행복이란 자기의 영혼을 남자의 가슴 속에 동여매는 사랑 속에 있습니다. 여자의 사랑을 그 가슴 속에 쏟으며 그 둘을 생명의 실체 속에서 한 구성원으로 만드는 그리고, 신神의 입술에서 흘러나오는 한마디의 말을 만드는 사랑 속에 있는 것입니다.

이 아픈 사실이 내 앞에 그 모습을 나타냈을 때, 나는 나 자신이 라쉬드 누만의 집에서 주인의 빵을 먹고 밤의 어두운 동굴에 몸을 감추는 도둑에 불과하다는 것을 알게 되었습니다. 그의 곁에서 지낸 매일 매일은 모두 거짓이어서 그 수치감은 하늘과 대지 앞에서 불의 글씨를 쓰고 있는 것임을 알았습니다.

그의 관대함에도 불구하고 내 가슴의 사랑을 그에게 줄 수 없었기 때문에 나는 그의 선행과 신앙심의 대가로서의 사랑도 바칠 수가 없었습니다.

나는 그를 사랑하려고 해보았지만, 그것은 소용없는 일이었습니다. 왜냐하면. 사랑은 우리의 가슴을 만드는 힘이므로 우리 가슴의 힘으로는 그러한 힘을 창조할 수 없기 때문입니다.

나는 기도하고 간절히 염원해 보았지만, 그것 역시 헛된 일이었습니다.

밤의 정적 속에서 나는 하나님께 간절히 기도했습니다. —내 깊은 곳에 나의 남편으로 선택된 남자를 인도해 줄 정신적인 따뜻함을 창조해 주시기를 말입니다. 그러나, 하나님께서는 그렇게 해 주시지를 않으셨습니다. 나는 조롱에 갇힌 한 마리의 새에 불과했습니다.

사랑은 신의 명령에 의하여 우리의 영혼에 강림하는 분처럼 인간의 간청에 의해서 주어지는 것은 아니기 때문입니다.

따라서 나는 그 남자의 집에서 2년이나 머물게 되었고, 그곳에서 나는 들판의 새들이 갖고 있는 자유를 부러워하였고, 내 친척 중의 여자들은 나의 감금된 생활을 부러워했답니다. 외아들을 잃은 여인처럼 나는 지성 속에서 태어나 관습과 법에 진저리가 나서 매일 굶주림과 갈증으로 죽어가는 내 가슴 때문에 눈물만 흘렸습니다.

그러던 어느 우울한 날, 어두움 너머로 나는 인생의 대로를 홀로 걸어온 이 가난한 집에서 책과 신문 속에서 외롭게 살고 있는 한 젊은이의 눈 기슭에서 빛나고 있는 부드러운 빛을 보았습니다.

나는 그의 시선을 보지 않으려고 중얼거렸습니다.

'오! 너의 운명, 너의 영혼은 무덤의 암흑 그것이야. 그러니 저 빛을 열망하지 말지어다!'

나는 또한 신성神聖한 멜로디를 들었는데, 그 부드러움은 내 다리를 떨게 하였고, 그 순결함은 내 존재를 소유해 버렸습니다. 그리하여 나는 내 귀를 막고 이렇게 말했습니다.

'너의 운명, 너의 영혼은 구덩이에서 지르는 고함 소리와 같은 거야. 그러니 노래하려고 하지는 말아라!'

나는 보지 않기 위해 두 눈을 감았고 또 듣지 않기 위해서 귀를 막았습니다. 그러나, 내 눈이 감기어 있을 때에도 나는 그 빛을 보았고, 그 멜로디가 멈추었는데도 내 귀는 그 소리를 들었습니다.

　　처음으로 나는 두려워졌습니다. 궁전 앞에서 보석을 발견한 거지가 두려움 때문에 그것을 줍지 못하고, 또한 자신의 빈곤 때문에 그것을 그냥 지나치지도 못하는 것처럼 맹수에 둘러싸인 우물을 바라보며 두렵게 땅바닥에 주저앉아서 울부짖는 어느 목마른 사람처럼 나는 울었습니다."

　　와아데는 잠시 말을 끊었다. 그녀는 자기 앞에 서 있는 과거를 똑바로 쳐다볼 용기가 없다는 듯이 그 큰 두 눈을 감았다. 그리고는 다시 말을 시작했다.

　　"무한無限에서 나와서 다시 무한으로 돌아가는 인생의 진실을 맛보지 못한 사람들은 하늘의 뜻에 의해 사랑하게 된 남자와 인간의 법에 의해 묶어 놓은 남자와의 사이에 영혼을 두고 있는 여자의 슬픔을 이해하지 못합니다.

　　남자가 아무것도 모르고 방관 속에서 울고 웃는 것은 여성의 피와 눈물로 쓰여진 비극과 같은 것입니다. 만약 남자가 이를 이해한다면 그때, 그의 웃음은 사나움과 냉소가 되고 격노하여 그는 불덩이 같은 석탄을 여자의 머리에 쌓아 놓고는 그 귀에 욕설과 저주를 퍼부을 것입니다.

　　결혼이 무엇인지 알기도 전에 남편으로 섬겨야 하는, 남자의 침대에 자신의 몸을 묶은 모든 여성의 가슴 속에서 그 어두운 밤은 비극을 상연했던 것입니다. 그녀의 영혼은 자기의 모든 정신과 온갖 사랑의 순결함과 아름다움으로 사랑하는 다른 남자 주위에서 춤추는 것을 보았습니다.

그것은 여자의 내부에서 나약함이 태어나고 남자의 내부에서 힘이 태어남과 동시에 시작된 힘든 갈등이며, 그것은 나약함이 힘의 노예가 되기를 중단하는 낮이 될 때까지 계속될 것입니다. 그것은 인간의 부패한 법과 가슴의 신성한 감성 사이의 파괴적인 전쟁입니다.

어제 투기장에 나갔을 때 두려움으로 나는 거의 절망하였고 눈물조차 말랐습니다.

그러나, 나는 벌떡 일어나 내 친족들의 만류와 비겁함을 뿌리치고 나약함과 굴종의 굴레로부터 날개를 풀었습니다. 나는 사람과 자유의 넓은 대기 속으로 날아올랐습니다.

그리하여 지금 나는 태초 이전에 홀로 뜨거운 불꽃의 몸으로 신이 손을 놓았던 한 남자 옆에서 기뻐하고 있습니다. 이 세상에서는 내 행복을 앗아갈 수 있는 힘을 가진 것은 그 어느 것도 없습니다.

행복은 이해로서 합류되고 사람으로 보호받는 두 영혼이 포옹함으로써 솟아나기 때문이랍니다."

와아데는 나를 바라보았다.

그녀의 시선은 마치 자기의 눈으로 내 가슴을 뚫고 자신이 한 말들의 효과를 내 가슴에서 보고 그 반응을 나의 뼈에서 들으려는 듯했다. 하지만, 나는 그녀의 말이 끊길 것이 두려워 아무 말도 하지 않았다. 그러자 그녀는 기억의 쓰라림과 자유, 해방의 달콤함이 깃들어 있는 목소리로 말했다.

"사람들은 내가 자기 스스로의 뜻에 따라 나를 아내로 삼았던 남자를 저버린 부정하고 믿음 없는 여자라고 말하겠지요. 그들은 내가 수치심도 모르고 그 더러운 손으로 결혼의 신성한 왕관을 모독하면서, 그 자리에 지옥의 가시로 만든 가짜 왕관을 갖다 놓은 창녀라고 말할 테지요. 미덕美德의 의복을 던지고 수치와 죄악의 옷을 입었다고 말하겠지요.

그들은 그보다 더한 말도 할 거예요. 그들의 몸속에는 아직도 선조의 악령들이 살고 있으니까요. 그들은 아무 의미도 모르는 채 메아리를 만드는 골짜기에 버려진 동굴과 같아요.

또 그들은 하나님이 창조물 속에 간직하신 신성한 법을 모르고 있어요. 진정한 진실이 무엇인지도 모르는 눈먼 자들이에요.

그들은 인간이 어떤 때 죄인이고, 어떤 때 무구無垢한 지를 모르고, 그들이 보는 것은 외면적인 사물들 뿐이므로 그 약한 시력으로는 숨어 있는 진실한 것들을 보지 못합니다.

그들은 무지하기 때문에 판단을 못하고 유죄와 무죄, 선과 악은 그들에게 있어 동일한 것입니다. 판단을 할 수 있고 가치의 비중을 둘 수 있는 자들에게는 화禍가 있으리라는 것이 그들의 공통된 목소리였습니다.

라쉬드 누만의 집에서 살 때 나는 매춘부나 다름없었어요. 왜냐하면, 그는 하나님 앞에서 신성한 사랑과 영혼의 법으로 나를 묶는 대신 전통과 관습의 힘에 의해 침대의 공유자로 만들었으니까요.

내가 그의 부富를 선택했을 때, 나는 내 눈으로 보나 하나님 앞에서나 부정하고 불결했어요.

그러나, 지금은 사랑의 법이 나를 자유롭게 했기 때문에 나는 순결하고 깨끗합니다. 내 몸으로 빵을 교역交易하고 나의 일상생활과 의복을 교환하려 하지 않는 지금, 나는 진실되고 모든 사람들이 나를 덕 있는 부인으로 생각할 때 나는 창녀였던 거예요. 그러나, 지금의 순결하고 고귀한 나를 사람들은 창녀라 여기며 더럽다고 합니다. 그들은 육체를 보고 영혼을 판단하며 사물을 척도로 하여 영혼을 계량하기 때문입니다."

와아데는 말을 멈추고는 창문을 바라보았다.

그녀는 오른손으로 마을이 있는 쪽을 가리켰다. 도로와 출입문과 지붕에서 부패와 비천함의 그림자를 보는 듯 증오와 비난에 가득 찬 목소리로 그녀가 말했다.

"부유하고 세력 있는 사람들이 살고 있는 저 훌륭한 집들을 보세요.

잘 짜인 비단이 드리운 벽과 벽 사이에는 위선과 사기가 생동하고, 금박金箔의 천장 바로 아래에는 거짓과 허위가 함께 살고 있어요.

영광과 권력, 행위를 말해 주고 있는 저 건물들을 잘 보세요. 그것들은 사악함과 비참함을 감추는 동굴 이상의 것입니다.

저 건물들은 플라스틱으로 만든 무덤으로 그 속에서 허약한 여인의 속임이 두 눈에 칠한 마스카라와 붉게 바른 입술 뒤에 숨어 있습니다. 그리고 그 구석에는 금과 은의 번쩍임 뒤에 남성들의 이기심과 야만성이 숨어 있습니다.

그 건물들은 자만과 광휘 속에 높은 벽을 쌓는 궁궐들입니다. 그 위에 숨 쉬고 있는 기만과 속임의 숨소리를 느낄 수 있다면, 그 벽들은 금이 가서 바닥에 무너져 내릴 것입니다.

이것을 가난한 도시인들은 눈물 어린 시선으로 바라보는 집들이지만, 만일 그곳에 사는 사람들의 가슴 속에는 자기들과 같은 사람들의 참 사랑과 친절의 정이 조금도 없다는 것을 알기만 한다면, 그들은 비웃음을 짓고 자신들의 곁으로 돌아갈 것입니다."

그녀는 내 손을 잡고 주택들이 보이는 창문으로 데리고 갔다. 그리고 말했다.

"자, 이리 오세요. 나로서는 원하지 않는 이 사람들의 비밀을 보여 줄 테니까요.

대리석 기둥과 유리 창문이 달린 저 궁전과 같은 집을 보세요. 그 안에는 욕심 사나운 아버지의 재물을 물려받고 부패가 감염된 인생의 길에서 생生의 방법을 배운 부정한 부자가 살고 있지요.

2년 전에 그는 가문이 좋고 마을에서 직위가 높은 자의 딸이라는 사실만을 갖고 그녀와 결혼을 했습니다. 신혼여행이 끝나자마자, 그는 그 여자에게서 싫증을 느끼고 환락을 제공해 주는 여자들의 세계에 빠짐으로써 마치 술주정뱅이가 빈 술잔 곁을 떠나듯이 저 궁궐 속에 여자만을 홀로 남겨 놓은 채 떠나갔습니다.

처음에 그녀는 슬프게 울더니 그다음에는 인내력을 찾아 실수를 인정하는 사람처럼 스스로를 달랬어요. 그녀의 남편과 같은 남자를 위해 눈물을 뿌리는 자기의 눈물이 너무 아깝다는 것을 그녀는 알았던 것입니다.

지금 그녀는 잘 생기고 달콤한 말을 해주는 젊은 남자와 열애에 빠져 그 남자의 손에다 자기의 온갖 사랑을 퍼붓고, 그의 빈 주머니에 남편—그녀가 아무 관계를 갖고 있지 않기 때문에 그 역시 그녀와 아무 일도 없는—의 금을 가득 채우는 것입니다.

화려한 정원으로 둘러싸인 저 집을 좀 보세요. 저 집 주인의 가문을 거슬러 올라가 보면 오랫동안 이 나라를 통치한 적이 있는 훌륭한 집안이랍니다.

그러나, 이제 그 부富와 자손들의 게으름 때문에 그 존재가치가 하락되었습니다. 여러 해 전에 이 남자는 굉장히 부유하나 아주 못생긴 처녀와 결혼하였는데, 그녀의 부를 얻자 남자는 처녀의 존재를 망각하고 매우 아름다운 정부情婦를 두었습니다.

남자에게서 버려진 여자는 후회로서 손톱을 뜯으며 갈망과 동경으로 자신의 힘을 잃어갔습니다.

지금 그녀는 머리를 말아 올리고 눈을 검게 칠하고, 얼굴에는 분과 연고를 바르면서 시간을 보내고 있답니다. 그녀는 자기를 방문하는 사람들이 좋아할 비단으로 몸을 치장하지만, 그녀가 발견하는 것은 거울에 비치는 자기 자신의 공허한 시선뿐이었어요.

그림과 동상이 가득한 저 집은 용모는 말쑥하지만, 영혼이 추한 여자의 집이랍니다. 첫 남편이 죽자 그녀는 의지와 신체가 약한 한 남자를 골라 그를 남편으로 삼고는 세상 사람들의 입으로부터 자신의 나쁜 행동을 방어해 주도록 했습니다.

이제 그녀도 꽃에서 달콤하고 상쾌한 것만을 빨아먹는 벌을 갈망하는 사람들 중의 하나랍니다.

자, 다음은 커다란 현관을 솜씨 있게 만든 아치로 치장한 저 집을 보세요. 저 집에는 물질적인 것만을 사랑하는 바쁘고 야망 있는 남자가 살고 있습니다. 그의 부인은 아름답고 기품이 넘쳤으며 달콤하고 부드러운 영혼의 소유자랍니다.

그녀의 내부에서 영혼과 육체가 조화를 이루어 한 편의 운율시처럼 와해瓦解는 그 의미의 오묘함과 한 쌍인 것과 마찬가지로 잘 어울렸습니다. 그녀는 사랑으로 살고 또 사랑을 위해 죽을 수 있도록 창조되어 있었습니다.

그러나, 그녀 역시 여러 친지들의 딸들처럼 18세가 되기 전에 아버지에 의해 운명 지워져 부패한 결혼의 멍에가 목 주위에 조여졌습니다.

요즈음 그녀의 육체는 병이 들고 감옥에 갇힌 애정의 열망에 의해 양초처럼 녹고 있답니다. 그녀는 폭풍 앞의 향기 나는 산들바람처럼 서서히 시들어 가고 있습니다.

그녀는 느낌만 있고 보이지 않는 것에 의하여 사랑으로 파괴되어 가고 있습니다. 그녀는 죽음의 포옹이 자신의 가혹한 상황으로부터 구원해 주길 바라며, 또한 낮에는 부를 축적하고 밤에는 돈을 세며 그 부를 물려주고 이름을 이어 줄 아들을 낳아 주지 못한 그녀에게 바쳤던 시간을 저주하는 남편의 속박으로부터 벗어나기를 애타게 갈망하고 있는 중이지요.

다시 저 정자처럼 홀로 서 있는 작은 집을 보세요. 저것은 고상한 사고와 영적인 신념을 가진 재능 있는 시인의 집이랍니다.

그에게는 재능이 우둔하고 야비한 마음을 지닌 부인이 있답니다. 그녀는 남편의 시를 조금도 이해하지 못하면서 그를 비웃으며, 남편의 작품이 너무나 특이하기 때문에 그것을 조롱합니다.

그러나, 지금 그 남자는 민감하고 현명한 어느 기혼녀의 사랑을 향해 가버렸고, 그녀의 사랑은 그 시인의 가슴에 빛을 창조하며, 그녀가 보내는 시선과 미소는 영원의 말을 할 수 있는 영감을 준답니다."

와아데는 잠시 동안 조용히 서 있었다. 그녀의 영혼은 저 주택들의 감추어진 방을 돌아다니는 데 지친 듯이 창 옆으로 가서 앉았다. 드디어 다시 입을 열고 빠른 음성으로 말했다.

"저것들은 내가 살고자 원하지 않은 곳이에요. 저것들은 내가 산 채로 매장되지 않으려고 했던 무덤들인 거예요.

나는 저들의 생활 양식의 속박에서 빠져나와 그들이 진 멍에를 스스로 던져버린 거예요.

저 사람들의 육체는 결합하였지만, 영혼은 서로 다투고 있습니다. 하나님 앞에서 그들을 좋게 말해 줄 수 있는 것은 하나님의 올바름을 깨닫지 못하는 무지뿐입니다.

지금 나는 그들을 심판하고 있는 것이 아니라 동정하고 있을 뿐입니다. 마찬가지로 그들을 증오하는 것이 아니라, 그들이 거짓과 위선에 굴복하는 것 자체를 증오합니다.

당신에게 나는 그들의 비밀을 폭로하고 그들 가슴 속에 무엇이 숨어 있는가를 말해 드렸지만, 그것은 결코 내가 험담이나 중상을 좋아해서가 아닙니다.

어제까지는 나도 비슷한 처지였지만, 이제는 그러한 것들로부터 해방된 어떤 사람들에 대한 진실을 당신은 아셔야 하기 때문입니다.

그리고 내가 나의 영혼을 구하기 위해 그들의 우정을 버렸고, 또 성의와 진실과 정의가 있는 광명의 세계로 내 눈을 돌리기 위해 그들의 기만적인 방법을 저버렸다 하여 나를 욕하기만 하는 사람들의 수법을 당신께 보여드리기 위해서입니다.

그 사람들은 나를 따돌렸지만, 지금 나는 현실에 만족하고 있어요. 왜냐하면, 대부분의 사람들은 거짓과 억압에 반항하는 영혼이 있으니까요.

노예보다는 추방을 선택하지 못하는 인간은 진리와 도리를 가진 진정한 자유인이 되지 못합니다.

지난날, 나의 존재란 음식을 먹고 싶어 다가오는 라쉬드 베이에게 있어 풍부한 음식이 차려진 식탁에 불과했어요, 그러나, 우리의 두 영혼은 멀리 서 있는 초라한 하인들처럼 뚝 떨어져 있었던 거예요.

내가 그것을 알게 되었을 때, 나는 그러한 노예 생활을 증오하지 않을 수 없었어요. 그래서 나 자신의 운명에 따르도록 노력해 보았지만, 내 영혼은 나로 하여금 그처럼 소심한 상태에서 살도록 강요하지 않았기 때문에 그렇게 되지가 않았던 거예요.

그러다가 어두운 내 두 눈은 어떤 영상을 일으키면서 새로운 나를 발견했던 것입니다.

나는 내 운명의 쇠사슬을 조각조각 부수었습니다. 하지만 아직 그것을 어떻게 내던져야 할지 모르고 있을 때, 나를 명령하는 사랑의 소리가 들리고 떠날 차비를 다 한 영혼이 보였습니다.

나는 감옥을 떠나는 죄수처럼 보석과 하인과 마차를 뒤로 하고 라쉬드 누만의 집을 나와 내 사랑의 거처로 옮겨 왔던 것입니다. 이곳에는 훌륭한 가구는 없지만, 영혼의 물질들로 가득합니다.

나는 내가 옳은 일을 행하였다고 믿고 있어요. 왜냐하면, 내 스스로가 나의 날개를 잘라내고 먼지 속에 굴복하며 '이것이 내 운명이다'라고 체념하며 눈에서는 인생의 피를 쏟고 내 말속에 머리를 숨기고 있어야 했던 것은 하늘의 뜻이 아니었기 때문입니다.

밤이 되면 '언제 새벽이 오려나?' 하지만, 새벽이 오면 다시 '이날이 언제나 끝나려나?' 하고 묻게 되는 고통 속에서 나날을 보낼 때 하늘은 나를 심판하시지 않았습니다. 인간이 불행하고 비참하게 되었다 하여 심판받지는 않습니다. 왜냐하면, 그의 깊은 심정에는 행복에 대한 갈구가 창조되어 있기 때문이며, 또 인간의 행복 속에는 신이 찬미 되기 때문입니다.

자, 이것이 제 자신에 대한 이야기입니다. 이것이 하늘과 땅 위에서 소리치는 한 여자의 눈물의 반항입니다.

나는 그것을 노래하고 이야기하겠어요. 그렇지만, 사람들은 귀를 막고 듣지 않으려 할 테지요. 왜냐하면, 그들은 영혼의 봉기를 두려워하고, 그들은 자기들의 사회의 기초가 흔들려 자기를 머리 위로 쓰러질까 봐 무섭기 때문이지요.

이것은 내가 행복의 정상에 채 오르기도 전에 걸어야 했던 거칠고 울퉁불퉁한 운명의 길이었으니까요. 만약 죽음이 내게 찾아와 데려간다 해도 내 영혼은 두려움이나 떨림 없이 오히려 기쁨과 희망을 갖고 하늘의 옥좌 앞에 설 수 있을 것입니다.

그리고, 내 비밀스런 생각의 덮개는 최후의 심판 전에 벗겨져서 눈처럼 새하얗게 진실된 모습을 드러내 줄 것입니다. 왜냐하면, 나는 신께서도 예외로 여기셨던 영혼의 의지대로 행하였을 따름이니까요.

나는 내 가슴의 외침과 하늘이 노래하는 멜로디의 울림을 따랐습니다.

자, 이것이 베이루트 시민들의 생生의 입술에 담은 저주, 그리고 사회의 종기처럼 여기는 나의 긴 이야기입니다.

그러나, 죽음의 잔재로 가득한 대지의 깊은 곳으로부터 태양이 꽃을 키워내듯이 구름에 뒤덮인 그들의 마음을 진정한 사랑으로 일깨워 줄 날이 올 때 그들은 후회하게 될 것입니다.

그러나, 내 무덤 옆을 지나던 행인은 잠시 걸음을 멈추고 '아! 여기 와아데 알 아니가 고이 잠들어 있다. 그녀는 사랑의 힘으로 살기 위해 부패한 인간의 법의 굴레로부터 자신의 사랑을 자유롭게 하였고, 해골과 가시 속에서 자기의 그림자를 보지 않도록 태양을 향해 얼굴을 들었다'고 말하게 될 거예요."

와아데가 말을 끝냈을 때 문이 열리면서 어떤 젊은이가 들어

왔다. 그는 잘 생겼으나 체격은 가냘파 보였다. 그의 두 눈에서는 빛이 났고 입술에는 부드러운 미소가 감돌고 있었다.

와아데는 일어나 사랑스럽게 그의 팔을 잡았다. 그녀는 그 남자를 나에게 데리고 와서 친절하게 내 이름을 소개했다.

그녀가 그 남자의 이름을 말하며 나를 바라보던 시선에는 자기가 이 세계를 거부하고 이 세상의 법과 관습을 무시한 것은 이 젊은이를 위한 것이었음을 말해 주고 있었다.

우리는 자리에 앉았다. 우리들 모두는 조용히 각자의 마음으로 그에 대한 생각을 물어보고 있었다. 그렇게 시간이 지나갔다. 모든 영혼으로 하여금 침묵으로 가득 찬 시간이 지났다.

나는 나란히 앉아 있는 두 사람을 바라보았다. 그 두 사람에게는 전에 보지 못했던 분명한 것이 깃들어 있었다. 그때 나는 와아데가 한 이야기의 의미를 알 수 있었고 사회의 칙령에 대해 반항하는 이유도 알지 못한 채 그 반항자를 박해하는 사회에 대해 항의하는 그녀의 비밀을 이해할 수가 있었다.

내 앞에는 두 몸속에 젊음으로 아름다워지고 동일한 옷을 입은 하나의 신성한 영혼만이 있을 따름이었다. 그들 사이에는 사랑의 신이 서 있었고, 그의 두 날개가 사람들의 분노와 비난으로부터 그들을 보호하기 위해 펼쳐져 있었다.

나는 순결로써 빛나는 투명한 두 개의 얼굴에서 피어나는 완전하고 무결한 일치감을 느낄 수 있었다. 내 생애 처음으로 나는 교리가 비난하고 법이 거부했던 한 남자와 한 여자 사이에 존재하는 행복의 상을 보았다.

잠시 후에 나는 일어나면서 그들에게 작별 인사를 했다. 그것은 내 영혼의 이동에 대한 증언이었다.

　나는 사랑으로서 신뢰와 조화의 신전을 만든 그 초라한 집을 나와 와아데가 모든 비밀을 폭로시켜 준 거리와 건물 사이를 한없이 걸어갔다. 그녀가 한 말들, 그 말들 속에 담긴 진실들을 생각해 보았다.

　그 거리의 외각에 거의 다 왔을 때, 나는 라쉬드 베이 누만이 생각났다. 나는 다시 그의 절망과 고통이 떠올라 이렇게 말했다.

　'그 사람이야말로 불행하고 억눌린 사람이다. 그러나 그가 하나님 앞에서 계속 와아데 알 아니를 슬프게 하고 욕할 때에 하늘은 그의 말에 귀를 기울이며 믿어주실까? 자기의 자유로운 영혼을 따르기 위해 그의 곁을 떠난 그녀가 과연 잘못된 것일까?

　아니면 그녀의 영혼이 사랑에 기울어지기도 전에 그녀의 육체로 하여금 결혼이라는 것에 승복하도록 했던 그가 그녀에게 잘못한 것인가? 두 사람 중에 누가 억압하는 자이고, 누가 억압받는 자란 말인가? 진실로 누가 죄인이고 누가 결백한 자인가?'

　나는 계속 혼잣말을 하며 기이한 사건들을 파고 들어가는 것처럼 다시 내 스스로에게 물었다.

　'가끔 허영심으로 하여 여성들은 가난한 남편을 버리고 부자를 따라간다. 그것은 좋은 옷과 안락한 생활에 대한 여성의 애정이 그녀의 눈을 멀게 하고 수치와 타락으로 이끌어 가기 때문이다.'

와이데 알 아니가 많은 사람들을 향하여 자신의 자주성을 선언하고 정신적으로 좋아하는 젊은 남자를 껴안았던 것은 그녀가 무식하였고 또 육체를 탐하였기 때문이란 말인가?

그녀가 남편과 함께 생활하고 있을 때 그녀에게는 자기의 아름다움이 노예가 되고 사랑의 순교자가 되기 위해 목숨을 바칠 수 있는 젊은 남자의 정열은 그녀의 감정을 남몰래 만족시킬 수 있는 힘이 있었다.

와아데 알 아니는 불행한 여인이었다. 그녀는 행복을 구했고, 그것을 찾아 불륜을 껴안은 것이다. 그리고 그것은 인간 사회가 경멸하고 법이 추방하는 것이었지만, 그녀에게는 진실이었던 것이다.

허공에 대고 이런 혼잣말을 중얼거리면서 나는 조금씩 그녀의 말을 이해하기 시작했다.

'하지만, 여자는 남자의 불행으로 하여 자기의 행복을 찾을 수 있단 말인가?'

나의 가장 깊은 곳에 있는 자아_{自我}는 이렇게 대답했다.

'그렇다면 남편은 자기가 행복하기 위해서는 아내의 사랑을 노예화할 수 있다는 말인가?'

나는 계속 걸어갔다. 마을 변두리에 도착할 때까지 내 귀에는 와아데의 목소리가 너무나도 뚜렷하게 울려왔다. 해는 서산으로 기울고 있었고 벌판과 마당에는 정적과 평화의 베일이 씌워지고 있었으며, 새들은 저녁 기도를 읊조리고 있었다.

나는 생각에 잠긴 채 가만히 서서 한숨을 내쉬었다.

'자유의 왕좌 앞에서 이 나무들은 산들바람의 애무를 기뻐하고 그 장엄함 속에서 그들은 태양과 달의 현란한 빛의 영화를 누린다.

자유의 귀에 대고 새들은 지저귀며 자유의 치맛자락 주위에서 빗물은 기쁨의 소리를 낸다.

자유의 공기 속에 들판의 꽃들은 자기들의 숨결의 향기를 쏟으면서 그 눈앞에 아침이 오는 것을 바라보며 미소 짓는다.

지상에 있는 모든 것들은 자연의 법칙에 의해 살고, 그 법칙의 본질에 따라 자유의 영광과 기쁨이 흐트러져 있다.

그런데 인간만이 이러한 행복이 금지되어 있는 것이다. 왜냐하면, 인간은 자기의 유한한 영혼을 묶는 지상의 법을 만들고 자기의 마음으로부터 스스로 깊은 무덤을 만들고 사랑과 갈구로써 주위에 어두운 벽을 쌓는 것이다.

인간 중에서 사회와 법으로부터 떠나 소외되던 사람들은 그러한 이를 반역자라 하여 추방되어야 마땅한 사악한 사람이라고 말한다. 타락되고 불결하여 죽어도 마땅하다고 규정 짓는다.

영원히 인간은 자기가 만든 부패한 법에 의한 노예이어야만 하는가? 아니면 영혼을 위한 영혼 속에서 살도록 자유로운 날이 택해져야 하는가?

인간은 계속 이 불모의 땅을 바라보아야 하는 존재인가. 아니면 가시와 해골 속에서 자신의 그림자를 보지 못하고, 다만 눈을 들어 태양을 바라보아야 하는 존재인가?' 〈끝〉

세
번
째
이
야
기

사랑의 순교자

신부의 침대

신부와 신랑은 교회 밖으로 나왔다. 램프와 횃불이 앞장섰
으며 즐거워하는 손님들이 뒤를 따랐다. 그들 주위에서 젊은
남녀들이 기쁨의 노래를 불러주었다.

축하 행렬은 신부의 집에 도착했다. 그 집은 값비싼 카펫과
빛나는 그릇들, 향기가 좋은 도금양나무들로 치장이 잘 되어
있었다.

신랑과 신부가 계단에 오르자 손님들은 실크 양탄자 위나
벨벳이 덮인 의자에 앉았다. 곧 그 넓은 방 안은 사람들로 꽉
찼다. 하인들이 포도주를 대접하느라고 이리저리 움직였다.
유리잔이 부딪치는 소리가 여기저기서 들렸으며, 곧 그것은 일
반적인 축하와 기쁨의 소리가 어울리는 것이 되었다.

그러자 악기 연주자들이 도착하여 자리를 잡았다. 그들의
음악이 반복되는 후렴으로 하여 듣는 이들을 취하게 했고, 현
絃의 속삭임과 인간의 한숨, 드럼의 리듬으로 짜여진 멜로디는
그들의 가슴을 풍요롭게 가득 채웠다.

그러자 여인들은 일어나 춤을 추기 시작하였다. 그들은 바

람에 흔들리는 가느다란 나뭇가지처럼 음율에 맞추어 부드럽게 움직였다. 그들이 입은 옷의 주름은 구름 위에서 춤을 추는 달빛처럼 물결쳤다.

모든 눈들이 하나처럼 그들을 따라 움직였으며 젊은 남자들의 영혼은 여인들을 포옹했고, 그들의 표정은 그 아름다움 앞에서 동요되었다.

모두가 술 마시는 데에 열중했으며 온갖 욕망을 포도주잔에 묻었다. 움직임에는 생기가 돌았고, 목소리가 커지면서 한껏 설레이고 있었다. 이미 절제는 달아나 버렸고 마음은 혼란했다.

또한, 메마른 영혼에 불이 붙어 가슴은 흥분되고 마침내 그 집과 그 안에 있던 모든 사람들은 마치 신령神靈의 딸의 손에 붙잡혀 있는 줄이 끊어진 하프처럼 거칠게 잡아 뜯기어 불협不協과 조화의 이중음을 내는 것 같았다.

여기에 아름다움으로 황홀케하고 흥분하게 하는 한 소녀에게 은근한 사랑을 나타내는 젊은이가 있는가 하면, 다른 곳에선 감미로운 탄사와 미묘한 어귀를 기억해 내며 아름다운 여인에게 들려줄 말을 만들고 있는 청년도 있었다.

또 저쪽에서는 어떤 중년 남자가 연거푸 술잔을 기울이며 연주자들에게 자신의 젊음을 되돌릴 수 있는 옛노래를 연주해 달라고 간곡히 부탁을 하고 있는 모습도 보였다.

다른 구석에선 한 쌍의 남녀가 서로에게 사랑스런 눈길을 나누고 있었고, 또 다른 구석에선 머리가 하얀 할머니가 젊은 여인들을 둘러보면서 아들의 신붓감을 고르고 있었다.

창가에는 남편이 술에 취한 것을 기회로 정부와 함께 오랜만의 밀회를 즐기는 어떤 부인도 있었다. 이렇듯 모든 사람들은 포도주와 희롱의 바다에 빠져들어 어제를 잊고 또한 내일을 기피한 채 현재의 시각을 거두어들이는 데 몰두하여 기쁨과 즐거움의 도도한 급류에 휩쓸리고 있었다.

이러한 분위기 속에 아름다운 신부는 어느 희망 없는 죄수가 감옥의 침침한 벽을 바라보는 듯한 슬픈 눈으로 이 모든 장면을 응시하고 있었다. 이따금 그녀는 방의 한구석에 시선을 두고 있었다.

그곳에는 20세 가량의 한 청년이 하객들과 떨어져서 상처 입은 새처럼 혼자 앉아 팔짱을 꽉 끼고 있었다. 그의 두 눈은 방에 있는 어떤 보이지 않는 무엇에 고정되어 있었다. 마치 그의 정신은 암흑의 환영을 찾아 허공을 가르기 위해서 물질적인 존재로부터 분리되어 나간 것 같았다.

자정을 알리자 결혼 축하객들의 흥겨움은 급속도로 더해져서 마침내 와자지껄해졌다. 포도주의 자극으로 그들은 감각이 몽롱해지고 말을 더듬었다. 조금 있다가 신랑이 먼저 자리에서 일어났다. 그는 중년에 들어선 외모가 조잡한 남자였다. 술기운에 의해 감각을 사로잡힌 그는 손님들 한가운데로 좋은 유머와 친절한 인상을 나누어 주며 걸어 나왔다.

그때 신부는 사람들 속에서 한 소녀에게 오라는 손짓을 해 보였다. 그 소녀는 다가와서 신부 옆에 앉았다. 신부는 무시무시한 비밀을 폭로하는 초조한 사람처럼 주위를 두리번거리고 나서, 그 소녀에게 몸을 숙이고는 떨리는 목소리로 말했다.

"가장 소중한 친구야! 어릴 때부터 우리를 묶었던 애정과 세상에서 가장 소중한 그 모든 것과 네 가슴에 숨겨져 있는 모든 진실된 것에 의지하여 나는 네게 간청한다. 우리의 영혼을 어루만져 빛나게 해주는 모든 사랑과 네 가슴 속의 즐거움과 내 가슴속의 슬픔에 의지하여 너에게 부탁한다.

지금 셀림한테 가서 아무도 몰래 정원에 있는 버드나무 아래에서 나를 기다려 달라고 말해다오. 나를 위해서 그 사람에게 간절히 간절히 애원을 해다오. 지나가 버린 기억을 상기시키고 사랑의 이름으로 부탁을 해다오. 가서 그의 애인은 어리석고 불행한 자라고 말해다오.

그녀는 가까이에서 죽어가고 있으며 어둠이 오기 전에 그에게 가슴을 열어 보이고 싶노라고 말해다오. 그녀는 이미 파멸하였고, 절망하여 지옥의 불길이 그녀를 모두 태워버리기 전에 사랑하는 사람의 눈에서 비치는 빛을 보고 싶어 한다고 전해다오. 그녀는 죄를 저지른 나머지 자기의 죄를 고백하고 그의 용서를 받고 싶어한다고 말해다오.

어서 그 사람에게 가다오. 그의 앞에서 제발 나를 위해 말을 하고, 이 야비한 사람들의 시선에는 신경을 쓰지 말아다오. 술이 그들의 귀를 멈추게 했고 그들의 눈을 멀게 했으니, 어서 가시 전해다오."

수잔은 신부의 곁에서 일어나 혼자서 쓸쓸하게 앉아 있는 셀림 옆으로 갔다. 그녀는 조금 전 친구인 신부가 한 말을 그의 귀에 속삭이며 그의 동의를 구했다. 사랑과 성의로 하여 그녀의 얼굴에서는 빛이 났다. 셀림은 머리를 기울이는 듯 귀를 기울였으나 아무 말도 하지 않았다.

그녀가 말을 다 마치자, 그는 마치 목마른 사람이 하늘 높이에 있는 컵을 보듯이 그녀를 바라보았다. 그리고는, 지구의 가장 깊은 곳에서부터 나오는 듯한 낮은 목소리로 말했다.

"버드나무 숲에서 기다릴게요."

이렇게 말하고, 그는 의자에서 벌떡 일어나 정원을 향해 그림자처럼 빠져나갔다.

몇 분이 지난 후에 신부도 일어나 그를 따라 나갔다. 오래전부터 포도나무 열매의 유혹에 빠진 남자들, 그리고 그곳에 있는 젊은 남자들과의 열애에 마음을 주어버린 여자들 사이로 그녀는 소리 없이 빠져나갔다.

이제 밤의 망토를 두른 정원으로 나오자, 그녀는 걸음을 빨리했다. 그 젊은이가 자기를 기다리고 있을 버드나무 숲에 도착할 때까지 그녀는 먹이를 쫓는 늑대로부터 은신처를 찾아 도망하는 겁먹은 한 마리의 영양처럼 재빨리 뛰었다.

이윽고 그녀는 몸을 던져 청년의 목에 팔을 감았다. 그녀는 그의 눈을 보며 말했다. 가슴 깊이에서 쏟아져 나오는 말들이었다. 그녀의 눈에서는 눈물이 마구 흘러내렸다.

"오! 내 말을 좀 들어주세요. 나는 내 어리석음과 성급함 때문에 얼마나 후회했는지 몰라요. 셀림! 그 후회는 내 가슴을 짓이겨 놓았을 정도예요. 누구보다도 나는 당신을 사랑하고 있고, 또 나의 마지막 순간까지 당신을 사랑할 거예요. 사람들은 당신이 나를 잊고 나를 저버린 채 다른 애인을 찾았다고 말했어요.

사람들의 혀는 독약처럼 나를 병들게 했고, 그들의 발톱은 내 가슴을 갈기갈기 찢었으며 그들의 거짓으로 내 영혼을 가득 채웠던 거예요. 나이베는 당신이 나를 잊었으며, 오히려 나를 증오하며 자기와 사랑에 빠져 있다는 거예요. 그녀는 나를 괴롭혔어요. 그 나쁜 여자는 내 감정을 갖고 조종하며 나로 하여금 자기의 친척을 남편으로 삼아 만족할 수 있게 하려고 했던 거예요.

하지만, 나에게는 셀림! 당신 이외의 신랑은 없어요. 이제 내 눈에는 그 어떤 척도도 없어졌으며, 이렇게 당신에게로 밖에 올 수 없었어요. 이제 나는 저 집에서 도망쳐 나온 거예요. 다시는 돌아가지 않을 거예요. 나는 당신을 포옹하기 위해서 왔어요. 이 세상에는 절망 속에서 결혼한 남자의 품으로 다시 돌아가게 할 수 있는 힘을 가진 것은 아무것도 없어요. 나는 거짓에 의해 선택된 신랑과 운명에 의해 보호자로 된 아버지 곁을 모두 떠나왔어요.

신부님께서 신부용으로 엮어 주신 화환과 전통을 일종의 족쇄처럼 법률을 뒤에 남겨 두고 나는 떠나왔어요. 숙취와 악으로 꽉 메워진 집을 떠나 나는 당신을 따라 멀리 떨어진 곳으로 가려고 왔어요. 지구의 끝까지…… 신령의 은신처인 바로 죽음의 손아귀에 놓인다 해도…… 그 어디로든 말이에요. 셀림! 밤의 장막 아래에서 우리 어서 이곳을 떠나요. 해변가로 내려가 머나먼 알려지지 않은 곳으로 데려다 줄 수 있는 배를 타요. 자, 이서 가요. 적의 손으로부터 안전한 곳에 닿기 전에는 새벽이 오지 못하도록…… 봐요, 이 금으로 된 장신구들과 비싼 반지와 귀걸이와 보석들을…… 이것들만 있으면 우리는 언제까지나 안전할 것이며, 왕자처럼 살 수 있을 거예요.

셀림! 왜 당신은 말이 없어요? 왜 그렇게 나를 바라보는 거예요? 왜 내게 키스도 안 해주고? 당신은 내 가슴 속의 외침과 영혼의 진동이 들리지 않으세요? 당신은 내가 남편과 아버지와 어머니를 버리고 웨딩드레스를 입은 채 당신에게로 도망해 온 것을 믿지 못하세요? 말을 좀 해봐요, 셀림! 아니면 빨리 떠나던지요. 왜냐하면, 지금 이 시간들은 다이아몬드보다도 더 귀중한 것으로, 그 가치는 용의 왕관보다도 더한 것이니까요."

신부는 이렇게 말했다.

그녀의 목소리 속에는 인생의 속삭임보다도 더 달콤하고 죽음의 구덩이보다도 더 쓴 음악이 있었고, 새의 날갯짓보다도 가볍고 파도의 한숨보다도 깊은 음악이 들어 있었다.

그것의 장단은 희망과 절망, 쾌락과 고통, 기쁨과 슬픔 사이를 배회하였다. 그리고, 그 속에는 한 여인의 가슴 속에 들어 있는 모든 욕망과 갈망이 있었다.

젊은이는 선 채 조용히 듣고 있었다. 그 사이, 그의 내부에서는 사랑과 명예가 자리다툼을 하고 있었다.

사랑은 정글을 평원으로, 어둠을 빛으로 만드는 것, 명예란 영혼으로 하여금 갈망이나 욕망으로부터 전혀 다른 모습으로 방향을 바꾸게 하는 것, 사랑이란 하나님이 인간의 가슴에 보여 주시는 것, 명예란 인류의 전통이 마음에 넘쳐흐르게 하는 것임을 젊은이는 알고 있었다.

명예심이 그의 영혼으로 하여금 욕망을 능가하는 승리자로 만들었다. 그는 겁에 질린 채 바라보고 있는 신부에게서 눈을 돌리며 나직한 목소리로 말했다.

"돌아가시오. 당신의 남편이 있는 곳으로…… 모든 일은 이미 끝났고, 꿈에서 깨어났을 때는 그 꿈이 상상했던 것은 다 지워졌습니다. 어서 가시오. 재빨리 눈치 채는 손님들의 시선이 당신을 보고 옛날에 애인을 버렸듯이 바로 결혼식 날 밤에 자기의 남편을 버렸노라고 말하기 전에 사람들 있는 곳으로 가시오."

그의 말이 끝나자, 신부는 몸서리를 치며 바람 부는 길가에 선 한 송이의 시든 꽃처럼 몸을 떨었다.

그녀는 고통에 찬 소리를 질렀다.

"내가 숨이 끊어지는 한이 있어도 저 집으로는 다시 들어가지 않겠어요. 이제 나는 영원히 그 집을 떠났어요. 그 집과 그 안에 있는 모든 것으로부터 떠나왔어요. 죄수가 유배지를 떠나듯이 끝이에요. 당신은 나를 떼어놓을 수도 없고 내가 믿을 수 없다고도 말할 수 없어요. 왜냐하면, 우리의 영혼을 하나로 묶어 놓은 사랑의 손이 내 몸을 신랑의 의지대로 끌고 간 신부님의 손보나 더 강하니까요.

당신의 목을 감고 있는 내 팔을 봐요. 내 팔을 뗄 수 있는 것은 이 세상에 없어요. 내 영혼은 당신의 영혼 옆에 붙어 있어요. 죽음이라도 그것은 떼어놓을 수가 없는걸요."

젊은이는 그녀의 팔에서 벗어나려고 애썼다. 반감과 혐오스런 표정이 그의 얼굴에 확연했다.

그가 말했다.

"가! 어서 나에게서 떠나시오. 나는 이미 당신을 잊고 다른 사람을 사랑하고 있습니다. 사람들이 한 말은 모두 사실이었소. 내 말이 들리나요? 나는 내 마음으로부터 당신을 쫓아낸 지 이미 오래됩니다. 당신에 대한 증오로 인해 나는 사랑의 눈을 딴 곳으로 돌렸던 겁니다. 어서 나에게서 떠나시오. 내가 내 길을 갈 수 있도록… 이제는 당신의 남편에게로 돌아가 그에게 충실하길 바라오."

그러자 슬픔을 가까스로 삼키며 그녀가 말했다.

"아니, 아니예요. 나는 당신의 말을 믿을 수가 없어요. 당신은 나를 사랑하고 있으니까요. 나는 당신의 눈에서 사랑의 의미를 읽었고, 당신의 몸을 만질 때마다 사랑의 감촉을 느꼈어요. 당신은 나를 사랑하고 있어요. 내가 사랑하는 것만큼 말이에요. 당신과 함께가 아니라면 이곳을 떠나지 않겠어요. 나한테 힘이 남아 있는 한 저 집으로는 돌아가지 않겠어요. 당신이 가는 곳이라면, 이 세상 어디라도 끝까지 따라가겠어요. 죽음에 이르더라도 당신을 따르겠어요. 자, 당신이 먼저 가세요. 손을 들어 내가 피를 쏟도록 해보세요."

젊은이는 음성을 높이며 말했다.

"제발 나에게서 떠나 줘요. 큰 소리로 이 축제에 모인 사람들이 마당 한가운데로 몰리기 전에 어서 돌아가요. 그들 앞에서 당신의 수치심을 보이게 하고, 그들의 입속에서 당신이 쓸쓸한 입맛이 되거나, 그들의 혀에서 혐오거리가 되기 전에…… 내가 사랑하고 있는 나이베를 당신 앞에 불러와서 당신을 비웃으며 조롱하기 전에 말이오."

이렇게 말하고 나서, 그는 그녀의 팔을 붙잡고 힘껏 밀어제
쳤다. 그때 그녀의 표정이 순간적으로 변하면서 눈빛이 번뜩였
다.

그녀의 애원하는 듯하며 고통스럽던 태도는 노여움과 질투
의 표정으로 바뀌었다. 그녀는 자기의 새끼를 잃은 암사자와
같은 표정을 지었으며, 폭풍우에 의해 성난 바다처럼 떨고 있
었다.

그녀는 소리를 질렀다.

"나 말고 당신의 사랑을 즐길 사람이 이 세상에 어디 있어
요? 내 뜨거운 가슴 말고 당신과 입맞춤을 할 여자가 또 어디
있느냐 말이에요?"

이렇게 말하고는 순식간에 그녀는 옷 춤에서 단검을 꺼내
들고 빛과 같은 속도로 젊은이의 가슴에 꽂았다.

그는 비틀거리며 힘없이 쓰러졌다. 폭풍에 갈라 넘어지는
나뭇가지와 같았다. 그녀는 무릎을 꿇고 앉아 그에게 몸을 기
대었다. 그녀의 손에 쥔 칼에는 아직도 피가 흐르고 있었다.
젊은이는 눈을 떴다. 이미 그 눈자위에는 죽음이 그림자를 드
리우고 있었다.

그의 입술이 떨리면서 소멸해 가는 가쁜 숨을 몰아쉬며 말했
다.

"이리 와요, 내 사랑 라일라! 내 곁을 떠나지 말아 주오. 죽
음은 생명보다 강하지만 사랑은 죽음보다 더 강한 법, 당신의
결혼을 축하하기 위해 온 사람들의 웃음소리와 함성을 들어봐
요.

저 잔과 잔이 부딪는 소리를. 당신은 저 불협화음의 무례함과 그 술잔의 쌉쌀함에서 나를 데려다주었어. 라일라! 내 뼈를 으깬…… 손에 키스 좀 해도 될까? 내 입술에 키스해…… 라일라! 거짓을 담고 가슴속의 비밀을 속인 입술에 말이오. 당신의 손가락으로 기운을 잃은 눈꺼풀을 내려줘. 내 영혼이 공간을 향해 날아간 후 그 칼을 내 손에 쥐어 주고 사람들에게 말해. 이 사람은 질투와 절망감 때문에 자살을 했노라고…….

라일라! 난 당신을 사랑했어. 그 누구보다도…… 그러나 나는 당신의 결혼식 날 밤에 함께 도주하는 것보다는 내 행복과 인생을 희생하는 것이 더 큰 의의가 있다고 생각했어. 사람들이 내 시신屍身을 내려다보기 전에 내게 키스해 줘요. 라일라!"

젊은이는 식어가는 손을 자기의 찢어진 가슴에 얹고, 머리를 옆으로 떨어뜨렸다. 이제 그의 영혼은 떠나갔다.

신부는 고개를 들고 집이 있는 쪽을 향하여 무서운 목소리로 고함을 질렀다.

"이리로들 오세요, 여러분! 이곳의 결혼식과 신랑을 보세요. 자, 우리들의 결혼 첫날밤을 보세요. 잠든 모든 이여! 깨어나세요. 술에 취한 모든 이여? 일어나세요. 그리고 어서 서두르세요. 우리들의 사랑과 죽음과 인생의 비밀을 보여드릴 테니까요."

신부의 외침은 온 집 안 구석구석까지 울려 퍼져 모든 하객들의 귀에까지 들렸고, 그들의 영혼을 공포로 채웠다. 그들은 한동안 그대로 듣고만 있었다. 마치 명료함이 그들의 취한 상

태를 침투한 것처럼······

그러자, 그들은 집 밖으로 뛰어나오면서 서로 걸려 넘어지고 좌우를 휘둘러 보며 시체와 그 옆에 꿇어앉아 있는 신부에게로 다가왔다. 그들은 두려움으로 흠칫 뒤로 물러섰다.

그들 중에 어느 누구도 진상을 알아보려고 하지 않았다. 죽은 이의 가슴에서 흐르는 선혈과 신부의 손에 쉬어진 피 묻은 칼날의 번뜩임이 그들의 혀를 굳게 하고 그를 몸 속에 있던 생명력까지 얼어붙게 한 것 같았다.

신부는 고개를 들어 그들을 올려다보았다. 그녀의 얼굴에는 슬픔과 공포가 어리었다. 그녀가 말했다.

"이리로 오세요, 비겁한 분들이여! 죽음의 광경을 두려워하지 말고, 이것은 신성한 도구로서 당신들의 불결한 몸과 검은 가슴을 건드리지 않을 터이니까. 결혼식 예물로서 치장한 아름다운 이 젊은이를 잘 보세요.

그는 나의 애인이므로, 나는 그를 사랑하기 때문에 그를 죽였답니다. 그는 나의 신랑이며, 나는 그의 신부랍니다. 우리들이 포옹하기에 알맞은 침대를 구했지만, 여러분들의 전통에 의해서 고통당하고 당신들의 무지로 어두워졌으며, 당신들의 탐욕으로 부패된 이 세상에 그러한 침대는 없었습니다. 우리는 구름 저쪽에 있는 머나먼 나라로 가는 것이 좋겠어요.

자, 두려움 많은 여러분들! 이리 와서 이걸 보세요. 아마 우리의 얼굴에 반사된 하나님의 얼굴과 우리의 마음에서 들려오는 그분의 부드러운 목소리를 들을 수 있을 것입니다.

나의 애인이 자기에게 반해서 나를 버리고 자신의 사랑에 취하여 나를 잊었노라고 중상모략을 한 악독하고 질투 많은 여자는 어디로 갔는가요? 신부님께서 손을 들어 친척들의 머리 위에 올렸을 때, 그 사악한 여자는 자기가 승리자인 줄 알았겠지요.

모략꾼인 나이베, 지옥에서 나온 독사는 어디로 갔는가요? 그녀를 불러와서 그녀가 골라준 남자가 아닌 내 사랑하는 이와의 결혼식에 당신들을 초대해 놓았는지 보게 해 줘요. 당신들은 내 말을 하나도 이해하지 못할 겁니다.

왜냐하면, 당신들의 어두운 마음으로는 별의 노래를 들을 수 없으니까요. 하지만 결혼식 날 밤에 자기의 애인을 살해한 여자의 이야기를 아이들한테는 말해 주겠지요. 당신들은 나를 기억하고 거짓된 입술로 나를 저주할 테지요. 그러나 당신들의 자손들은 나를 축복할 것입니다. 진리와 영혼은 내일을 위해 사는 것이니까요.

그리고 간계와 부와 사기를 이용해 나를 아내로 삼으려 했던 어리석은 남자, 당신은 어둠 속에서 빛을 찾으며, 바위틈에서 물이 나오기를 기다리고, 돌무지에서 장미가 피어나기를 고대하는 절망적인 사람의 상징이에요. 당신은 장님을 지도자로 삼은 어리석음의 인도를 받는 이 나라의 상징입니다. 당신은 치장하기 위하여 자신의 손목과 목을 잘라내려 하는 헛된 인간의 상징입니다. 당신의 왜소함을 나는 용서해요. 이 세상으로부터의 작별을 즐기는 영혼은 이 세상의 죄악을 용서하는 법이니까요."

그 순간 신부는 단검을 높이 쳐들었다가는 마치 목마른 사람이 물잔을 입으로 들어 올리듯 칼을 자신의 가슴을 향해 내리쳤다. 그리고는 낫으로 목이 잘린 백합처럼 애인의 옆으로 쓰러졌다. 여자들은 두려움과 고통으로 소리를 지르고 기절하기까지 했다. 사방에서 남자들의 고함과 혼란이 벌어지며, 두려움과 놀라움으로 희생자들의 주위에 모여들었다.

그러자, 죽어가는 신부는 그들을 올려다보며 말했다. 그녀의 가슴에서는 피가 흘러넘쳤다.

"당신들은 내 곁으로 올 수 없어요. 또 당신들은 우리 두 사람을 갈라놓을 수도 없어요. 당신들의 머리 위를 배회하는 정령精靈이 당신들의 목을 붙잡고 안녕을 고하는 걸 막을 수 없어요. 이제 이 굶주린 대지가 우리를 한입에 삼킬 것이에요. 꽃씨가 봄이 오기 전에 겨울의 눈보라로부터 보호받듯이 그 대지 속에 우리를 감추어 보호해 주도록……"

신부는 애인의 가슴에 엎드려 그 찬 입에 자기의 입술을 댔다. 이제 그녀는 마지막 숨을 쉬며 말했다.

"나의 사랑하는 이여! 내 영혼의 반려자여, 질투로 끓는 이들이 우리의 침대 주위에 서 있는 것을 좀 봐요. 우리를 바라보는 그들의 눈, 저들의 눈, 저들의 이빨을 부딪는 소리, 그들의 뼈가 부딪는 소리를 들어보세요.

셀림! 당신은 너무나 오랫동안 기다렸어요. 나를 좀 보세요. 나는 족쇄를 부수고 수갑을 풀어버렸어요. 우리 이제 기다리지 말고 태양을 향해 어서 가요. 우린 암흑 속에서 너무나 오래 살았어요. 모든 것이 사라졌고 모든 것이 숨어 버렸어요. 이제 다시는 당신 외에는 아무것도 쳐다보지 않겠어요. 내 입술을 봐요. 나의 마지막 숨이 다가오고 있어요.

셀림! 어서 가요. 사랑은 날개를 펴고 광명 한가운데로 우리들보다 앞서 나르고 있어요."

신부는 애인의 가슴 위에 쓰러졌다. 그녀의 피는 남자의 피와 혼합되었다. 그녀는 그의 목에 머리를 눕혔다. 그리고 그녀의 시선은 젊은이의 눈에 고정되었다.

사람들은 아무 말도 하지 못했다. 그들의 얼굴은 창백했고 무릎은 힘이 없었다. 죽음의 두려움이 그들의 힘과 운동 능력까지 빼앗아간 듯했다.

그때 신부님이 앞으로 나왔다. 결혼식에서 그 두 사람을 결합했던 그 신부님이었다. 그는 오른팔을 쳐들어 죽은 두 사람을 향해 흔들고 겁에 질린 사람들을 보며 거칠게 말했다.

"수치와 죄악의 피로 더럽혀진 이 두 시체에 손을 뻗는 사람은 저주가 있을지어다. 악마에 의해 지옥으로 떨어질 이 두 사람에게 비탄의 눈물을 흘리는 눈에 저주가 있을지어다.

소돔의 아들과 고모라의 딸인 두 시체는 피로 더럽혀진 채 이 땅에 버려져서 개들에게 그 살을 뜯기고 바람이 뼛속까지 흐트러질지어다. 이제 여러분들은 집으로 돌아가서 죄악이 창조하고 부패로 사라져간 가슴의 악취로부터 멀어져 갈지어다.

이 냄새 나는 시체 옆에 서 있는 여러분들, 모두 갈 길을 가시오. 지옥의 불이 그 혀로 당신들을 찾으려 하기 전에 어서 서둘러 돌아가시오. 여기에 있는 사람은 신앙심 깊은 자들의 무릎을 꿇는 교회에 들어올 수 없으며 기도하는 사람들이나 기독교인의 헌금에 참여할 수 없을 것입니다."

그때 수잔이 앞으로 나왔다. 그녀는 신부가 자기의 애인에게 보내었던 사자였다. 그녀는 신부님 앞에 서서 눈물이 가득 찬 시선으로 바라보며 용기를 내서 말했다.

"나는 여기 남겠어요. 맹목적인 이교도여! 그리하여 새벽이 올 때까지 저들을 지키고 있다가 이 흔들거리는 가지 밑에 무덤을 파겠어요. 당신이 막으신다면, 나는 내 손가락으로 흙을 파겠어요. 당신이 내 손을 묶으시면 나는 내 이빨로 땅을 파겠어요. 당신들은 유향의 연기로 가득 찬 이곳을 떠나버려요. 돼지들이란 향기로움을 감내하지 못하며, 도둑들은 집주인과 새벽이 가까워 오는 것을 두려워 하니까요. 어두운 당신들의 침대로 어서 돌아가세요. 사랑의 순교자들 위로 떠가는 진국의 음악은 흙으로 막힌 뒤에는 들리지 않으니까요."

그리하여 사람들은 이리저리 흩어지고 신부님의 찡그린 얼굴에서 멀어져 갔다.

그러나, 그 소녀는 밤의 정적 속에서 아기를 지키는 어머니처럼 그 움직이지 않은 두 남녀의 시체 옆에 남아 있었다.

사람들이 모두 떠나자, 그녀는 울음과 애통 속에 빠져들었다. 〈끝〉

네
번
째
이
야
기

무덤의 소리

I

재판관석에는 왕이 다리를 꼬고 앉아 있었고, 그의 양옆에는 전국에서 유명한 현자들이 자리잡고 있었다. 그들의 주름 진 얼굴에는 두꺼운 책으로 보낸 세월들이 그려져 있었다. 왕의 주위에는 칼이나 창을 높이 든 병사들이 정렬해 있어 자못 위엄스러워 보였다.

사람들이 왕 앞에 섰다. 어떤 사람들은 구경을 좋아하는 관광객으로서, 또 어떤 사람들은 자기 친척의 재판이 진행되기를 기다리는 초조한 방청객으로서 와 있었다. 그러나 그들은 모두 한결같이 고개를 숙이고 숨을 죽인 채, 마치 왕의 시선이 그들의 마음과 영혼 속에 공포와 위협을 스며들게 하는 힘이기라도 한 듯 시선을 내리깔고 서 있었다.

사람들이 모두 제자리에 앉고 재판 시간이 다가오자, 왕이 한 손을 들며 말했다.

"죄인들을 한 사람씩 내 앞으로 데리고 와서 그들의 비행과 죄상을 고하도록 하라."

그리하여 감옥의 문이 열리면서 그 어두운 벽이 마치 하품하는 야수野獸가 내보이는 목구멍처럼 드러내 보였다. 사방으로부터 철컥거리는 쇠사슬과 수갑 소리가 죄수들의 한숨과 비탄 소리에 맞추어 들리기 시작했다. 사람들은 시선을 돌리고 고개를 높이 쳐들었다. 흡사 무덤의 저 깊은 곳에서부터 솟아나는 죽음의 먹이에서 빠져나가기라도 하듯이……

　몇 분이 지나자 두 명의 병사가 감옥에서 팔이 묶인 젊은 청년을 앞세우고 나왔다. 그의 냉혹한 얼굴과 긴장된 용모는 그의 강인한 정신과 굳건한 마음을 말해 주고 있었다. 그들은 그를 재판관 앞에 세우고는 뒤로 물러났다. 왕은 잠시 그를 응시하더니 말했다.

　"법의 구속을 받는 사람이라기보다는 명예로운 자리에 선 사람처럼 머리를 곤두세우고 내 앞에 서 있는 이 사람의 죄가 무엇인가?"

　법관 중의 한 사람이 대답했다.

　"그는 살인범으로서 어제 왕의 장교 한 사람이 어떤 여인의 집을 방문했는데, 아무 죄도 없이 걸어가고 있는 그 장교를 때려눕혔습니다. 이 사람의 잡혔을 때는 피가 묻은 칼을 손에 쥐고 있었습니다."

　왕은 높은 옥좌에서 화가 난 듯 몸을 떨며 분노의 시선을 던지면서 큰 소리로 외쳤다.

　"이 사람을 암흑 속으로 다시 데려가서 그의 몸을 쇠사슬로 무겁게 하라. 내일 새벽이 되면 저자가 가지고 있는 칼로 그의 머리를 친 다음, 몸을 광야에 던져 독수리와 먹이를 찾는 야수

들로 하여금 그의 육체를 깨끗이 치우게 하고, 바람으로 하여
금 그 부패의 악취를 그자의 친척들의 콧구멍에 나르도록 하게
하라."

그리하여 그들은 그 젊은이를 다시 감옥으로 데리고 갔고,
그 뒤에는 많은 사람들의 동정 어린 시선과 깊은 한숨이 뒤따
랐다. 왜냐하면, 그는 인생의 봄을 맞이한 젊고 잘 생기고 건
장한 청년이었기 때문이다.

두 번째로 병사들은 가냘프게 보이는 미녀 한 명을 데리고
나타났다. 슬픔과 불행의 창백한 그늘이 그녀의 얼굴에 길게
깔려있었다. 그녀의 눈엔 눈물이 괴어 있었고 후회와 회개의
뜻으로 고개를 숙이고 있었다. 왕이 그녀를 보고 물었다.

"진실의 그림자처럼 내 앞에 서 있는 이 병약한 여인은 무슨
죄를 지었는가?"

병사 중의 한 사람이 이렇게 대답했다.

"그녀는 간악한 여인입니다. 어느 날 밤, 저 여자의 남편이
집에 와 보니 그녀는 다른 애인의 팔에 안겨 있었습니다. 남편
을 보자 그 애인은 달아나고, 그는 자기의 아내를 경찰에 데리
고 왔습니다."

왕은 그 여인을 가까이 들여다보았다. 여자는 부끄러움에
떨면서 땅바닥만 바라보고 있었다. 왕이 거칠게 말했다.

"저 여자를 다시 어둠 속으로 데려가 가시로 뒤덮인 침대에
눕히도록 하라. 아마 저 여자는 자기가 수치심으로 더럽혔던
침대를 기억하게 될 것이다. 또 저 여자에게는 독한 식초를 주
어 금지된 키스의 맛을 다시 보도록 하게 하라. 그리고 새벽이

오면 발가벗겨서 시내 밖으로 데려가 돌로 쳐라. 더러운 몸을 그대로 두어 늑대들이 와서 그녀의 살을 즐기게 하고, 벌레들과 곤충들이 그녀의 뼈를 쏠게 하라."

그 여인은 다시 어두운 감옥으로 되돌아갔고, 모여 있던 사람들은 왕의 정의로움에 대한 놀라움으로 가슴을 죄였고, 그녀의 슬픈 아름다움과 생각에 잠긴 듯한 시선에 연민의 정을 동시에 느끼며 그녀의 뒤를 응시했다.

세 번째로 병사들은 병약한 중년 남자를 데리고 나타났다. 그는 떨리는 다리를 질질 끌면서 들어왔다. 그것은 다리기보다는 다 낡은 옷에서 흔들거리는 누더기에 가까웠다. 그는 두려움에 찬 시선을 이리저리 던졌고 그의 괴로워하는 시선에는 빈곤과 절망, 그리고 불행의 유령이 튀어나오는 듯했다. 왕은 그를 향해 돌아다보며 경멸에 찬 목소리로 말했다.

"모든 생물들 가운데 혼자 죽은 것처럼 서 있는 이 더러운 작자의 죄는 무엇인가?"

그러자 병사들 중의 한 사람이 대답했다.

"그는 도둑이며 강도로서 어느 날 밤에 수도원에 들어갔습니다. 그는 신심 깊은 수도승들에 의해 붙잡혔는데, 그때 그의 옷자락 속에서는 거룩한 성기聖器가 발견되었습니다."

왕은 다친 참새를 잡기 직전의 독수리 같은 모습으로 그를 바라보며 소리쳤다.

"그자를 아주 어두운 깊은 곳으로 데려가서 쇠사슬로 묶도록 하라. 새벽이 오면 그를 끌고 나가 삼으로 만든 밧줄로 높은 나무에 매달아 그의 시체는 하늘과 땅 사이에서 흔들리도록 놔두어라. 폭풍우가 그의 도둑질한 손가락을 마치 나무에서 흐트러지는 나뭇잎처럼 떨어져 나가게 하고, 바람은 그의 손과 발을 먼지처럼 부서지게 하라."

그리하여 병사들이 그 도둑을 다시 그의 감방으로 데리고 가자, 그곳에 모였던 사람들은 이렇게 말했다.

"이 병약한 이교도가 어떻게 감히 수도원의 성기를 훔칠 수 있었을까?"

왕은 재판관석에서 내려왔고 법관들은 왕의 뒤를 따라 나갔다. 왕의 전후에는 병사들이 호위를 했으며, 관람하러 온 관중들도 서서히 흩어졌다. 그리하여 그곳에는 수감자들의 슬픈 고함 소리와 벽면을 가로지르는 그림자 같이 움직이는 비참한 사람들의 흐느낌과 한숨 소리만이 가득 채워졌다.

이 모든 일들이 일어나는 동안 나는 얼마 동안을 그곳에 있었다. 나는 움직이는 형태들 앞에 서 있는 거울처럼 서서 인간이 같은 인간을 위해 만들어낸 법률에 대해서 곰곰이 생각해 보았다.

인간에게 있어 그것이 정의로 통용되는 것인지, 또 인생의 비밀과 존재의 비밀에 대해서도 생각해 보았다. 안개 뒤에 숨은 저녁 하늘의 노을이 별처럼 희미하고 약해질 때까지 나의 생각은 계속되었다.

그곳을 나오면서 나는 혼자 중얼거렸다.

'식물은 토양으로부터 양분을 빨아올린다. 그리고 양 떼들은 그 식물을 뜯어 먹으며 살고, 늑대는 그 양을 먹이로 삼는다. 다시 들소는 늑대를 살육하고, 사자는 그 늑대를 사냥하며, 죽음의 어두운 그림자가 사자를 파괴한다. 이 잔인한 연쇄를 공평하게 만들 수 있는 것으로서 죽음보다 더 위대한 것이 또 있을 수 있을까? 이 증오스러운 일들을 좋은 귀결로 돌릴 수 있는 힘은 없을까?

이 세상에는 인생의 모든 양분을 손아귀에 거두어서 마치 해양海洋이 노래를 부르며 모든 시냇물을 깊은 곳으로 모우듯이 웃으면서 그것들을 합칠 수는 없을까?

이 세상에서 제일 높은 권력자인 왕을 법정보다 더 높은 법정 앞에, 살인자와 희생자, 간부와 그 정부 도둑과 도둑맞은 자를 한 데 서게 할 수 있는 힘은 없을까?'

II

이튿날 나는 시내 밖으로 나가 들판을 걸었다. 그곳의 평온함은 영혼이 숨기고 있던 것을 내면의 거울을 통해 보이게 했으며, 맑은 공기나 좁은 도로와 어두운 주택지에서 일어난 비참과 절망의 씨앗을 죽였다.

계곡의 끝에 도달했을 때, 나는 독수리와 매와 까마귀가 하늘로 치솟았다 땅으로 낮게 내려는 것을 보았다. 공기는 새들의 울음소리와 날개 짓는 소리로 가득했다.

나는 무슨 일 때문에 그러는지 알기 위해 좀 더 앞으로 나갔다. 그때 나는 높은 나무에 매달려 있는 한 남자의 시체를 발견했다. 또 자신을 쳐죽인 돌더미 가운데 누워 있는 여자의 나신裸身을 보았다. 조금 떨어진 곳에 피에 젖은 흙으로 굳어진 젊은이의 육체를 보았다. 그의 머리는 몸과 분리된 채였다.

나는 그곳에서 처참한 장면의 공포에 압도당하여 잠시 암흑의 두꺼운 베일에 눈이 먼 채 서 있었다. 피 묻은 시체들 위에 떠 있는 유령들만이 보일 뿐이었다.

나는 귀를 기울였지만, 들리는 것이라고는 인간들이 만든 법의 희생자 주위를 빙빙 돌며 지르는 갈까마귀들의 '까악까악' 하는 울음 속으로 스며드는 소멸의 통곡뿐이었다.

세 명의 인간, 바로 어제 그들은 삶의 포옹 속에 있었다. 하지만, 오늘은 죽음의 손아귀 안에 있는 것이다. 그 세 인간들은 관습에 의하면 분명 잘못을 저질렀다. 그리고, 법은 그 맹목적인 손을 뻗어 그들을 부숴버렸다. 그 세 사람들은 약자였기 때문에 무지가 악행을 하도록 만들었던 것이고, 법은 강자였기 때문에 그들을 파괴할 수 있었던 것이다.

한 인간이 다른 인간을 살해했을 때, 사람들은 그를 살인자라고 부른다. 권력을 가진 자가 파괴 행위를 했을 때, 그는 믿음직한 심판관이라고 불린다. 그리고 어떤 사람이 수도원의 물건을 훔치면, 사람들은 그를 도둑이라고 말하지만, 왕이 어떤 사람의 인생을 훔치면 사람들은 그 왕이 덕망 있는 군주라고 말한다.

한 여인이 자기의 남편에게 충실하지 못하면 사람들은 그녀를 간부이며 창녀라 부른다. 그러나 왕이 여인을 발가벗긴 채 밖으로 쫓아내고 사람들로 하여금 돌로 치게 하면 사람들은 그를 숭고하신 왕이라고 칭하는 것이다.

피를 흘리는 행위는 금지되어 있다. 그렇다면, 그것을 통치자에게 허락한 사람은 누구인가? 재산을 훔치는 것은 죄이다. 그러나 영혼의 도적질을 쾌히 행하는 자는 누구인가? 여성들의 불성실은 혐오의 대상이다. 그러나, 육체에 돌을 던지는 행위를 즐거워하는 자는 누구인가?

우리는 우리 자신이 더 큰 죄악을 지니고 있기 때문에 악함을 볼 때 그것이 법이라고 말하여야 하는 것인가? 우리는 우리 스스로에 더 큰 부정이 있기 때문에 그것을 옳다고 주장해야 하는가? 우리는 더 큰 죄를 범함으로써 다른 죄를 극복하며 곧 그것을 정의라고 부를 수 있는 것인가?

일생동안 왕은 적을 쓰러뜨리거나, 약한 신하들의 땅과 재산을 훔친 적이 한 번도 없었다는 말인가? 그는 아름다운 여인을 속인 적이 한 번도 없다는 것인가? 그에게는 어떠한 악행의 오점도 없음으로 해서 살인자에게 사형을 언도하고, 도둑을 처형하고 매춘부를 돌로 칠 수 있는 권한이 있단 말인가?

이 도둑을 나무에 매어 달은 사람들은 과연 어떠한 자란 말인가? 그들은 하늘에서 내려온 천사들인가, 아니면 자기를 손에 쥐어지는 모든 것을 침해하고 강탈하는 사람들인가? 누가 이 사람의 목을 베었는가? 그들은 하늘에서 내려온 예언자들인가, 아니면 어디를 가든지 살인하고 피를 쏟는 병사들인가? 저 매춘부를 돌로 쳐 죽인 사람들은 또 누구인가? 수도원에서 온 신앙심 깊고 경건한 사람들인가, 아니면 밤의 암흑 속에서 온갖 나쁜 일을 행하고 죄를 범하는 자들인가?

그리고 법이란 무엇인가? 하늘로부터 빛을 뿌리며 내려오는 법을 본 사람이 있는가? 어느 인간이 신의 마음을 보았으며, 인류만이 갖게 한 신의 의지를 알 수 있다는 말인가?

어떤 시대에 천사들이 인간에게 내려와 약자들에게는 존재의 빛을 주지 말며, 타락한 자에게는 칼날로 치고, 죄지은 자에 대해서는 무쇠 발로 짓밟으라고 했는가?

이러한 생각들이 아직도 내 마음과 가슴을 괴롭히고 있을 때 근처에서 발걸음 소리가 들려왔다. 주위를 돌아보니 어떤 소녀가 나무숲 사이에서 나타나 이들 시체가 있는 곳으로 다가오고 있었다. 그녀는 걸어오며 두려운 듯이 주위를 살폈다.

그리하여 목이 베인 젊은이에게 신선이 닿자 공포의 비명을 지르고는 그의 곁에 무릎을 꿇고 앉아 떨리는 팔로 그를 안았다. 눈물이 그녀의 눈을 채웠다. 그녀는 손가락으로 그의 곱슬머리를 어루만지면서, 마치 그녀의 깊숙한 내부에서 울려오는 듯한 낮고 깊은 울음소리를 냈다.

그녀는 재빨리 일을 시작했다. 손으로 흙을 파기 시작하더니 곧 작은 무덤을 만들었다. 그녀는 죽은 젊은이를 그 속으로 끌고 가서 천천히 그곳에 눕히고, 피로 범벅이 된 머리를 어깨 한가운데에 놓았다. 그런 다음 흙으로 그를 덮은 후에 그녀는 그를 베었던 칼을 무덤에 꽂았다. 이윽고 그녀가 떠나려고 하자, 나는 그녀 곁으로 갔다.

여자는 겁을 먹고 두려움에 몸을 떨었다. 그녀는 땅바닥만 내려다보고 서 있었다. 뜨거운 눈물이 비처럼 쏟아졌다. 그러고는 한숨을 내쉬며 말했다.

"가세요, 당신이 원한다면 가서 왕에게 말씀하세요. 그의 육체를 독수리나 맹수들의 먹이로 내버려 두는 것보다는 차라리 내가 죽어서 수치심으로부터 나를 구해 준 그분을 따르는 편이 나을 테니까요."

"나를 무서워하지 말아요."

내가 말했다.

"나는 당신보다 먼저 이 젊은이의 운명을 슬퍼하고 있었으니까요. 어떻게 해서 이 젊은이가 소녀를 수치심에서 구해 줬는지를 내게 말해 줄 수 없을까요."

"왕의 신하가 세금을 물리고 공물을 거두기 위해 우리 농장에 왔었어요. 그는 나를 보자 호기심을 갖게 되었고, 나는 무서웠어요. 그러자 그는 엄청나게 많은 세금을 아버지의 농장에 부과했어요. 아무리 부자일지라도 그것은 감당할 수가 없는 금액이었어요. 그러자 그는 돈 대신에 강제로 나를 궁전으로 데리고 가려고 했어요. 나는 울면서 그에게 풀어 달라고 애원을 했지만, 그는 듣지도 않았어요. 나는 마을 사람들에게 도와달라고 소리를 쳤어요. 그랬더니 약혼자인 이 사람이 와서 나를 구해 주었던 거예요.

그 신하는 화가 나서 그를 때리려고 했지만, 이 사람은 그를 앞질러 벽에 걸려 있던 오래된 칼을 집어 왕의 신하를 죽였어요. 그것은 그 사람 자신의 생명과 나의 명예를 구하기 위해서 한 일이에요. 그리고 그는 자기의 행위가 정당하였기 때문에 살인자처럼 도망하기를 거부하고 군인들이 달려와 수갑을 채우고 감옥으로 데려갈 때까지 시체 옆에 서 있었던 거예요."

이 말을 하고 그녀는 나를 올려다보았다. 그 애처로운 모습은 내 가슴에 스며들어 슬픔으로 나를 휘저었다. 그러는 동안 갑자기 그녀는 홱 돌아서서 달아나기 시작했다. 그녀의 슬픈 어조는 공기 표면에 파문을 일으켰다.

한참 후에 나는 한 젊은이가 오는 것을 발견했다. 그의 얼굴은 외투 때문에 약간 가리워져 있었다. 그는 창녀의 시체 가까이로 가서 멈춰서더니 망토를 벗어 여인의 나신을 덮어 주었다. 그리고는 삽으로 땅을 파기 시작하더니 한참 후에 조심스럽게 그 여자의 몸을 들어다가 흙으로 덮었다. 그 한 줌 한 줌의 흙은 눈물이었다. 일을 모두 끝내자, 그는 그곳에 피어난 들꽃을 몇 송이 꺾어 무덤 위에 놓았다.

그가 가려고 하자, 나는 그를 멈추게 하고 물었다.

"이 타락한 여인이 당신과 무슨 관계가 있어서 그녀의 부서진 몸뚱이를 공중의 새들로부터 보호하기 위해 왕의 뜻을 거역하고 자신의 운명을 위험에 빠뜨리는 겁니까?"

그는 울음과 수면 부족으로 충혈된 깊은 근심과 슬픔이 담긴 눈으로 나를 쳐다보았다. 울음 때문에 떨려오는 목소리로 그가 말했다.

"나는 이 여인이 자기의 생명을 바치게 한 남자랍니다. 우리는 어렸을 무렵 함께 놀 때부터 서로 사랑을 했습니다. 우리가 커가면서 사랑도 성장하였습니다. 이 사랑 앞에서 우리들의 영혼은 두려움을 느꼈고, 우리는 그 속에서 생활을 하였습니다.

어느 날, 내가 마을에서 멀리 떨어져 있는 사이에, 그녀의 아버지는 강제로 그녀가 증오하던 남자와 결합시켜 버렸습니다. 내가 돌아와서 그 말을 들었을 때는, 나에게 있어서 시간은 끝이 없는 밤이었으며, 인생은 길고 쓰디쓴 죽음과 같았습니다.

나는 나의 사랑과 씨름하고 내 가슴의 욕망과 싸웠습니다. 결국에 나는 그 싸움에 져서 보지 못하던 것이 보이는 듯한 결심을 했습니다.

어느 날 나는 몰래 나의 애인을 찾아갔습니다. 내 최대의 소망은 그녀의 눈빛을 보고, 그 목소리의 음악을 듣는 것뿐이었습니다. 그녀는 혼자서 자기의 운명을 한탄하고 자신의 나날을 슬퍼하고 있었습니다. 우리는 함께 앉아 있었습니다. 우리의 대화는 침묵이 있고, 우리의 감정은 억제되어 있었습니다.

한 시간이 채 지나지 않았을 때, 그녀의 남편이 들어왔습니다. 그는 나를 보더니 저속함을 억제하지 못하고, 그녀의 가느다란 목을 그 험악한 손으로 붙잡고 큰 소리로 고함쳤습니다.

"여러분! 모두 와서 정부情夫와 함께 있는 이 창녀를 보십시오."

그러자 곧 이웃 사람들이 달려왔고, 그 뒤에는 무슨 일인지 조사하기 위해 병사들이 달려왔습니다. 그 사람은 그녀를 병사들에게 넘겨주었고 그들은 머리가 흐트러지고 옷이 다 찢어진 그녀를 데리고 가버렸습니다. 나에게는 아무도 해나 상처를 입히지 않았습니다. 왜냐하면 맹목적인 법과 부패한 전통은 타락한 여인을 벌주지만, 남자에 대해서는 관대하기 때문입니다."

이렇게 말하고 젊은이는 마을 쪽으로 돌아갔다. 그의 모습은 다시 한 번 망토에 가려졌다.

나는 생각에 잠겨 슬퍼하면서 그 자리에 서 있었다. 도둑의 시체는 나뭇가지 사이로 바람이 부는 데 따라 흔들렸다. 마치 그 움직임으로써 자기의 영혼에게 용기 있는 순교자와 사랑의 희생자를 함께 나란히 땅에 누울 수 있게 해 주도록 부탁하는 것 같았다.

한 시간쯤 지나자 누더기 옷을 걸친 병약한 여인이 왔다. 그녀는 그 흔들거리는 시체를 올려다보며 가슴을 치며 울었다. 그녀는 나무에 올라가 이빨로 밧줄을 물어뜯자, 도둑의 시체는 젖은 옷 꾸러미처럼 땅바닥을 때리며 떨어졌다.

그러자 그녀는 나무에서 내려와 다른 두 사람들 옆에 무덤을 파고 그 속에 그를 묻었다. 그 위를 흙으로 덮은 다음 그녀는 나뭇가지 두 개를 주워서 십자가를 만들어 무덤 위에 꽂았다. 그녀가 다시 자기가 왔던 곳으로 되돌아가려고 할 때 나는 그녀를 붙잡고 물었다.

"당신은 무슨 이유로 도둑을 묻었습니까?"

그녀는 슬픔과 절망의 그림자로 검게 젖은 눈으로 나를 바라보았다.

"그는 나의 성실한 남편이자, 친절한 친구이며 내 아이들의 아버지랍니다. 나에게는 굶주림으로 울어대는 애들이 다섯이나 있어요. 제일 큰 애는 여덟 살이고 막내는 아직 젖먹이랍니다. 내 남편은 도둑이 아니라 농부로서 수도원의 토지를 경작하며 살았습니다. 그러나, 그가 수도승들로부터 받는 것이라고는 저녁에 받아 나누어 먹으면 아침에는 먹을 것이 없는 빵한 덩어리뿐이었습니다.

젊었을 때부터 그는 수도원의 밭에 자기 눈썹의 땀으로 물을 주었고, 그 팔의 힘으로 정원을 키웠습니다. 오랜 노동의 세월로 약해지고 힘이 줄어들어서 그가 병이 나자 수도승들은 이젠 그가 필요 없다고 하며 그를 내쫓았어요. 그도 울었고 나도 울면서 제발 예수님의 이름으로 우리를 불쌍히 여겨주기를 간청했어요. 그러나 그들은 남편이나 벌거벗고 굶주린 애들에 대해 동정이나 연민을 갖고 있지 않았어요. 그래서 그는 시내로 들어가 일자리를 찾았지만, 시내에 사는 사람들 역시 튼튼한 젊은이를 고용하고자 원하기 때문에 항상, 빈손으로 돌아왔어요. 결국 남편은 길거리에 앉아 구걸을 했어요. 그러나 사람들은 적선을 하지 않았습니다. 그들은 '자비심이란 게으르고 나태한 사람을 위해 있는게 아니야'라고 말하며 지나쳐버렸습니다.

어느 날 밤, 우리는 너무나 허기가 져서 아이들은 굶주림 때문에 기진맥진하여 누워 있었고, 젖먹이는 내 젖을 빨지만 젖이 나오지를 않았어요. 남편에게 변화가 일어났습니다. 그는 밤의 어둠 속으로 숨어서 수도원의 지하실로 들어갔어요,

그곳에는 수도승들이 밭에서 거둔 농작물과 포도주를 저장해 두고 있었어요. 그가 밀가루 바구니를 갖고 막 나오려 할 때 수도승들이 잠에서 깨어나 채 몇 발자국도 가지도 못한 남편을 발견하였습니다. 그들은 남편을 때리고 욕을 했습니다. 아침이 되자, 그들은 남편을 병사들에게 데리고 가서 '수도원의 금 그릇을 훔치러 들어온 도둑을 보십시오'라고 말했어요. 그러자, 그들은 남편을 감옥으로 보냈고, 그다음에는 교수대로 데리고 가서 독수리 떼의 배를 채우게 했습니다. 자신의 땀으로 거두었던 곡식으로 굶주린 아이들의 배를 채우려 했다고 해서 말입니다."

이렇게 말하고 나서 그 불쌍한 여인은 그곳을 떠났다. 그녀의 띄엄띄엄 말하는 음성에서 슬픔의 그림자와 같은 것이 피어올라 바람에 흩날리는 담배 연기처럼 말려 올라갔다.

나는 그 세 개의 무덤 가운데에 홀로 서서 슬픔으로 인해 멍해지고 할 말을 잃어버린 채 오직 눈물만이 마음속의 울분과 감정을 말해 주는 애도가처럼 서 있었다.

나는 생각과 회고를 하려고 애를 썼지만, 나의 영혼은 그것을 거역했다. 왜냐하면, 영혼은 어둠에 대해서는 꽃잎을 접고 밤의 그림자에게는 향기를 주지 않는 꽃과 같기 때문이다.

무덤을 덮고 있는 토양의 온갖 분자로부터 억압의 아우성이 계곡의 공허로부터 피어오르는 안개처럼 일어나고, 그것은 나를 감명시켜 주는 듯 내 귀의 주위에서 파도처럼 철썩거렸다.

나는 아무 말도 없이 그곳에 서 있었다. 사람들이 침묵의 언어를 이해했더라도, 숲속에서 살고 있는 야수들보다는 신에 더 가까웠으리라.

그곳에 서 있는 내 입에서는 한숨이 터져 나왔다. 내 한숨의 불꽃이 평원에 있는 나무들을 건드릴 수 있었다면, 그 나무들은 동요되어 자리를 박차고 궁궐로 행진하여 왕과 그의 군대에 대항하였을 것이며, 또한 그 힘은 수도원의 벽을 부수었을 것이다.

나는 서서 바라보았다. 내가 바라보는 저 생생한 무덤들은 내 마음에 동정의 감내와 슬픔의 아픔이 넘쳐흘렀다. 자기의 생명으로써 한 소녀의 순결을 지키고 늑대의 손아귀로부터 구하였던 젊은이의 무덤, 그에게 사람들은 그 용기의 대가로 목을 베었다. 그리고, 그 소녀는 이제 수치와 무지의 왕국에서 인간의 가장 핵심적인 정의를 상징하기 위해 무덤의 흙에다 그의 칼을 꽂았다.

그다음의 무덤은 탐욕이 육체를 겁탈하기 전에 연인의 사랑이 자기의 존재를 감동시킨 한 여인의 무덤이다. 그들은 그녀의 순결한 죽음에까지도 돌로 쳤다. 그녀의 애인은 그녀의 움직이지 않는 몸 위에 들꽃으로 만든 화환을 걸어 주었다. 그 꽃들은 시들고 말랐지만, 사람들이 먼지로 눈멀게 하고, 투지로서 벙어리되게 하는 중에도 사랑으로 순화된 저 영혼들을 말해 주는 것 같았다.

저쪽의 가난한 자의 무덤, 그의 팔은 수도원의 밭일로 하여 부러졌다. 수도승들은 그를 내쫓고 다른 사람을 고용했다. 그는 노동을 해서 어린 것들에게 줄 빵을 구했으나 아무것도 얻을 수가 없었다. 그는 자선의 빵을 구했으나, 그것도 얻을 수가 없었다.

절망이 그로 하여금 땀과 노동의 대가를 찾도록 했을 때, 사람들은 그를 붙잡아 사형시켰다.

과부가 된 아내가 와서 그에게 십자가를 씌워 주었다. 십자가는 밤의 정적 속에서 하늘의 별들을 찾아 나사렛 예수의 가르침을 보여 주고 가난하고 천한 육체를 날카로운 칼날로 자르고 목을 베는 수도승들의 탄압을 보여 주는 듯했다.

얼마 안 있어 어느덧 태양은 낮게 가라앉았다가는 인간의 싸움에 지치고 그 탄압이 증오스러운 듯 황혼 너머로 사라졌다. 저녁이 오면서 어둠과 정적의 실로 자연의 몸에 아름다운 베일을 짜 덮었다.

나는 눈을 들어 하늘을 보며 각자 나름대로 상징을 갖고 있는 무덤을 향해 팔을 뻗었다.

"자, 이것이 당신의 칼이 옵니다.

오! 용기여, 그대의 칼은 칼집에 넣어졌고,

사랑이여! 그대의 꽃들은 불에 시들었습니다. 저것은 당신의 십자가입니다.

나사렛 예수님이시여! 밤의 암흑은 인간을 스스로 만든 함정 속에 빠뜨렸습니다."〈끝〉

다
섯
번
째
이
야
기

방랑자

I

북 레바논에 살고 있는 마을 사람들 중에서 사익 아바스는 신하를 거느린 왕자였다. 그리고 가난한 사람들의 누추한 가옥들 한가운데 서 있는 그의 궁전은 난쟁이들 사이에 우뚝 선 거인과도 같았다.

그가 사는 삶은 풍족과 기근의 차이만큼이나 마을 사람들의 삶과는 달랐고, 그의 옷차림은 힘과 허약이 다르듯이 가난한 사람들의 복장과는 천양지차였다.

그 농부들 가운데에서 사익 아바스가 한 마디라도 명령이 떨어지는 날이면, 그들은 마치 고귀한 현자께서 사자使者를 보내어 대변하게라도 한 듯이 고개를 숙이는 것이었다. 그가 화를 내면 그들은 공포에 떨며 바람 앞에 부서지는 가을 낙엽처럼 흐트러졌다.

그가 만약 그들 중의 어느 누구의 뺨을 때리면 그 사람은 그 아픔이 하늘이 내린 벌처럼 아무 말도 하지 못하는 것이었다. 그런 벌을 내린 자를 보려고 감히 눈을 든다면, 그것은 그에 대한 반항이며 모독이었다.

그가 만약 누군가에게 웃음을 보이기라도 하면 사람들은 그가 정말 사익이 기뻐할 만한 행운아라고 말하는 것이었다.

사익 아바스에 대한 이 불행한 이들의 복종, 그 무례함에 대한 그들의 공포와 사익의 절대적인 힘은 그들의 나약함에서 기인한 것만은 아니었다.

그것은 그들이 가난했고 그에게 의지하여야 했기 때문이었다. 그들이 경작한 평야와 그들이 살고 있는 오두막집은 모두 그의 것이었다. 이 가난한 사람들이 선조로부터 받은 유산이 가난이었듯이, 사익이 그의 아버지와 할아버지로부터 물려받은 유산은 그러한 풍족함이었다.

그들은 사익의 감시 아래 땅을 갈고 농사를 지었으나, 그 보답이란 굶주림을 간신히 면할 수 있는 적은 곡식뿐이었다.

그들 대부분은 긴 겨울이 지나가기도 전에 빵이 떨어졌으므로 한 사람씩 사익 앞에 가서 1디다르 동전 한 닢과 한 되의 밀을 얻기 위해서 눈물로 애원을 하는 일이었다.

사익 아바스는 그들의 청을 기꺼이 들어주었는데, 그것은 추수기가 되면 1 다다르에 대해서는 2디다르를, 그리고 밀 한 되는 두 되로 보상되리라는 것을 알았기 때문이다.

이렇게 이 불행한 사람들은 사익 아바스에 빚을 진 채, 그리고 그에게 의존하여서 그의 노여움을 두려워하고 그의 기쁨을 눈치 보며 살았다.

II

겨울은 눈과 폭풍우를 몰고 왔고, 평야와 계곡에는 깍깍대는 까마귀와 벌거벗은 나무를 제외하곤 텅 비워버렸다.

마을 사람들은 사익 아바스의 창고와 통에 곡식과 마른 건포도를 가득 채운 후 자기들의 집으로 향했다. 그들은 일이 없었으므로 벽난로 옆에 앉아 지난 옛이야기들을 반복하며, 그들의 자식들에게 하나씩 전수하는 일들로 시간을 보냈다.

12월이 거의 끝나 가고 있었다. 그 길었던 한 해가 잿빛 하늘에 한숨을 쉬며 마지막 호흡을 하자, 밤이 되었다.

그 밤사이에 새해는 운명의 관을 쓰고 옥좌에 자리 잡았다.

연약한 빛이 기울고 계곡과 여울에 어둠이 내렸다. 무거운 눈이 쏟아지기 시작하고 산꼭대기부터 깊은 심연까지 바람이 소리 내며 달려오면서 계곡에다 몰고 온 눈을 쌓았다.

나무들은 공포에 떨었고, 그 앞에서 대지는 몸서리를 쳤다. 바람은 그날 내린 눈송이를 모아 놓았기 때문에 평야와 언덕과 길은 죽음이 희미한 선을 그렸다간 지워버린 백지와 같았다.

안개는 계곡 끄트머리에 있는 마을들을 분리시켜 놓았고, 가난한 오두막집의 창에서 깜박거리던 연한 불빛들은 모두 지워졌다.

공포가 농부들을 휘감았고, 가축들은 헛간에 웅크렸으며, 개들은 구석에 몸을 숨겼다. 있는 것이라고는 황량한 바람뿐으로 깊은 동굴에 대고 호통치듯 분노에 떨었다.

그 무서운 목소리는 계곡의 깊은 데서부터 올라오는가 하면 또 산꼭대기에서부터 아래로 쓸어내렸다. 그것은 마치 자연이 죽음에 격노하여 그 오두막집에서의 숨겨진 생활에 대해 복수하기 위해 차가움과 황폐함으로써 투쟁하는 것 같았다.

그 거친 하늘 아래 무서웠던 그날 밤, 스물두 살의 한 젊은이가 길을 가고 있었다. 그 길은 키자야 수도원〔이 수도원은 레바논에서 가장 부유하고 가장 이름 높았던 곳이다〕에서 사익 아바스의 마을로 서서히 뻗어 내려가는 길이었다.

냉기가 그의 뼛속까지 마르게 하였고 굶주림과 공포는 그의 힘을 다 빨아먹었고 눈송이가 그의 낡은 외투를 뒤덮고 있었다. 마치 그를 살해하기 전에 수의라도 만들어 주려는 듯이……

그는 한 발자국을 내디뎠으나 바람은 그를 생명의 집에서 더 이상 안 보려는 듯이 밀어냈다. 험준한 길은 그의 발목을 잡아 넘어뜨렸다.

그는 도움을 청했지만, 그것은 추위에 의해 곧 조용해졌다. 그는 몸을 일으켜 말없이 떨며 가만히 서 있었다. 그것은 마치 전쟁터에서나 있을 법한 격렬한 절망과 깊은 슬픔 사이의 미약한 희망과도 같았다. 아니면, 날개를 부러뜨린 새가 강물에 떨어져 물결을 따라 심해로 옮겨지는 것 같다고 할까.

젊은이는 사력을 다해 길을 가려 했으나 힘과 의지는 쇠잔해버렸다. 이제 혈관 속의 피마저 서서히 식어가자, 그는 눈 위로 넘어졌다.

그는 몸속에 남아 있는 온 생명력을 다해서 큰소리를 질렀다. 그것은 죽음의 혼에 직면하기 두려워하는 인간의 나약한 소리였다.

암흑을 파멸시키며 심연 속으로 몰아갈 것 같은 폭풍이 붙잡는 사람의 고통스럽고 절망에 찬 소리였다. 생명에의 사랑이 형태 없는 공허 속에 울리는 인간의 마지막 외침이었다.

Ⅲ

그 마을의 북쪽 끝에는 길이 있었는데, 그 가운데 홀로 선 작은 오두막집이 있었다.

그 오두막집에는 라헬이라는 부인과 마리암이라는 18살 난 딸이 살고 있었다. 아버지 삼안 알라미는 5년 전에 광야에서 살해된 채 발견되었었다. 그 살인자를 아는 사람은 아무도 없었다.

모든 가난한 과부들이 그러하듯이 라헬은 죽음과 파산을 항상 두려워하며, 고된 노동과 노력으로 삶을 이어갔다. 추수 때가 되면 밭에 나가 추수하고 떨어진 옥수수 이삭을 주웠다.

가을이 오면, 과수원에서 사람들이 버리고 간 과일 찌꺼기를 모았고, 겨울이 되면 옥수수 몇 되 또는, 몇 푼의 동전을 위해 물레로 털실을 뽑거나 옷을 짓느라고 바쁜 나날을 보냈다.

그녀는 매사에 정성과 인내와 기교를 다했다. 그녀의 딸 마리암은 말쑥하고 조용한 처녀로서 어머니의 하는 일과 부엌일을 말없이 도왔다.

앞서 말한 그 흉흉했던 날 밤, 라헬과 마리암은 추위에 열기를 다 잃은 데다 장작마저 숯이 되어버린 난로 옆에 말없이 앉아 있었다.

그들의 머리 위에 걸린 램프에서는 버려진 자들의 가슴에 위로를 보내주는 기도처럼 어둠침침한 속에서 약한 노란빛을 던져 주고 있었다.

자정이 되었는데도 두 모녀는 밖에서 들려오는 바람 소리를 들으며 앉아 있었다. 이따금 마리암은 자리에서 일어나 작은 창문을 열고, 밖의 어둠을 응시하고는 놀란 표정으로 자기 자리로 되돌아왔다.

그 순간, 그녀는 갑자기 깊은 잠에서 깨어난 것처럼 동요되기 시작했다. 그녀는 겁이 나서 어머니에게 급히 말했다.

"어머니, 무슨 소리 못 들으셨어요? 누가 부르는 소리 말예요."

어머니는 머리를 약간 들고는 조용히 귀를 기울였다.

"아니?"

어머니가 대답했다.

"바람 소리 밖에 들리지 않는데……"

"전 분명히 무슨 소리인가를 들었어요."

마리암이 말했다.

"바람 소리보다도 깊고 폭풍의 외침보다 더 비참한 목소리를 난 들었어요."

이렇게 말하면서 그녀는 일어나 창문 쪽으로 가서 커튼을 열어젖혔다. 잠시 동안 밖을 향해 귀를 기울이더니 마리암이

다시 입을 열었다.

"어머니 다시 들려요. 자! 들어보세요."

어머니는 황급하게 딸이 서 있는 창문가로 다가서면서 밖을 향하여 온 신경을 집중시켰다.

"그래, 들리는구나. 분명히 들었다. 이리 오너라. 문을 열어 보자. 자, 램프가 꺼지기 전에 창문을 어서 닫거라."

말을 마치고 어머니는 서둘러서 외투를 어깨에 걸쳤다. 문을 열고 용감하게 밖으로 나갔다. 마리암은 바로 문 앞에 서 있었는데도 바람은 그녀의 머리카락을 쓸어가듯 무섭게 휘날렸다.

라헬은 한 발자국만큼씩 눈을 헤치면서 몇 발자국 앞으로 나갔다. 문득 그녀는 걸음을 멈추고 소리를 질렀다.

"거기 누구 있어요?"

그러나 아무런 대답도 없었다. 그녀는 두세 번 더 불러 보았다. 거센 겨울바람의 고함소리 외에는 아무것도 들을 수 없자, 그녀는 다시 용기를 내어 주위를 살피면서 앞으로 조금씩 더 나아갔다.

그녀는 거친 눈보라에 얼굴을 가려야만 했다. 한 스무 걸음쯤 갔을 때, 그녀는 이제 눈보라 속에 거의 지워져 가는 희미한 발자국을 발견하였다.

그녀는 초조하고 긴장된 마음을 달래면서 발자국을 따라갔다. 겁에 질려 발자국만 열심히 살펴보며 가던 그녀는 마치 새하얀 양털 옷에 묻힌 누더기 조각처럼 시커멓게 땅에 엎드려 있는 사람을 발견했다.

그녀는 무릎을 꿇고 그 옆에 쪼그리고 앉아 눈을 털어내고 그의 머리를 자기 무릎에 눕혔다. 그리고는 젊은이의 가슴에 손을 대었다. 그 젊은이의 가슴에서 미약한 고동을 느낀 그녀는 오두막을 향해 소리쳤다.

"마리암! 이리로 와서 나를 도와다오. 사람을 찾았어."

마리암이 집에서 뛰쳐나왔다. 그녀는 공포와 추위에 떨면서 어머니의 발자국을 따라갔다. 어머니가 있는 곳에 이르러 꼼짝도 하지 않고 눈 위에 누워 있는 젊은이를 보았다. 그녀는 고통에 못 이겨 신음소리를 내며 울었다.

어머니는 따뜻한 손을 그 젊은이의 겨드랑이에 낀 채 딸에게 말했다.

"무서워할 것 없다, 애야! 아직 죽지는 않았으니까. 이 젊은이의 옷 끝을 잡아다오. 집 안으로 데리고 가도록 하자."

바람은 더욱 거세게 눈보라를 날렸다. 그 강한 바람의 힘은 그녀들을 밀고 때렸으며 땅을 덮은 두터운 눈이 그들의 발을 붙잡았음에도 불구하고 두 모녀는 젊은이를 끌다시피 데리고 갔다.

오두막집에 오자, 모녀는 젊은이를 불가에 눕혔다. 어머니는 그의 언 팔과 다리를 문지르며 녹이기 시작했고, 그 옆에서 딸은 그의 젖은 머리와 차가운 손을 자기의 스커트 자락으로 닦아 주었다.

몇 분이 지나자, 젊은이는 서서히 생명을 되찾기 시작했다. 몸이 약간 떨리는가 싶더니 눈꺼풀에 경련이 일면서 젊은이는 깊은 한숨을 내쉬었다. 그 한숨은 연민에 찬 두 여인의 가슴에 희망을 심어 주는 소리였다.

젊은이의 젖은 외투를 벗기고 다 떨어진 신발의 끈을 풀어주며 마리암이 말했다.

"어머니 이 옷을 보세요. 수도승의 옷 같아요."

마른 가지에다 불을 지피고 있던 라헬은 고개를 들어 그것을 보더니 놀라면서 말했다.

"오늘 같은 날 밤에는 수도승들은 수도원을 나서는 법이 없는데, 왜 이 가엾은 청년은 자기의 목숨을 걸고 이 눈보라 속을 헤맸을까?"

"하지만, 이 사람은 수염이 없어요. 어머니, 수도승들은 길게 수염을 기르잖아요."

마리암은 의아한 표정을 지은 채 물어보았다.

그 청년을 내려다보는 어머니의 두 눈에는 동정의 빛으로 가득 차 있었다. 그녀는 가늘게 한숨을 내쉬며 말했다.

"그의 발을 잘 말려야 한다. 애야, 이 사람이 수도승이건 혹은 죄수이건 간에……."

라헬은 찬장문을 열고 조그만 포도주병을 꺼내서는 잔에 가득 따랐다.

"마리암! 그의 얼굴을 좀 쳐들어 주렴, 포도주를 마시게 하면 정신이 들 거다. 또 몸에 열기를 회복시켜 줄 테니……."

라헬은 컵을 젊은이의 입술에 갖다 대고는 포도주를 한 방울 마시도록 했다. 그러나 젊은이는 커다란 눈을 뜨고, 저음으로 자기를 이곳까지 옮겨 온 여인들을 바라보았다. 감사의 눈물과 함께 솟아나는 부드럽고 슬픈 눈길이 자기를 내려다보고 있음을 느낄 수 있었다.

죽음의 순간에 붙들렸다가 다시 생의 애무를 느낄 수 있게 된 사람의 모습이었다. 그는 고개를 돌리고 입술을 떨면서 말했다.

"두 분께 신의 가호가 있기를……"

라헬은 그의 어깨에 손을 얹으며 말했다.

"말을 하시면 몸에 해로워요. 원기가 회복될 때까지 아무 말도 하지 말고 그냥 있도록 해요."

그러자 마리암이 말했다.

"여기 방석에 몸을 좀 기대고 불 가까이로 오세요."

젊은이는 방석에 몸을 기대며 가벼운 한숨을 내쉬었다.

라헬은 포도주를 한 잔 더 따르며 딸에게 말했다.

"이 외투를 불에 말리는 것이 좋겠다."

마리암은 어머니의 말대로 하고 나서는 다시 그의 곁으로 돌아와 부드러움과 동정을 띤 모습으로 젊은이를 조용히 내려다보고 있었다.

마치 그녀의 시선은 그의 쇠잔한 몸에 따스함과 몸을 회복시킬 수 있는 힘을 스며들게 하려는 것 같았다.

라헬은 말린 과일을 담은 접시와 빵 두 조각, 그리고 꿀단지를 가지고 왔다. 그녀는 어머니가 아기에게 밥을 먹이듯 조금씩 떼어 그의 입에 넣어 주었다. 차츰 젊은이는 원기를 회복하는지 몸을 조금씩 움직이기 시작했다.

벽난로에서 타는 밝은 불빛이 그의 창백하고 일그러진 모습을 비추며 그의 슬픈 눈동자에 광채를 던져 주었다. 그는 부드럽게 고개를 저으며 말했다.

"이 암흑과 같은 밤에 자비와 잔인함이 코끼리들의 싸움처럼 인간의 가슴에 영원한 시합을 가져다주었습니다. 그러나 자비심은 잔혹함을 이깁니다. 그것은 자비가 신성한 것이며, 이 밤의 공포는 아침이 밝아옴과 동시에 지나가 버릴 것이기 때문입니다."

잠시 그는 숨을 몰아쉬더니 거의 들리지 않는 낮은 목소리로 말했다.

"나를 타락케 한 것은 인간의 손이었습니다. 나를 구해 준 것도 인간의 손이었습니다. 인간의 잔인함이 얼마나 지독한지! 하지만, 또 인간의 동정심은 얼마나 풍요한 것인지……."

그러자 라헬은 어머니로서의 감미로움과 부드러움과 침착함이 깔린 목소리로 말했다.

"늑대들도 무서워 동굴로 피하고 독수리들까지도 놀라서 바위에 몸을 도사리는 이런 밤에 젊은이는 어찌하여 수도원을 떠나게 되었는지 말해 줘요."

젊은이는 눈을 감았다. 눈을 감음으로써 자기의 눈물을 가슴 깊은 곳으로 보내려는 듯이 안타까운 표정을 짓더니 그가 대답했다.

"여우한테는 굴이 있고, 공중을 날으는 새에게는 둥지가 있답니다. 그러나, 인간의 아들에게는 머리를 뉘일 곳이 없지요. 이것은 어느 율법 학자가 나사렛 예수에게 그분이 가시는 대로 따라가도 괜찮겠느냐고 여쭤보았을 때 예수님께서 답하신 말입니다."

그러고 나서 젊은이는 덧붙였다.

"그리고, 이 말은 또 거짓과 기만의 시대에 진리를 따르려는 사람들을 비유한 말이기도 합니다."

라헬은 아무 말도 하지 않은 채, 그가 한 말의 뜻을 생각해 보았다. 그리고는 주저하듯 말했다.

"하지만, 수도원에는 따뜻하고 넓은 방과 금 은이 담긴 상자와 밀과 포도주로 꽉 채워진 곳간, 그리고 살찐 암소와 양을 키우는 우리가 많지 않아요. 그런데 왜 청년은 그 모든 것을 버리고, 이 추운 겨울밤을 방황하지 않으면 안 되었나요?"

"내가 그곳을 떠난 이유는 수도원에서 강제로 쫓겨났기 때문입니다."

그는 한숨 섞인 목소리로 말했다.

라헬이 말했다.

"수도원에서의 수도승은 전쟁터에서의 병사와 같은 거예요. 상관이 어떤 꾸지람을 한다 해도, 아무 말 없이 참아야 되며 명령을 내리면 병사는 즉시 그것에 복종해야 합니다. 인간이 모든 결심과 욕망과 생각, 그리고 그 외의 모든 잡념들을 자기로부터 쫓아내지 않으면 결코 수도승이 될 수 없다는 이야기를 나는 들었어요. 그러나 참 스승은 자기의 힘 밖에 있는 것을 위해 하인을 부리는 법은 없어요. 그렇다면 어째서 데어 키지야 원장께서 젊은이의 목숨을 폭풍과 눈보라 속에 방황하도록 한 까닭은 무엇인가요?"

그녀의 말에 젊은이는 이렇게 대답했다.

"수도원장의 눈에는 인간이 힘과 감정을 잃은 눈멀고 귀먹은 도구처럼 되지 않으면 수도승이 될 수 없다는 것입니다. 나는 귀머거리나 장님이 아니라 듣고 볼 수 있는 인간이었기 때문에 수도원을 떠난 것입니다."

라헬과 마리암은 그 청년이 감추려고 했던 비밀을 그의 얼굴에서 찾아내려는 듯이 그의 표정을 하나도 놓치지 않았다.

한참 후에야 마리암의 어머니는 의아해 하는 목소리로 다시 물었다.

"귀로 듣고 눈으로 볼 수 있는 사람이 눈을 멀게 하고 귀를 먹게 하는 이 밤중에 밖으로 나왔단 말이에요?"

청년은 한숨을 쉬며 얼굴을 가슴 깊숙이 묻으면서 절망에 찬 음성으로 말했다.

"나는 수도원에서 쫓겨났어요."

"쫓겨났다고?"

라헬은 놀라서 소리를 질렀다. 마리암도 나지막하게 그의 말을 되뇌었다.

젊은이는 고개를 쳐들었다. 그는 이 두 여인에게 자기의 진실을 털어놓은 데 대해 후회하는 기색이 역력했다.

그것은 자기에 대한 그들의 동정이 무례와 경멸의 감정으로 변하게 될 것이기 때문이었다. 그러나, 그가 다시 두 모녀를 올려다보았을 때 그들의 눈에는 두려운 빛과 이해하려는 진실이 물결치고 있었다. 그는 숨 막히는 듯한 목소리로 말했다.

"네, 그 손으로 나 자신의 무덤을 팔 수밖에 없었습니다. 위선과 허위로 존재하는 내 위장된 생활이 싫어서 쫓겨난 것입니다. 내 영혼이 가난하고 비천한 자들로 하여 편안히 살기를 거부했기 때문에 내 영혼이 무지 속에서 헤어나지 못하는 내 민족을 팔아 사들인 기쁨으로부터 탈피하였기 때문입니다.

나는 헛간에 기거하는 불쌍한 사람들의 피와 땀으로 세워진 넓은 방에서 더 이상 휴식을 원하지 않았기 때문에 쫓겨났던 것입니다. 과부와 고아의 눈물로 반죽된 빵을 내 배는 더 이상 받지 않았으며, 수도원장이 단순하고 신앙이 깊은 신도들로부터 돈을 받고 판 기도를 나의 혀가 더 이상 생활의 무대로 삼지 않으려 했기 때문이었지요. 그들이 수도승과 목사가 되도록 한 성서의 귀절들을 암송해 주었기 때문에 나는 마치 나병 환자처럼 이 밤중에 버려졌답니다."

그는 잠시 말을 멈췄다. 그러한 그의 말에 라헬과 마리암은 놀라움과 복받쳐 오르는 뜨거운 감정으로 그를 다시 내려다보았다. 두 모녀는 청년의 애수 띤 아름다움을 응시하고는 자기들에게 인도한 이상한 일에 대해 조용히 물어보는 듯이 서로 마주 보았다.

어머니는 그에 대해 알고 싶은 새로운 욕망으로 가득 찼다. 그녀는 더욱 친절한 음성으로 청년에게 물었다.

"젊은이의 부모님은 지금 어디에 계셔요? 생존해 계신가요?"

젊은이는 주저하듯이 머뭇거리며 대답했다.

"나에게는 아버지도 어머니도 또 집도 없습니다."

라헬은 깊은 한숨을 내쉬었다. 마리암은 동정심에 벅차올라 뜨거운 눈물을 감추기 위해 얼굴을 벽 쪽으로 돌렸다.

그는 천천히 두 여인을 바라보았다. 압박받은 자가 자기를 해방시켜 준 사람을 보는 듯한 표정이었다.

그의 영혼은 마치 바위틈에 자란 한 송이의 꽃이 아침 이슬에 신선해지는 것처럼 그들의 친절에 의해 밝은 표정으로 변해 갔다.

그는 고개를 들며 말을 이었다.

"나의 부모님께서는 내가 7살이 되기도 전에 돌아가셨습니다. 그래서 내가 태어난 마을 목사님께서 데어 키자야 수도원으로 나를 데리고 간 것입니다. 수도승들은 내가 온 것을 기뻐하며 소를 치는 역할을 맡겼습니다.

내가 15살이 되자, 그들은 나에게 이 보기 싫은 검정 옷을 입히고 제단 앞에 세우더니 이렇게 말했습니다.

'하나님과 하나님의 성자들 앞에서 이제 그대는 빈곤과 복종과 금욕의 수도 생활에 들어간다고 맹세할지어다.'

나는 그들이 지우는 짐을 이해하지도 못했고 빈곤, 복종, 그리고 금욕의 뜻이 무엇인지, 그들이 내게 주는 좁은 길이 어떤 것인지 알지 못하면서 그 말을 따라 했지요.

내 이름은 원래 칼릴이었습니다. 그러나, 그날 이후 수도승들은 나를 '브라더 무바라'축복 받은 이라는 뜻을 가진 아랍어'이라고 불렀습니다. 그러면서도 나를 형제같이 취급한 적은 없었습니다. 그들은 기름진 음식과 고기를 즐기면서 내게는 마른 빵과 딱딱한 콩을 먹게 했습니다. 그들은 훌륭한 포도주를 마셨지만, 내게는 눈물 섞인 냉수를 마시게 했습니다. 그들은 부드러운 침대에 몸을 눕히면서 나는 돼지와 함께 어두컴컴한 추운 방에서 돌의자에 눕게 했습니다.

'내가 수도승이 되면……'

나는 혼자 이렇게 말하곤 했죠. '나도 저들처럼 기쁜 잔치에

섞일 수 있겠지. 이보다 더 나쁜 포도주도 내 위를 괴롭히지 못
할 것이고, 산해진미의 냄새로 내 마음에 지독한 고통을 줄 수
없을 것이다. 또한, 나의 목마른 영혼은 숭고한 양심의 소리를
거부하지 않아도 마음은 풍족할 것이며, 지금과 같은 쓰라린
삶의 공포에서 해방될 것이다'하는 그런 것 말입니다.

그러나 이런 나의 희망과 꿈은 수증기처럼 날아가 버렸습니
다. 현실 속의 나는 소치는 목동 그대로였으며, 매일 매일 무거
운 돌을 짊어지고 거친 땅을 일궈야 하는 동물과 같은 존재에
불과했으니까요. 결국, 나는 굳어버린 한 덩어리의 빵과 바람
과 비를 피해 줄 잠자리를 구해야만 했습니다. 그것은 내가 수
도원보다 더 좋은 환경, 더 좋은 잠자리-물론 수도원에서는
제일 불결하고 나쁜 곳이었지만-를 찾을 수가 없었기 때문입
니다.

수도승들은 내가 자기들에게 지켜야 할 생활 규범 외에는
그 어떤 것도 가르쳐 주지를 않았습니다. 내가 이 지구상에 존
재하는 수많은 불행과 슬픔, 그것들의 구원의 항구라 믿어지
는 수도원을 의지하고 있는 동안 그들은 내 영혼에 복종과 절
망만을 강요했습니다."

이제 젊은 칼릴은 자세를 바로잡고 앉을 만큼 원기를 회복
하고 있었다. 비록 얼굴은 파리하게 여위었지만, 그의 얼굴에
는 밝은 희망으로 빛나고 있었다. 마치 자신이 이 오두막집에
서 비로소 찾은 최초의 인간의 정을 느끼는 듯했다.

비로소 라헬과 마리암은 차분한 마음으로 조용히 그를 건
너다보았다.

얼마 동안의 침묵이 흐르자, 먼저 칼릴이 입을 열었다.

"하나님께서는 그의 뜻대로 나의 아버지에게서 멀리 떨어지게 했으며, 고아가 되어서 수도원으로 가는 길을 택하게 하여 주셨던 것입니다. 내 생의 길은 하나님이 계신 이상 앞 못 보는 장님처럼 위태롭지는 않을 것입니다. 또 나의 일생이 비참한 노예로서 마치도록 하시지 않을 것이라고 확신하고 있습니다. 내가 하나님의 곁으로 다가갈수록 내 눈과 귀가 조금씩 열리고 있다는 걸 깨달았습니다. 그리하여, 나는 빛나는 새로운 빛을 보게 되었고 진실을 듣게 되었습니다."

그러자, 라헬은 옆으로 머리를 가볍게 저으면서 말했다.

"태양이 발하는 빛 말고, 모든 사람들에게 비친다는 그 빛은 어디에 있는 것일까요? 진실을 모두 알고 계시리라는 그 강하신 분은 어디에 계시는가요?"

칼릴은 대답하였다.

"그 빛이란, 진실된 빛은 인간의 내부에서부터 나오는 것입니다. 그 빛은 영혼과 영혼의 신비에서 나타나며, 그 빛은 하나님의 은혜로 이루어져 우리의 일생을 기쁘게 하여 주는 정의로운 것입니다.

진실이란 밤하늘에 빛나는 별과 같은 것으로 아픔 속에서만 볼 수 있는 것이랍니다. 또 진실이란 이 우주 속에 존재하고 있는 모든 아름다움과 같은 것입니다. 그것은 위선에 가득 찬 거짓된 짐을 진 자들을 구원하기 위해 그 아름다움을 계시하지는 않습니다. 진실이란 우리들의 생의 나날을 기쁨에 차도록 이끌어 주며, 모든 인간들이 저마다 지니고 있으나 깊숙이 숨겨져 쉽게 나타나지 않는 기쁨의 감정입니다."

그러자 라헬이 말했다.

"자기 자신의 마음속에 있는 그런 감정을 개발해서 살아가고 있는 사람들도 이 세상에는 많이 있습니다. 그러므로, 저희들은 하나님이 베푸신 율법을 믿으며 따르고 있지요. 그러나, 그렇게 믿는 우리들의 삶의 나날은 행복하지 못하답니다. 그것은 오히려 죽을 때까지 고통 속에서 방황하기를 바라고 있는 거와 같아요."

칼릴은 그녀에게 반문하면서 힘찬 어조로 말했다.

"인간을 비참하게 만드는 가르침이나 믿음이 무슨 가치가 있을 수 있겠습니까? 또, 그런 사람들의 슬픔과 고뇌를 절망으로 이어가는 고통이란 감정은 거짓된 것입니다. 참된 인간이라면 이 땅 위에서 행복을 느껴야 하고, 그 행복의 길을 스스로 깨닫고 찾아야 할 것입니다. 지금 자신이 어떻게 처해 있던지간에 자신을 지켜야 함은 우리 인간들의 의무입니다.

이 땅에서 마음의 천국을 구하지 못한다면, 저세상에서도 영원히 천국을 찾지 못할 것 아니겠습니까? 우리는 방랑자로 이 세상에 태어난 것은 결코 아닙니다. 우리는 인생의 아름다움과 오묘함을 깨닫고, 영원하고 전능하신 신의 존엄성과 영혼 깊숙이 숨겨진 진실을 찾으려는 천진무구한 어린이로 태어난 선택 받은 자들입니다.

나는 예수 그리스도께서 나사렛 사람들에게 가르침을 준 것을 읽고서 비로소 내가 목마르게 찾고 있던 것과 알고자 했던 것이 바로 그분의 가르침이었다는 참된 진리를 얻었습니다. 전능하신 분의 힘은 나로 하여금 수도원이 무엇인가를 가르쳐 주셨고, 저주스런 망령들과 나를 망치려는 악마들이 나올 것 같은 캄캄한 구덩이 속에 빛을 주셨으니, 그것이 바로 진리였습니다. 이 세상의 신비한 비밀이라고 믿고 있었던 아름다움에 싸여 있는 수도원의 깨끗한 곳에서 숨 쉬고 있는 나무들의 모습조차 나에게는 배고픔으로 하여 작은 눈물 방울을 흘리고 있는 것처럼 보였습니다.

내 목마른 영혼이 신선한 한 잔의 포도주와 같은 성경에 힘입어 수도원 뜰에 앉아서 암소가 되새김질을 하는 것처럼 담배를 우적거리고 있는 수도승 앞에 우뚝서서, 그를 똑바로 바라다보았지요. 나는 내가 지니고 있는 작은 지식들을 총동원하여 또 성서의 구절을 암송하여 그들이 얼마만큼이나 타락되어 있으며 죄를 짓고 있는가를 느끼도록 했습니다.

나는 말했습니다. '왜 우리는 가난한 사람들의 피와 땀으로 얻어진 빵을 먹으면서 또 그들에게서 빼앗다시피 거두어들인—물론 가난한 이들이 헌금한—구원금으로 향유하면서 그들을 사랑해야 하는 즐거움과는 전혀 다른 시간을 보내는가를…….

어째서 우리는 진리를 요구하는 지식욕과는 거리가 먼 나태와 게으름 속에서 생활하며 육체와 정신이 건강하게 자랄 수 있는 땅을 이용하여 왜 우리의 힘으로 살아가지를 않습니까?

나사렛의 예수님은 당신들을 이리떼 속에서 살아가야 하는 의무와 사명감을 띤 양으로 보내셨던 것입니다. 그런데 어찌하여 어떤 가르침이 당신들을 양 떼 속의 이리로 만들었습니까? 왜 당신들은 하나님이 창조한 인간들로부터 거리를 두고 떨어져 있는 것입니까? 정말로 당신들이 하나님으로부터 축복받은 자들이라면 어서 가서 저 가난하고 무지한 백성들을 일깨워 주시오. 또, 당신들은 하나님께 스스로 가난할 것을 맹세하고서도 임금과 같이 살려고 합니까? 당신들은 하나님의 율법에 복종할 것을 맹세하고서도 복음에 반대되는 거역을 서슴없이 저질렀으며, 청결함을 맹세했으면서도 당신들의 마음은 물욕과 욕정으로 번민에 싸여 있습니다. 또 당신들은 자신의 육신만이 더럽혀진 것으로 알고 있지만, 당신 자신의 영혼은 이제 더 이상 구제받을 수 없는 파멸 속에 있습니다.

당신들은 이 세상의 모든 세속적 대상들로부터 초월한 것처럼 가면을 썼지만, 그 어떤 이들보다 더 탐욕으로 불탄 자들입니다. 당신들은 가장 금욕주의자인 체하고 독신주의를 표방하면서도 하는 행동은 목초지에서 풀을 뜯는 숫소와 별다름 없었습니다.

자! 이 마을의 가난한 사람들에게 수도원의 넓은 땅을 되돌려 주고, 당신들이 지금껏 누려왔던 풍족함을 그들에게 되돌려 주십시다. 대지 위를 날으는 새처럼 흩어져서 가난한 사람들을 도와주고, 당신들이 군림하던 그 모든 명예를 나타내거나 세금을 받지 말고 그들 스스로가 행하도록 되돌려 줍시다. 그들이 절망이라고 여기고 있는 이 나라를 맑은 하늘에 태양이 미소 짓는…… 하늘의 은총과 인생의 자유와 영광에 감사하는 나라로 만듭시다.

가난한 사람들이 마음껏 일하도록 당신들이 지금까지 누려

왔던 평안보다도 더 깨끗하고 믿음 있는 환경을 만듭시다. 이웃 간에 서로서로 베푸는 인정은 이 수도원의 한쪽 구석에 감추어져 있는 덕망보다도 더 고결한 것입니다. 연약한 자들이나 죄지은 자, 창녀들이 서로를 위안하려고 하는 아픈 대화는 수도원에서 들려오는 기도 소리보다도 값진 것입니다'라고 말했습니다'."

칼릴은 잠시 숨을 돌렸다. 그러고 나서 그는 라헬과 마리암을 바라다보며, 낮은 목소리로 다시 말을 이었다.

"내가 수도사들 앞에서 이런 말을 했을 때, 비록 그들은 아주 어린놈이 당돌하게도 자신들을 질책하는 것이 몹시 귀에 거슬렸지만, 그들의 얼굴에는 놀라움과 경이로움이 가득 차 있었지요. 내가 질책을 끝내자, 그들 중 한 명이 내 앞으로 다가와서는 흉하게 생긴 이빨을 드러내며 말했습니다.

'건방지게 너 같은 더러운 놈이 우리들 앞에서 그런 말을 하다니…….'

그러자 다른 한 명이 나서며 비열하게 웃으면서 조롱하듯이 말했습니다.

'넌 그런 지혜를 네가 평생토록 함께 지내야 할 암소나 돼지한테서 배웠겠구나.'

또 다른 자가 아주 위협조로 말했습니다.

'너 같은 이단자에게 주어질 벌을 잘 알고 있겠지?'

그러고 나서 그들은 자리에서 일어나 문둥이를 피하듯이 나에게서 떨어져 갔습니다. 그들 중에 몇 명이 수도원장한테로 가서 나에 대한 이야기를 고해바쳤고, 원장은 나를 저녁 무렵에 오도록 명령을 내렸습니다. 원장은 잘 되었다 싶어 무척이나 좋아하는 수도사들 앞에서 심한 힐난을 받은 다음, 나는 매질을 당하지 않으면 안 되었습니다.

가축을 모는 채찍으로 온몸에 상처가 나도록 맞은 나는 한 달 동안이나 감금을 당하는 신세가 되었습니다. 수많은 비웃음과 야유가 터져 나오는 가운데 수도사들은 나를 습기 찬 어두컴컴한 지하실로 밀어 넣었습니다. 어쩔 수 없이 난 그 속에서 한 달 동안을 지내야만 했습니다. 가느다란 한 줄기의 빛조차 찾아볼 수 없는 밀폐된 지하 감옥, 이름 모를 벌레들만이 기어 다니는 것 외에 아무것도 없는 지하실 바닥의 메마른 흙과 상처받은 내 육체가 공존하는 감옥, 마른 한 조각의 빵과 물 한 컵을 끼니때마다 가져다주는 수도사의 발자국 소리 외에는 아무런 소리도 들을 수 없었습니다.

한 달 후 내가 지하 감옥에서 풀려났을 때 수도사들은 여윈 내 몸뚱이와 누렇게 뜬 얼굴을 보고는 나의 정신적 열망, 신의 진실된 가르침이 다 꺾여져 버렸다고 느낀 모양이더군요. 굶주림과 목마름의 고통으로 신께서 내 가슴 속에 일깨워 주신 그 진실을 파괴시켰다고 믿는 것이었습니다.

낮이 지나고 밤이 왔습니다. 나는 깊은 고독과 번민에 휩싸여, 어떻게 하면 저들 길 잃은 수도사들에게 진실된 빛과 인간의 진정한 생의 찬가를 들려줄 수 있을까 하고 생각했습니다. 이런 나의 생각은 너무나 어리석은 결과를 가져왔습니다.

오랜 세월 동안 그들의 눈을 멀게 했던 그 두터운 장막을 짧은 시간에 걷어 버린다는 것은 참으로 어려운 일이었습니다.

또 그들의 귀를 막고 있던 무지를 부드러운 손으로 어루만져 열리게 한다는 것은 불가능에 가까운 일이었습니다."

방 안의 세 사람은 모두 할 말을 잃었다. 마른 장작이 타는 따뜻한 소리만이 그들의 침묵을 깨고 있었다.

마리암은 무슨 말인가 할 듯한 어머니의 표정을 살피면서 슬픈 눈으로 칼릴을 바라보며 말했다.

"그럼 당신은 그들에게 굴복하지 않고 또다시 수도사들 앞에서 진리와 사랑을 베풀자고 말했군요. 그러자 그들은 이 무서운 밤에 당신을 쫓아냈군요."

칼릴은 대답했다.

"밤이 깊어 갈수록 바람은 점점 더 거세어 가더니 결국 눈보라로 변하여 이 세상을 공포에 떨게 했습니다. 그날 밤, 나는 수도승들로부터 멀찍이 떨어져 있었습니다. 그들은 추운지 모두들 불 옆에 둘러앉아 잡담에 열중하고 있었습니다.

나는 성경책을 펴들고 대자연의 분노와 눈보라의 진노를 잊은 채 내 영혼을 편안케 해 주는 말씀을 천천히 가슴으로 읽고 있었습니다. 그때 수도사들은 내가 자기들과 떨어져 있는 것은 보고는 히히덕거리며 조롱하기 시작했습니다. 그들 중 몇 명이 못마땅하다는 표정으로 흘겨보고 있었습니다. 그러더니 천천히 내 곁으로 다가오는 것이었습니다.

나는 그러한 그들에게는 일체의 신경도 쓰지 않은 채 읽고 있던 성경책을 덮고는 눈보라 속의 창밖을 묵묵히 바라보았습니다. 이러한 나의 태도가 더욱 그들에게 못마땅하게 보였던지 그들은 분노하기 시작하였습니다. 또, 나의 변함 없는 태도와 침묵은 자기들을 멸시한다는 적대감으로 느꼈던지 그들의 표정은 더욱 험악해져 갔습니다. 그들 중에 한 명이 소리쳤습니다.

'그래, 넌 지금 무엇을 읽고 있는 것인가? 이 세상을 뿌리째 뽑아 버릴 대 개혁론이라도 읽고 있단 말인가!'

나는 그들을 쳐다보지도 않은 채 덮어 두었던 성경책을 다시 펴들고 큰 소리로 읽기 시작했습니다.

'그러자, 세례 요한이 많은 바리새 인과 사두개 인이 세례를 베푸는 곳으로 오는 것을 보고 이르되, '독사의 자식들아! 누가 너희를 가르쳐 임박한 진노를 피하라 하더냐? 그러므로 회개에 합당한 열매를 받고 속으로는 아브라함이 우리 조상이라고 생각하지 말라. 내가 너희에게 이르노니, 하나님은 능히 돌로도 아브라함의 자손이 되게 하시니라. 이미 도끼가 나무 뿌리에 놓여 있으니 좋은 열매를 맺지 못하는 나무는 적어 불에 던질 것이니라. 그러자 군중들이 그에게 물었다. 그러면 우리는 무엇을 하여야 하나이까? 그가 가로되, 헐벗은 자에게 두 벌씩의 의복을 주어라. 그리고 먹을 것도 함께 주어라.'

내가 세례 요한의 말씀을 읽고 있을 때, 수도사들은 잠시 동안 마치 보이지 않는 손이 그들의 영혼을 지배하고 있는 것처럼 조용히 침묵을 지키고 있었습니다. 그러나 그들의 그러한 마음가짐은 잠시 동안 뿐이었고, 다시 나를 조롱하기 시작했습니다.

그들 중에 한 명이 말했습니다.

'우린 그 구절을 여러 번 들었지. 그따위 구절이나 암송하는

소치기는 필요없다구!'

그의 말이 끝나자, 나는 참을 수가 없었습니다.

'당신은 그 구절을 읽었으니, 그 말씀의 뜻을 잘 알고 계시겠군요. 눈으로 뒤덮인 마을에서 살고 있는 헐벗은 사람들의 헌금으로 당신들은 따뜻한 방에서 아무런 걱정 없이 지내고 있으며, 무더운 여름 동안을 포도밭에서 땀 흘려 수확하여 빚은 포도주를 아무런 거리낌 없이 마시고 있으며, 그들이 자기들 자식보다 더 애써 키운 암소고기를 먹고 있을 때 그들은 추위에 떨며 굶주림에 허덕이고 있습니다.'

내 말이 떨어지기가 무섭게 누군가가 재빠르게 내 얼굴을 강타하는 것이었습니다. 그리고는 무수한 발길과 주먹이 한여름의 폭우처럼 나를 질타했습니다. 내가 땅 위에 나뒹굴자 성경책을 빼앗아갔습니다. 그들 중 수도사 한 명이 곧바로 원장에게 달려가 지금 벌어지고 있는 일을 고해바치자, 그가 재빠르게 달려왔습니다. 수도사들은 기가 나서 원장에게 떠벌렸고, 원장은 허리를 꼿꼿이 세운 채 이마를 찌푸리며 분노에 찬 음성으로 소리쳤습니다.

'저 이단자를 붙잡아서 더 이상 이 수도원에 머물지 못하도록 추방시켜 버려라. 격노한 눈보라가 이단자에게 복종의 뜻을 잘 가르쳐 줄 것이다. 저 이단자를 춥고 캄캄한 곳으로 내쫓아 하나님의 뜻에 따라 대자연이 그를 벌 주도록 하여라! 그리고, 저 이단자의 옷에 묻어 있는 더러운 독이 너희들 손에 묻었을 터이니 깨끗이 씻도록 하여라.

만약 저 이단자가 회개한 것처럼 거짓을 부리며 간청한다고 해도 절대로 문을 열어 주어서는 안 된다. 우리 안에 갇혀 있는 독사가 비둘기가 될 수 없는 것과 마찬가지로 포도밭에 있는 덩굴은 과일을 맺지 못하는 것과 같은 것이니라.'

원장의 말이 채 끝나기가 무섭게 수도승들은 나를 우악스럽게 붙잡아서는 수도원 밖으로 끌어냈습니다. 또 그들은 뒤에서 심한 욕설을 퍼부었습니다. 수도원의 육중한 문을 닫으면서 그들 중의 한 명이 소리쳤습니다.

'어제까지만 해도 네 몸은 암소와 돼지들의 왕으로 군림하였지만, 오늘로써 그 지위를 폐위시키는 바이다. 마음을 올바르게 먹고, 굶주린 이리 떼와 썩은 고기만을 먹는 갈까마귀들의 왕이 되어서 그 녀석들에게 동굴 속에서는 어떻게 살아가야 하는가를 가르쳐주라고!'"

젊은 칼릴은 말을 멈추고 깊은 한숨을 내쉬었다. 그는 잠시 동안 타오르는 불꽃을 응시하면서 무엇인가 골똘한 생각에 잠겨 있었다.

그는 다시 말을 이었다. 크나큰 고통을 겪은 이야기였지만, 그의 목소리는 무척 부드러웠다.

"결국 나는 수도원에서 쫓겨난 거죠. 그런데, 그것은 오히려 수도승들이 죽음의 손길에서 나를 구해 주었던 것입니다. 나는 심한 눈보라에 길을 찾을 수가 없었습니다. 매서운 눈바람은 내 옷을 갈기갈기 찢어 버렸고, 쌓인 눈은 내 무릎까지 차올랐습니다. 얼마 못 가서 난 그만 기진맥진하여 쓰러져 버렸습니다. 죽음만이 나를 기다리고 있는 것 같았습니다. 난 어두운 눈보라의 계곡 속에서 절망에 찬 구원의 소리를 외쳤습니다.

그러나, 나는 바로 죽음의 문 앞에 서 있는 나를 그 어느 누구도 구해 줄 수 없다는 것을 잘 알고 있었습니다.

그런데, 그런데 말입니다. 바람도…… 눈도, 어둠도, 구름도 뜻대로 하시고, 하늘은 그 속의 찬란한 별까지 뜻대로 하시는 전지전능하고 자비로우신 하나님께서 내 절망의 구원의 소리를 들으신 것입니다. 아직은 오묘한 인생의 진리를 정확히 모르는 내가 죽음을 맞는다는 것은 하나님의 뜻이 아니었습니다. 그래서 하나님께서는 당신들 두 분을 이 죽음의 심연에 빠져 있는 어린 양을 구하기 위해 이곳으로 인도하여 저의 생명을 구원케 하신 것입니다."

두 모녀는 젊은이의 비밀이 자기 자신들의 운명인 양 느껴져 놀라움과 감동에 찬 시선으로 그를 한참 동안 바라보았다.

이제 이들 세 사람은 같은 운명 속에 놓여 있는 동반자처럼 서로를 이해할 수 있었다.

라헬은 손을 내밀어 그의 손을 부드럽게 잡고는 두 눈에 눈물까지 글썽이면서 젊은이에게 말했습니다.

"하늘의 율법에 따라 권리를 보호하기 위해 선택하신 분은 어떠한 심한 압력에도 멸망되지 않으며, 진노하는 눈보라와 폭설도 죽음으로 끌고 가지는 못합니다."

그때 마리암도 부드러운 목소리로 어머니의 말을 거들었다.

"눈보라와 폭풍은 꽃을 꺾어 버릴 수는 있어도 그 꽃의 씨앗을 없앨 수는 없답니다."

이제 칼릴의 고통에 일그러진 얼굴은 그녀들의 사랑에 넘친 정성으로 하여 지평선에 뻗어 오르는 한 줄기 빛처럼 밝아지기 시작했다.

칼릴이 말했다.

"두 분께서는 수도승들이 조롱했던 것처럼 나를 이교도라고 생각하지 않으시겠지요. 제가 수도원에서 겪어야 했던 종교적 고통은 인간이 지식을 얻기 위해 겪어야 하는 하나의 시련이라고 생각하시면 됩니다. 나를 파멸 직전으로 끌고 갔던 오늘 밤은 자유와 평등을 위해서 치러야 했던 내 인생의 커다란 변혁이었습니다. 한 여성의 다정다감한 마음에서 인류의 평화가 이루어질 수 있듯이 두 분의 고귀한 영혼의 정서는 모든 인류의 영혼의 정서를 잉태한 것과 같습니다."

이 말을 끝내자 젊은 칼릴은 머리를 베개 위에 조용히 묻었다. 모녀는 젊은이의 두 눈 기슭에 생의 방황에서 잠시 돌아와, 이제 안정과 휴식으로 하여 깊은 잠 속으로 빠져들고 있음을 알고는 이야기를 멈추었다.

그러자, 바로 칼릴은 두 눈을 고요히 감고는 어머니의 품 안에 안겨 꿈나라로 떠나는 어린애와 같은 표정을 지었다.

라헬은 조심스럽게 자리에서 일어섰고, 마리암도 뒤따라 그의 곁을 떠났다. 두 모녀는 자기들의 침대에 앉아서 젊은이의 야윈 얼굴이 자신들의 영혼을 끌어당기며 영혼 깊숙이까지 움직이게 하는 신비스러운 힘에 이끌리듯이 그를 건너다보았다.

어머니가 딸에게 속삭이듯 인자한 음성으로 말했다.

"그의 작은 두 눈은 침묵으로 말하며, 영혼에의 동경을 일깨워 주는 힘이 있구나!"

그러자 딸이 빛나는 목소리로 대답했다.

"어머니! 그의 손은 정말이지 교회 안에 봉안되어 있는 그림 속의 예수님 손과 똑같이 보였어요."

"그의 슬픔에 젖어 있는 듯한 얼굴 표정에서는 여성의 부드러움과 남자의 강렬함이 함께 느껴지는구나!"

그리고는 두 모녀 역시 머나먼 꿈나라로 조용히 나래를 펼쳐 갔다. 난로 속의 장작불도 서서히 꺼져 갔으며, 램프 불빛도 쇠잔한 그림자를 드리우며 점점 어둠 속으로 가라앉고 있었다.

아직도 창밖에서는 지칠 줄 모르는 눈보라가 얼어붙은 대지를 휩쓸고 눈은 짙은 어둠 속에서 밤의 깊이 만큼이나 쏟아져 내리고 있었다.

IV

눈보라와 폭풍이 무섭게 불던 불안의 밤이 지나고, 그로부터 두 주일이 흘러갔다.

아직도 회색빛 짙은 구름이 머물러 있는 하늘은 그날 밤보다는 잔잔해졌으나 사나움을 간직한 그대로였다. 계곡은 안개와 같은 엷은 눈보라로 시야를 가리고 있었으며, 나지막한 산들은 눈 속에 파묻혀 깨어날 줄 모르고 있었다.

세 번씩이나 칼릴은 해변을 따라 다시 머나먼 고행의 길을 떠나려고 했으나, 그럴 때마다 라헬은 간곡하게 그를 만류하였다.

"다시 자신을 저 미친 눈보라 속에 맡기지 마세요. 생명을 소중하게 여겨야 해요. 우리와 함께 이곳에서 살도록 하세요. 두 사람이 먹을 빵으로 세 사람이 먹으면 되잖아요. 난로의 따뜻한 불은 당신이 오기 전과 다름없이 당신이 떠난 후에도 타오르고 있을 것입니다. 형제여! 우리는 가난하여도 하나님께서는 우리에게 매일 일용할 양식을 주시고 계십니다. 항상 그

랬듯이 태양 아래서 함께 살아갈 수 있을 거예요."

마리암은 젊은이가 삶과 죽음의 갈림길에서 그녀들에게로 찾아왔을 때 그의 내부에서 우러나오는 성스러움이 자신들에게 빛과 생명을 주었고, 그녀의 영혼을 신이 뜻하시는 대로 일깨워 주는 것을 느꼈다.

그리하여 마리암은 그가 떠나는 것을 연기해 주도록 소망에 가득 찬 시선으로 그를 바라보며 낮은 음성으로 간청했다.

자기의 생에 있어 처음으로 아침 이슬방울을 머금고 향기로운 내음을 발하는 한 송이 백장미꽃 같은 순결한 처녀의 가슴 속에 야릇한 감정이 물결쳐 왔다.

이 아름다운 처녀의 가슴을 온통 장밋빛으로 물들게 하는…… 매혹적인 선율을 흐르게 하고 시인의 꿈과도 같은 황홀한 한낮을 보내게 하며, 예언자의 설교와도 같이 성스러운 밤을 맞게 하는 처녀의 깊은 감정보다 더 순결하고 고귀한 마음은 이 세상에 다시 없을 것이다. 그 신비의 힘은 지나간 아픈 추억을 위안해 주며, 다가올 앞날에 희망을 심어 주는 것이다.

레바논 여성들의 감정은 매우 솔직 담백하여 다른 나라 여성들과는 확연한 차이가 있다.

그녀들은 강렬한 지식욕 속에서 억압된 교육을 받아야만 하는 식민지인으로서 자신들의 영혼과 마음의 신비를 찾아 스스로 삶을 개척하지 않으면 안 될 역사의 순응자들이었다.

또한, 그녀들은 광활한 지구의 극히 작은 부분을 차지하고 있는 소수 민족으로서 가슴 속에서 솟아오르는 샘물이 강물이 되어 넓은 바다로 향하여 가는 거와 같은 생의 여로를 찾지 못하여 달빛과 별빛에 그 물결을 찰랑거리고 있는 호수처럼 자신들을 인내하지 않으면 안 되었다.

칼릴은 마리암이라는 한 여인이 파도가 되어 자신의 벼랑으로 들이쳐 오는 것을 느낄 수 있었으며, 자신의 가슴속에 깊숙이 간직하고 있던 신성한 불꽃이 그녀의 가슴에 닿았다는 것을 알았다.

그러자, 그는 난생 처음으로 큰 기쁨을 느꼈다. 그것은 길을 잃은 어린이가 어머니를 만났을 때와 같은 기쁨이었다.

칼릴은 자기 자신이 너무나 조급하게 서두르고 열망으로 가득 차 있어 불안정한 나날을 보내고 있으며, 자신을 마을로부터 격리되게 만든 안개처럼 한낮이 되어도 해야 할 일을 잊어버리고 있는 것 같은 생각이 들어 자신의 영혼을 꾸짖고 있었다.

칼릴은 자신에게 물었다.

'우리가 전혀 의식을 하지 못하는데도 위안을 주는 이 신비로운 힘은 과연 무엇일까?

이토록 우리를 험난한 인생의 길로 인도하시면서, 저 빛나는 태양을 마주 바라보며 환희와 즐거움 속에 서 있게 하시는 것은 무슨 까닭인가?

지금 우리가 즐거움과 기쁨에 도취 된 나머지, 저 높은 산꼭대기에 올라가서 고뇌와 번민의 깊은 골짜기를 내려다보며 힘껏 소리쳐 보고 싶은 심정은 어디서부터 생겨나는 것일까?

오늘은 다정한 친구로서 포옹하다가 돌연히 배신하여 적으로 삼고 우리를 멀리하게 하는 슬픈 일들은 왜 일어나지 않으면 안 되는 것일까?

나라는 존재는 수도승들로부터 멸시와 경멸을 받아야 하는 지난날의 고통스러운 일 이외에는 아무런 의미도 없는 것인가?

그것은 영원의 신께서 한 줄기 빛처럼 일깨워 주신 진실을 위해 조롱과 고통을 달게 받아들이도록 마음의 문을 열어 주신 것이 아닐까?

수도승들에게 행복이란 인간이면 누구나가 다 지닐 수 있도록 한 것은 하나님의 절대적인 뜻이라고 말하지 않았던가? 그런데 이 두려움은 어디에서부터 오는 것일까?

왜 나는 이 모든 것들을 외면한 채 두 눈을 감아버려야만 하는가?

이 아름다운 처녀의 두 눈에서 반짝이는 그 빛을 왜 나는 피하려는 것일까?

지금의 나는 추방당한 사람에 불과하고 그녀는 가난하다. 그러나, 인간은 빵 만으로만 살 수 있는 것은 아니잖은가?

인생은 그 어떤 것에도 빚을 지지 않는 무한한 가능성을 지니고 있지만, 완전한 존재는 아니지 않는가?

한 그루의 나무가 겨울과 여름 사이에 변함없이 우뚝 서 있듯이, 부족함과 풍족함 사이에 우리들은 서 있는 것이 아니란 말인가?

그리고 라헬은 추방당한 젊은이와 자기의 딸이 영혼에 의해 침묵 속에서 서로를 이해하며 숭고한 정신으로 서로를 원하는 불에 타고 있음을 안다면 뭐라고 이야기할 것인가?

이 순박한 마을 사람들은 수도원에서 자라난 소년이 그곳에서 쫓겨나서 아리따운 처녀와 살기 위해 자기들의 마을에 왔다는 것으로 오해하고는 뭐라고 말을 할 것인가?

만약 내가 마을 사람들에게 광명과 자유를 얻으려고 암흑의 새장에서 벗어난 한 마리의 새처럼 수도원을 나왔으며, 그들과 함께 살기를 원한다면 귀를 막지나 않을런지…… 그리고 가난한 농민들 사이에서 왕자처럼 군림하는 사익 아바스가 내 말을 어떻게 받아들일까?

또, 이 마을을 담당하고 있는 사제가 수도원에서 추방당한 이유를 안다면 어떻게 나를 대할까?'

칼릴은 자기의 고뇌와도 같이 활활 타오르고 있는 벽난로 속의 불꽃을 바라보면서 깊은 생각에 잠겨 있었다. 이러한 칼릴의 아픔을 하나도 놓치지 않으려는 듯이 마리암은 그의 곁에서 시선을 떼지 않은 채 주시하고 있었다.

마리암은 그의 얼굴 표정에서 칼릴이 지금 어떤 생각을 하고 있는가를 깨달을 수가 있었으며, 그의 가슴 속에서 메아리치는 사념의 고통 소리를 들을 수 있었다. 또 그의 깊은 비밀도 알아낼 수가 있었다.

칼릴이 창가에 외롭게 서서 수의를 입고 있는 사자와 같은 모습으로 눈 덮인 바위와 나무가 빽빽이 몰려 있는 계곡을 바라보고 있을 때, 마리암은 그의 곁으로 조용히 다가가 그와 어깨를 나란히 하고 창문 너머로 내려앉아 있는 회색빛 하늘에 시선을 보냈다.

칼릴은 천천히 고개를 들어 바로 자기 옆에 서 있는 그녀를 바라보았다. 그녀와의 시선이 맞닿자 수없이 많은 말을 하기 위해 자기에게서부터 날아가 버리려는 자신의 영혼을 붙잡으려는 듯한 안타까움에 깊은 한숨을 내쉬며 두 눈을 무겁게 감아 버렸다.

얼마 동안을 격렬한 침묵 속에 방황하던 마리암이 용기를 내어 그에게 물었다.

"눈이 녹고 다시 길이 뚫리면, 당신은 어디로 가실 건가요?"

칼릴은 꼭 감은 두 눈을 크게 뜨면서 아무런 대꾸 없이 저 멀리 하이얀 눈빛으로 타고 있는 들녘을 잠시 바라보다가 입을 열었다.

"나 자신도 모르는 곳으로 가려고 합니다."

그러자, 마리암의 작은 가슴이 격동하기 시작했다. 그녀는 다급하게 물었다.

"어째서 당신은 이 마을에서 살기를 원치 않으시나요? 알지 못하는 미지의 사람들이 이곳의 사람들도다 더 소중하시다는 건가요?"

그녀의 부드러운 말과 아름다운 목소리는 젊은이의 가슴 속에 크나큰 파문으로 차고 넘쳤다.

칼릴이 대답했다.

"이 마을 사람들은 수도원에서 추방된 자를 자기들의 이웃으로 받아들여 주지 않을 것입니다. 또 그들은 수도승들과 적대한 행동은 곧 하나님과 성직자들에 대항한 이단자로 여기므로 내가 자기들과 똑같은 공기를 마시면서 지내는 것을 절대로 허락지 않을 것입니다."

마리암은 가슴 속에서 깊숙이 토해내는 듯한 비탄의 신음소리를 삼키고 있었다. 이 가혹하도록 냉정한 현실 앞에 할 말이 없었다.

칼릴은 두 손으로 머리를 감싸며 계속 말했다.

"마리암! 이 마을 사람들은 수도승들과 사제들로부터 스스로 깨달아 행동하는 사람들을 미워하도록 가르침을 받아왔습니다. 그들은 자기들을 따르지 않고 스스로의 삶을 찾으려 하는 자들을 멀리하라는 가르침을 명령처럼 따라야만 합니다.

만일 내가 이 마을에 살면서 이웃사촌으로 그들에게 '형제들이여! 이리로 오십시오. 마을 사제의 인도함에 따르지 말고 우리들 자신의 영혼이 명하는 대로 하나님께 기도드립시다. 하나님은 율법에 따르지 않고 남을 모방하는 예배 의식은 원하지 않으십니다.'라고 말한다면, 그들은 한결같이 나를 사제를 헐뜯는 하나님의 전능함에 대항하는 이단자라고 몰아붙일 것입니다.

그리고 또 내가 '형제들이여! 당신들의 가슴 속으로부터 우러나오는 진실한 목소리를 들어보시오. 그리고 당신들 깊숙이 있는 영혼의 뜻에 따라 행동하십시오'라고 말한다면, 그들은 나를 악마라고 하면서 하늘과 땅을 지배하며 구원하시는 하나님께 죄를 범하도록 유혹한다고 말할 것입니다."

그 말을 마치고는 마리암의 맑은 눈을 뚫어지게 바라보며 다시 말을 이었다. 그의 목소리는 현악기의 은빛 줄처럼 낭랑하고 부드러웠다.

"하지만 마리암! 지금 이 마을에는 나를 떠나지 못하도록 붙잡는 신비스러운 힘이 있습니다. 내 외로운 영혼을 붙잡는 강렬한 힘이 있습니다. 수도승들로부터 받은 수난과 고통을 잊게 해 주고, 그들의 잔인함을 용서하고 무지를 일깨워주려는 보다 큰 힘이 있습니다. 바로 이 마을에서 나는 죽음에 직면해 있을 때 전지전능하신 하나님의 섭리에 의해 내 영혼을 구제받는 깊은 신앙에의 시련을 겪었습니다.

또 이 마을에는 가시밭 속에서도 아름답게 자라고 있는 한 송이의 향기 높은 꽃이 있습니다. 그 향기와 아름다움은 내 영혼을 더 높은 곳으로 향하게 하는 강렬한 갈망의 꿈을 심어 주었습니다. 내가 수도원에서 추방당하게 된 원인이 참된 율법을 말하였다 해서 그들의 미움을 샀던 것입니다. 그렇다면 내가 그 율법을 여러 사람들에게 전하기 위해 아름다운 꽃을 남겨둔 채 떠나야 할까요? 아니면 나에게 생명의 향기를 주는 꽃의 곁에 남아서 내 사상과 꿈을 심으며, 그 꽃 주위에 있는 자갈밭과 가시덩굴 사이에 내 생의 끝남을 묻는 무덤을 파야 하겠습니까?"

이 말을 들은 마리암의 작은 몸이 새벽녘에 부는 약한 바람에도 하늘하늘 떠는 한 송이 청초한 백합처럼 떨고 있었다.

마리암은 마음의 바람이 빛이 된 양 어떤 감격으로 하여 두 눈언저리가 젖어 있었고, 그녀의 목소리는 기쁨과 감격에 흐느끼고 있었다.

"칼릴! 우리 두 사람은 하나님께서 내리신 평화와 자비의 힘 그 사이에 있는 거예요. 그러니, 우리 함께 그 일을 하도록 노력해요."

V

옛날부터 오늘에 이르기까지 사회의 특권층은 올바르지 못한 성직자의 종교 지도자들과 야합해서 그들을 제외한 사회 전체와 원만한 관계를 이루지 못하고 지내왔다.

이러한 야합을 이 지상에서 추방하려면 모든 남성들은 올바른 이성적인 사고를 가지고 무지함을 쫓아내야 하며, 모든 여성들도 진실한 성직자가 되어 이성과 지혜를 지닌 당당한 주권자가 되지 않으면 안 된다.

특권층의 자식들은 약하고 힘없는 사람의 육체를 이용하여 자기들의 거대한 저택을 짓고, 성직자들은 믿음이란 명분으로 저들의 비천한 곳에다 자기들의 성역聖域을 세운다.

통치자들은 가난한 농부들의 팔을 붙잡으며, 올바르지 못한 성직자들은 그들의 호주머니에 손을 뻗는다.

통치자들은 들판의 어린 양들을 무서운 눈으로 지켜보고, 성직자들은 미소를 띠고 바쁘게 통치자와 어린 양 사이를 오고간다.

이 호랑이의 무서운 얼굴과 이리의 미소 사이에서 가엾은 양들만 멸망해 간다. 통치자는 법을 만들고 있으며, 성직자들은 종교를 만들었기 때문에 법과 종교 사이에 있는 사람들의 육체는 파괴되고 정신은 죽어간다.

현재의 레바논에는 태양의 빛을 마음껏 누리는 풍족함은 있지만, 올바른 지식의 빛에는 가난하였다. 많은 귀족과 목사들은 땅을 경작해서 얻는 정당한 수확으로 살아가는 가난하고 약한 농부들의 집 창문 틈으로 새어 나오는 불평에 대항하기 위해 뭉쳐 있었다.

그런 특권층의 자식들은 그대로 레바논의 궁전에 높이 서서 그의 추종자인 가난한 자식들에게 고함을 쳐대고 있다.

회교 군주로 온 자들은 터키의 황제로부터 자신의 목을 지키는 보호자로서 임명하셨다고—이때는 시리아와 레바논이 오스만 터키 제국에 지배를 당하고 있었다—소리쳤고, 성직자들은 설교대에서 '그리고 하나님은 당신들의 영혼의 보호자로서 나를 임명하셨습니다'라고 소리치고 있었다.

그러나, 그 어떤 연설도 레바논 사람들의 가슴 깊숙히 감추어진 하나님 나라에 대한 갈망과 동경을 풀어 주지 못했으며, 고난의 눈물과 고통스런 죽음을 해결해 주지 못했기 때문에 그들은 그저 침묵만 지킬 뿐이었다.

그 마을의 군주이자 통치자인 사익 아바스는 수도원과 그곳의 수도승들을 매우 좋아했다.

그는 수도승들의 가르침과 전통을 신뢰한다고 떠벌렸다. 그 이유는 자기 생각대로 수도승들이 올바른 지식을 매장해 버리고, 군주인 자신의 포도밭과 들판에서 일하는 농부들에게 끊임없이 복종하도록 선동하는 일을 그들이 담당하고 있었기 때문이다.

젊은 칼릴과 마리암이 어머니 라헬이 지켜보는 가운데 사랑의 왕관을 받으려고 서 있던 바로 그날 저녁때, 그 마을의 사제인 일리아는 마을 군주 사익 아바스에게로 가서 신앙심으로 충만한 수도승들이 그들과 함께 수도원에 있던 이교도이자 사악한 젊은이들 내쫓았다는 이이기를 꺼냈다.

사제 일리아는 바로 쫓겨난 그 이단자가 2주 전에 이 행복한 마을로 들어와 사마리아 여인 알 라미의 과부 라헬의 집에서 살고 있다는 것도 말했다.

또한, 사제 일리아는 이 정도의 고자질로는 만족지 못했는지 군주에게 헐뜯는 소리를 보탰다.

"수도원에서 쫓겨난 그 악마는 이 마을에서 절대로 좋은 사람이 될 수 없을 겁니다. 정원사가 필요치 않아 뜯어낸 잔디를 불태울 때 불타는 그 잔디 속에서는 작은 열매도 맺지 못하는 것처럼 우리가 이 더러운 이단자에게서 이 마을을 지금처럼 깨끗하고 성령으로 충만하게 보존하려면, 수도원에서 수도승들이 그를 내쫓아 버렸듯이, 우리도 그를 이 마을에서 쫓아버려야 합니다."

"그 젊은이가 이 마을에 더러운 정신을—불건전한 사상—퍼뜨리게 될 것이라는 생각을 어째서 하게 되었는가?"

군주인 아바스가 물었다.

"오히려 그를 소치는 목동이나 포도밭 지기로 쓰는 것이 좋지 않겠소? 우리 마을은 지금 일손이 많이 필요한 실정이 아니오? 폭설로 망쳐진 도로 등은 힘센 젊은이들이 아니면 보수할 수 없지 않습니까?"

그러자 사제는 천박스런 미소를 지으며 무성하게 자란 턱수염을 쓰다듬으면서 말했다.

"그가 훌륭한 젊은이로서 일을 하였다면 수도승들이 그를 수도원에서 쫓아내지 않았을 겁니다. 수도원에 속한 땅은 매우 넓고, 기르는 가축들의 수도 헤아리기가 힘들 정도입니다. 거기다 우연히 저와 같이 밤을 보내게 된 수도원의 한 노새 지기가 그 젊은이에 대해서 말하더군요. 그는 언제나 이교도들만이 하는 말을 지껄여 댔고, 수도승들이 들으라고 반항적이고 반역스러운 말들을—그런 말들은 그 자의 몸속에 숨어 있는 사탄이 하는 것 같이 느껴질 정도로—거침없이 했다고 합니다.

또, 뻔뻔스럽게도 그자는 이 마을의 가난한 농부들에게 수도원의 들과 포도밭, 부^富를 되돌려 주어야 하며, 모든 곳에 있는 소유물들을 나누어 주는 것이 기도나 예배보다 더 좋은 일이라고 떠들곤 했답니다. 거기에다 그는 수도원에서 벌로 매질과 어두운 감옥 생활을 했음에도 조금도 회개하는 모습을 찾아볼 수 없었다고 노새 지기가 말하더군요. 오히려 그러한 벌은 그 자에게 사탄인 똥통에서 무섭게 번식하는 파리 떼처럼 도움을 주었다는군요."

옳지 못한 사제의 말이 끝나자 군주는 먹이를 노리며 덮치려는 한 마리의 표범처럼 자리에서 벌떡 일어났다.

그는 얼마 동안을 아무런 말도 하지 않은 채 이빨을 갈면서 분노에 몸을 떨었다.

군주는 접견실 문으로 가서 시종들을 소리쳐 불렀다. 세 명의 시종이 달려와서는 명령을 기다리자, 군주는 곧 그들에게 명령을 내렸다.

"과부 라헬의 집에 수도승의 복장을 한 죄지은 녀석이 있다. 너희들은 지금 바로 그를 결박 지어 내 앞에 끌고 와라! 만약 라헬이 반항하면 그녀도 함께 머리채를 잡고 끌고 와라! 그놈은 악마다!"

시종들이 머리를 조아리고는 군주의 명령을 수행하기 위해 밖으로 달려 나갔다.

사제 일리아와 아바스 군주는 이단자로 몰린 젊은이와 과부 라헬이 끌려오면 어떻게 처리할 것인가를 의논하고 있었다.

VI

잿빛 하늘에 스산한 노을이 서서히 어둠 속으로 묻히자, 눈 덮인 오두막집들 주위로 유령이 나올 것 같은 밤의 적막이 깃들기 시작했다.

차가운 밤하늘에는 이별과 죽음을 초월한 듯한 영롱한 별들이 하나씩 유리알처럼 반짝거리며 불멸의 희망을 나타내고 있었으며, 가난한 농부들의 오두막은 띄엄띄엄 눈 속에 파묻힌 채 바람 한 점 새어들지 못하도록 창문을 꼭 닫은 실내엔 램프 불빛만이 가늘게 흔들리고 있었다.

황량한 겨울바람이 떼 지어 몰려가고 몰려오는 음향에 귀 기울이며 대화를 잊은 채 난로 곁에 둘러앉아서 밤의 그림자를 읽고 있었다.

라헬과 마리암, 칼릴이 저녁 식사를 하려고 식탁에 앉아 있었다. 그때 요란스럽게 두들기는 소리와 함께 문이 열리며 세 명의 아바스 군주의 부하들이 찬 겨울바람을 몰고 안으로 성큼 들어섰다.

라헬은 공포에 질린 눈으로 그들을 바라다보았고, 마리암은 너무나 놀라움에 비명을 질렀다.

그러는 동안 칼릴은 조금도 자세를 흐트러뜨리지 않은 채 조용히 앉아 있었다. 그의 몸가짐은 무한한 성령에 힘입어 군주의 부하들이 올 것이라는 것을 미리부터 알고 기다리고 있었다는 듯한 표정이었다.

군주의 부하 한 명이 칼릴에게로 다가와서 난폭하게 그의 한쪽 어깨를 붙잡더니 거친 음성으로 말했다.

"수도원에서 쫓겨난 젊은이가 바로 자네인가?"

칼릴은 낭랑한 음성으로 차분하게 대답했다.

"그렇소만, 왜 나를 찾는가요?"

"우린 너를 이 지방 군주이신 아바스님의 관저로 끌고 가야겠다. 만일 네가 조금이라도 반항한다면 도살장으로 양을 끌고 가듯이 다룰 터이니, 순순히 앞장서거라."

그때 라헬이 창백해진 얼굴로 그의 앞을 가로막으며 공포에 찬 목소리로 애원하듯 말했다.

"무슨 죄를 지었다고 그를 군주님 앞으로 데려가야 하나요? 왜 결박까지 지우고 가야만 합니까?"

그리자, 마리암이 애원과 동정에 가득 찬 목소리로 말했다.

"그는 약한 사람이에요. 당신들은 무장까지 한 세 사람이잖아요. 그를 결박하지 않더라도 충분히 데려갈 수 있어요."

두 모녀는 용기와 인내로 군주의 부하들을 설득하려고 했으나, 오히려 그들의 감정에 불을 지르는 격이 되었다. 그들은 성질을 돋구며 소리를 질렀다.

"너희 모녀는 이 마을에서 사는 다른 여자들이 아바스 군주님의 뜻을 거역하는 것을 본 일이 있는가?"

이렇게 협박하며 허리춤에서 포승줄을 꺼내 칼릴의 팔을 단단히 묶기 시작하였다.

그때까지 칼릴은 한마디의 말도 하지 않고 자신의 의연한 태도를 조금도 흐트러뜨리지 않고 있었다.

칼릴은 머리를 휘몰아치는 폭풍우 속에 위엄 있게 서 있는 탑처럼 곳곳이 쳐들고 있었으나 그의 입가에는 슬픈 미소가 감돌았다.

칼릴이 비로소 입을 열었다.

"형제들이여! 나는 당신들이 측은하게 보일 뿐입니다. 당신들은 한 사람의 눈먼 권력자에게 진실을 말하려는 사람들을 무자비한 힘으로 괴롭히려고 하는 눈먼 권력에의 도구인 것이 불쌍할 따름입니다. 당신들은 무지의 노예들입니다. 그 무지는 검둥이의 피부보다도 더 검으며, 더러움과 수치스러운 일에 자신을 맹목으로 복종하게 만드는 아편과 같은 것입니다.

나는 당신들이 이렇게 오리라는 것을 처음부터 알고 있었습니다. 오늘이 가고 내일이 오면 당신들도 나처럼 이렇게 다른 사람들의 손에 의해 당할 것입니다. 그러나, 오늘은 당신들과 나 사이에 있는 저 거대하고 무한한 심연이 나의 절규를 받아들이고 있으며, 내 마음의 진실을 감추려고 더러운 공기로 가득 차 있습니다. 그러니 당신들은 듣지도 보지도 못하는 불행한 사람들입니다. 자! 여기 당신들이 끌고 가려고 하는 내가 있으니 어서 묶으시오. 당신들이 원하는 대로 하시오."

칼릴의 타는 듯한 말이 끝나자 듣고 있던 세 사람은 경이로움에 눈을 크게 뜨고는 몸을 떨었다.

아바스의 부하들은 칼릴의 부드러운 목소리가 자신들의 피를 멈추게 한 것처럼 그 자리에 넋을 잃고 서 있었다.

자신들의 깊은 내면에서 잠자고 있던 신앙에의 숭고한 열망, 하나님이 주신 참된 삶의 길로 인도받고는 깊은 잠에서 깨어나 더러운 욕망의 그늘을 벗어난 듯한 상태였다.

그러기를 얼마 동안 침묵이 흐르자 무사들의 귀에는 성난 군주의 목소리와 환영이 들려오자, 그때서야 정신을 차렸는지 자신들의 임무를 생각하고는 부끄러운 듯 다시 행동을 시작했다.

칼릴의 두 손을 단단히 묶고는 말없이 데리고 나오면서 그들은 자신들의 가슴 속에 지을 수 없는 하나님의 참된 고뇌가 아로새겨져 있어서인지 몸을 가볍게 떨고 있었다.

라헬과 마리암은 예수님이 묶여서 십자가에 못 박히시기 위해 갈보리 산으로 끌려갈 때 뒤를 따르던 예루살렘의 여자들처럼 군주의 관저로 끌려가는 칼릴의 뒤를 따랐다.

VII

이 마을은 너무나도 일반 사회와는 떨어진 작은 마을이어
선지 이곳에서 벌어지는 일은 작은 일이건, 큰일이건 간에 금세
온 마을 사람들의 귀에 전달되었다.

마을의 밭과 과수원이 눈 속에 파묻혀 있고, 모든 살아 있는
것들이라면 두려워하는 추위를 이기기 위해서 마을 사람들은
만나기만 하면 불 주위에 옹기종기 모여 앉아서 긴 겨울 동안
을 내내 하는 일 없이 이야기로만 시간을 보냈다.

그러므로 그들은 한낮을 보내기 위해서는 이야깃거리가 필
요했으며, 더욱 추워지는 밤이 되면 무슨 사건이라도 일어나기
를 궁금해 하고 새로운 이야깃거리가 생겨나기를 바라고들 있
었다.

군주 아바스의 부하들이 칼릴에게 우악스럽게 행동하지 못
하고 젊은이가 하자는 대로 따랐다는 그 소식은 바로 그 시
간, 저녁 식탁에 둘러앉은 온 마을 사람들에게 유행병처럼 퍼져
나갔다.

마을 사람들은 솟구치는 호기심에 참지를 못할 지경이었다. 결국, 사람들은 훈련받은 용사들이 적진을 포위하여 좁혀 가듯이 군주의 집을 향해서 사방에서 몰려들었다.

결박당하여 오는 젊은이를 보려고 어느새 군주의 관저 안은 물론, 넓은 마당에까지 사람들이 추위를 잊은 채 몰려들었다. 그들은 수도원에서 쫓겨난 이단자와 그 악마의 유혹에 빠져 악령이 씌운 과부 라헬과 그의 딸 마리암을 한 번만이라도 보기 위해서 발꿈치를 들어 올리고 목을 뺀 채 기웃거렸다.

군주 아바스는 높은 의자에 거만스럽게 앉아 있었고, 그 곁에는 사제 일리아가 자리잡고 있었다.

농부들과 부하들은 광야에 외로이 우뚝 솟아 있는 산과도 같이 머리를 꼿꼿이 쳐들고 당당히 서 있는 결박당한 젊은이를 바라다보고 있었다.

그 뒤에는 라헬과 마리암이 공포에 가득 찬 모습을 한 채 마을 사람들의 조소 섞인 웃음소리와 눈초리에 영혼마저 얼어붙은 듯이 서 있었다.

두 모녀의 한결같은 모습은 곧 자신들의 진실을 대변하고 있는 것처럼 느껴져 신선함마저 주었다.

진실의 의미를 알고, 진실을 추구하려는 한 여인의 정신은 무엇을 두려워할 것인가? 사랑의 갈망을 갈구하며 사랑에 눈뜬 한 처녀의 마음은 거친 들판에 버려진 듯한 영혼 없는 다른 이들의 시선을 어찌 두려워하겠는가?

아바스 군주는 칼릴을 내려다보면서 위엄을 부리려고 천둥같은 큰 소리로 심문했다.

"네 이름이 무엇이냐?"

"칼릴입니다."

"너의 국적은 어디며, 가문은 어떠한가? 그리고 네가 태어난 곳은 어디냐?"

칼릴은 고개를 돌려 천천히 주위를 둘러보았다. 그는 미움과 조롱어린 시선으로 자기를 바라보고 있는 가난한 농부들의 표정을 살펴보면서, 또렷한 음성으로 대답했다.

"가난한 사람들이 억압 속에서 짓밟힌 채 살고 있는 사람들이 바로 내 민족이며, 내 혈족이고, 이 광대한 땅이 바로 내 고향입니다."

아바스 군주는 가소롭다는 듯이 미소를 띠며 아주 불쾌한 소리로 말했다.

"네가 혈족이라고 우기는 그들은 지금 네가 벌 받기를 바라고 있다. 네가 고향이라고 억지를 쓰는 이 땅에 사는 사람들이 너를 거부하고 있는데, 왜 그걸 모르는가?"

칼릴은 자신이 한 말에 대해 확신을 갖지 못하고 흔들리는 게 아닌가 하는 생각이 들었다.

"무지한 나라에선 자기들의 소중한 자식들을 죄가 있다고 잡아서 잔악한 폭군에게 넘겨주고, 또 국가는 치욕과 불명예의 온상이 되어 그들을 사랑하고, 그들을 구하려는 사람들을 박해합니다. 그러나, 착한 아들이라면 자기 어머니가 아플 때 들보지 않는 자식이 어디 있겠습니까?

동정심을 가지고 있는 형제들이 자기 형제 중의 누가 절망에 빠져 있을 때, 그가 자기 형제가 아니라고 하는가요?

오늘 나를 이렇게 결박한 채 당신에게 끌고 온 저 가난하고 불쌍한 사람도 어제는 나와 똑같이 당신에게 몸이 묶인 채 끌려왔던 이들이지요.

또한, 나를 군주께서 문책하는 것처럼 많은 사람들을 모아 놓고 경멸감을 주고 있지만, 나를 데려온 저들은 당신의 밭에다가 자신의 거짓된 마음의 씨앗을 뿌리고, 당신의 발밑에서 자신들의 헛된 생명의 피를 쏟는 이들이지요. 거기다가 나를 거부한 이 땅은 독재자와 부정의 악을 삼켜 버리려고 입을 벌리지 않고 있는 바로 그 땅입니다."

아바스 군주는 지나치게 큰 웃음으로 이 당돌한 젊은이의 의기를 꺾어 놓고, 그런 다음 젊은이의 말을 듣고 있는 아무것도 모르는 무지한 농부들이 무엇인가를 알게 될까 봐 두려운 나머지 억지 소리를 냈다.

군주는 다시 호통치듯 말했다.

"너는 수도원에서 양치기로 일하지 않았느냐? 왜 자신에게 주어진 성스러운 임무를 다하지 못하고 쫓겨났는가? 또, 너는 신앙심 깊은 수도승들보다 왜 나서서 이교도나 미친 자들에게 자비를 베풀 수 있다고 현혹하는가?"

그러자 칼릴은 서슴없이 말했다.

"나는 양치는 목동이었지, 결코 백정은 아니었습니다. 나는 내가 돌보는 가축들을 푸른 들로 데리고 나가서 신선한 풀을 먹을 수 있도록 했지, 메마르고 돌 많은 곳으로 끌고 가지는 않았습니다. 나는 내 가축들을 맑고 깨끗한 물이 있는 곳으로 데리고 갔지, 더러운 늪으로 끌고 가지는 않았습니다.

땅거미가 질 무렵이면 나는 양 떼들을 이끌고 우리로 몰고 왔지 양들을 들판에 버려둠으로써 이리나 야수들의 먹이가 되게 만든 적은 없었습니다. 그러므로 나는 언제나 양들과 함께 있었던 것입니다.

그런데 군주시여! 당신은 지금 우리 주위에 이렇게 모인 이 야윈 가난한 사람들과 함께 지냈던가요? 만일 당신이 이들과 함께 있었다면, 지금 이 순간까지 이들이 어둡고 추운 오두막 집에서 배고픔에 허덕일 때, 이 따뜻한 궁전과 같은 저택에서 살고 있지 않았을 겁니다.

군주시여! 당신은 내가 수도원에서 동물들에게 동정을 베푼 것처럼 이 하나님의 순박한 아들들에게 동정을 베푸시었습니까? 만일 베풀었다면 심한 폭풍에 발가벗겨진 나뭇가지들처럼 이들이 헐벗음에 떨고 당신 앞에 서 있는 동안 당신은 실크 커버를 입힌 의자에 앉아 있지는 않았을 것입니다."

아바스 군주는 놀래어 의자에서 자세를 흐트러뜨릴 정도였다. 그의 이마에서는 식은땀이 구슬을 이루어 굴렀고, 칼릴을 괴롭혀서 얻으려는 즐거움은 어느새 분노로 바뀌어 몸을 떨고 있었다.

그러나 그는 통치자인 군주로서 자기를 추종하는 부하들과 마을 사람들 앞에서 불안감을 보이지 않으려고 위엄을 부리면서 흥분된 마음을 억제한 채 손을 흔들면서 말했다.

"우리는 지금 너의 미친 소리를 듣기 위해 여기까지 너를 결박하여 끌고 온 것이 아니다. 이곳에서 너를 심판하려고 끌고 온 것임을 명심하기 바란다. 나는 이 마을의 왕이며 하나님의 권한을 주신 '아엘 아멘 알세하비Amcr Ameen Alshehabi'의 뜻을 따르는 사람 앞에 서 있다는 것을 알아라. 그리고, 네가 더 이상 죄를 저지르지 못하도록 수고하는 신성한 교회의 사제인 일리아 앞에 있다는 것도…… 너는 너의 죄를 스스로 깨닫고 정당하게 이유를 밝히던가 아니면, 지금 바로 우리 앞에서 물론 이 마을 사람들이 보는 앞에서 무릎을 꿇고 사과한다면, 우리는 너를 용서해 줄 것이며, 네가 수도원에 있을 때처럼 양치기로 일할 수 있도록 관용을 베풀 것이다."

군주의 말이 끝나자, 차분하고도 낭랑한 목소리로 다시 칼릴이 말했다.

"죄인을 죄인이 심판하지는 못합니다. 또한, 배교자背教者는 죄인 앞에서 자신을 옹호하지도 변명하지도 않습니다."

이렇게 말을 하고는 마을 사람들에게로 돌아서서 은방울을 굴리듯이 맑은 목소리로 말했다.

"형제들이시여! 당신들이 복종과 굴복으로 대하는 저들이 바로 여러분의 아버지와 조상들의 노력의 대가로 지은 이 궁전 안에서 나를 시험하기 위하여 이렇게 결박해 가지고 끌고 왔습니다. 그리고 여러분의 믿음으로 여러분의 교회에서 성직자가 될 사람이 나를 심판하려 하며 나에게 치욕의 불명예를 씌우려 하고 있습니다. 그리하여 형제들은 나의 고통당함을 보기 위해서, 나의 변명과 애원을 듣기 위해서 이렇게 여러 곳에서 달려오셨습니다. 여러분들은 묶여 있는 여러분의 아들과 형제를 구경하고 욕하기 위해 따뜻한 난로 곁을 떠나 지금 추위 속에서 떨고 있는 것입니다.

여러분들은 야수에게 잡혀서 울부짖는 어린 양을 보기 위해서 달려왔습니다.

여러분들은 판결을 받기 위해 서 있는 죄인이자, 이교도를 보기 위해 여기 모였습니다. 그렇습니다. 여기 수도원에서 쫓겨나 눈보라 속을 뚫고 여러분들의 마을에 온 바로 그 이교도가 여기 서 있는 저입니다.

저는 죄인입니다. 그러나, 여러분들은 제 이야기를 들으신 후 동정은 절대로 하지 마시고, 오직 공명정대하게 판정을 내려 보시기 바랍니다. 동정이란 죄를 진 경우에만 베푸는 마음이니까, 절대 순수한 마음으로 공정하게 판결해 주십시오.

저에 대한 판결은 여러분들께 맡기겠습니다. 군중의 뜻이란 바로 하나님의 뜻이기 때문입니다. 그럼, 여러분들의 가슴을 열고서 제 이야기를 들어보시고 여러분의 양심에 부끄러움 없이 판결해 주시기 바랍니다.

군주와 사제는 저를 나쁜 놈이며, 이단자라고 합니다. 그러나 여러분들은 제 죄가 무엇인지도 모르고 계십니다. 그런데 여러분들은 제가 절도범이나 살인자처럼 결박당해 있는 것을 보고 계십니다. 그러나 여러분들은 이 땅 위에서 죄에 대한 처벌은 캄캄한 밤에 타고 있는 불꽃과도 같이 명백한 것으로 보아왔을 것입니다. 죄악과 범죄는 안개처럼 감추어져 있기 때문에 권위자와 올바르지 못한 성직자들에 의해서 죄복이 무엇인지 듣지도 못했을 겁니다.

남성들이여! 내 죄란 바로 여러분들의 절망이 무엇이라는 것을 잘 알고 있으며, 여러분들이 속박당하고 있는 무거움을 너무나 잘 알고 있기 때문입니다.

여성들이여! 나의 죄악이란 죽음의 고통 속에서 젖가슴을 열심히 빨고 있는 여러분의 아이들에게 연민의 정을 느끼고 있다는 것이랍니다.

나는 여러분들과 같은 피를 나누어 받았습니다. 내 조상들도 여러분들처럼 힘을 다 바쳐 이 거친 계곡을 일구며 살았고 여러분의 목을 죄고 있는 이 멍에 아래서 죽었습니다.

나는 여러분들의 고통스러워하는 영혼의 외침을 들으시며 여러분들의 아픈 가슴을 알게 하시는 하나님을 믿습니다.

나는 우리들 모든 사람들이 한 형제처럼 이 밝은 태양 아래서 평등하고 공정하도록 가르쳐 준 성경 말씀을 믿습니다.

나는 여러분들과 저를 속박에서 벗어나게 해 주시며, 우리들을 이 땅 위에서 멍에를 벗게 해주어 하나님의 발 가까이로 갈 수 있도록 해 주시는 그 가르침을 받습니다.

나는 수도원에서 양을 돌보는 일을 했기에 아무도 없는 초원에서 말 없는 가축들과 외로움을 달랬지만, 여러분들처럼 비극은 겪지 않았습니다. 그러나 나의 귀는 오두막집에서 터져 나오는 그 절망에 찬 고통 소리를 들을 수 있었습니다.

나는 이리의 동굴로 가는 한 마리의 양과 같은 처지로 수도원에 있는 나와 들판에 서 있는 여러분들을 보았습니다.

나는 구원을 청하는 진실된 외침 속에 서 있지만, 흉악한 이리는 나를 쫓아버려 나로 하여금 소리치지 못하게 했습니다.

내 외침 소리에 이리의 동굴로 가던 양 떼들이 정신을 차려서 여러 곳으로 흩어지자 반항하지 못하도록 나를 멀리 떼어

놓아 어두운 방에서 추위와 배고픔에 떨게 하였습니다.

나는 여러분의 얼굴에 피로 쓰여진 진실을 찾으려다 그 벌로 배고픔과 목마름을 겪었습니다.

수도원 구석구석까지 들어차 있던 여러분들의 비탄에 젖은 한숨 소리를 제가 말로써 표현하였기 때문에 고통과 매질의 조롱을 당해야 했습니다.

그러나 저는 두렵지도 않았고, 내 가슴은 떨리지도 않았습니다. 왜냐하면, 여러분의 고뇌와 진실을 갈구하는 외침이 저를 따르고 있었으며, 그것이 나에게 샘 솟는 듯한 새로운 힘을 주었고, 종교적 박해와 경멸과 죽음도 나에게는 사랑으로 다가왔기 때문입니다.

여러분들은 지금 자신에게 스스로 물어보고 계십니다.

'언제 우리가 도움을 구하는 외침을 질렀으며, 우리들 중에 감히 누가 그렇게 말했단 말인가.'

나는 여러분들에게 말씀드리겠습니다.

여러분들은 매일 매일 한낮이 되면 정신적 고통으로 신음소리를 자신도 모르게 내쉬었으며, 매일 밤 여러분의 고통에 찬 가슴은 잠자리에서까지 구원을 외쳤습니다.

그러나, 여러분은 자신의 영혼과 신앙심에 귀를 기울이지 않았습니다. 죽어가는 사람은 자신이 임종할 때 내는 소리를 듣지 못하나 그 곁에서 지켜보는 사람은 들을 수 있듯이 나는 여러분의 외침 소리를 듣고 있습니다.

죽어가는 새가 마지막 영혼의 춤을 추고 있는 것은 이미 의식을 잃어 아무런 의미도 없이 푸덕거리나, 그걸 보고 있는 사람은 그 고통의 움직임을 아는 것과도 같이 저는 여러분의 외침을 듣고 본 것입니다.

하루를 지내면서 여러분은 고통을 견디며 사느라고 잠시라도 한숨을 쉬지 않았던 시간이 있었나요?

만물을 일깨우는 밝은 아침이 여러분을 부르면 깊은 잠에서 깨어나 두 눈을 비비고 노예처럼 들판으로 나가야만 했던 아침 시간은 어떠했습니까?

아니면, 여러분들이 불바다처럼 타오르는 태양을 피해 나무 그늘에 앉아 잠시 휴식을 취하던 한낮은 정말 편하였습니까?

그렇지 않으면 말라빠진 한 덩어리의 빵과 물 한 그릇밖에 없는 집으로 허기진 육신을 이끌고 돌아가는 저녁 무렵은 행복했던가요?

그것도 아니면, 여러분들이 피곤한 몸을 딱딱한 나무 침대에 눕히고 춥고 짜증 나는 잠을 청하는 밤은 정말 자유로운 시간이었습니까?

여러분의 깊은 잠 속에서까지 귀에 쟁쟁하게 울려오는 저 아바스 군주의 권력의 목소리에 놀라서 벌떡 깨어나는 한밤중은 또 어떠합니까?

일 년 중, 어느 계절이 여러분들의 가슴을 슬픔으로 흐느끼게 하지 않았던 적이 있었습니까?

대자연이 하나님의 섭리에 의하여 새로이 몸단장을 하여 대지가 아름다움으로 가득 찰 때 여러분들은 남루한 누더기를 걸친 채 자연의 축제인 봄을 맞을 때는 또 어떠하였습니까?

그러면 당신들이 피 흘려 가꾼 수확을 거두기 위해 들판에서 열심히 타작을 하고 있을 때 군주나 지주, 수도승들이 그 커다란 포대에 당신들의 수확물을 아무런 거리낌 없이 가득 채워 가지고 가면서 여러분들에게는 떨어진 나락과 타작하고 남은 독보리만을 얻어야 했던 지난여름은 어떠했습니까?

아니면, 잘 익은 과일을 따 모으고 빛깔 좋은 포도송이를 골라 빚어 만든 포도주는 저들에게 상납하고, 시어서 먹기 힘든 포도나 도토리만을 고작 자기의 몫으로 받는 가을은 과연 행복했던가요?

그것도 아니면, 대자연이 격노하여 여러분들을 추위로 몰아세우는 계절, 얼어붙은 심장을 산산이 흐트러뜨려 절망하고 싶은 그 겨울이 당신들을 행복하게 했던가요?

가련한 형제들이여! 이런 생활이 바로 당신들의 삶이며, 여러분들의 빛나는 영혼을 암흑으로 이끌었던 것입니다. 이것이 바로 여러분들의 불행과 고뇌의 그림자였습니다.

여러분들이 겪고 있는 삶의 아픔과 그 고뇌의 울부짖음을 들었던 나는 그것을 타파해야 한다는 깨달음을 얻어 수도승들의 나쁜 행동에 대항했던 것입니다.

여러분들에게 고통을 주는 억압자에게 정의의 이름으로, 여러분들의 이름으로 외로이 싸웠던 것입니다. 그러자 그들은 자기들의 아픈 곳을 꼬집히자 나를 배덕자로 몰아세웠고, 이교도란 이름으로 결국은 수도원에서 쫓아냈던 것입니다. 그래서, 나는 결심하였습니다.

여러분들과 고통을 나누어 받기 위해서, 여러분들과 피를 섞기 위해서 이곳에서 용감하게 살아가겠다고 말입니다. 그런데 여러분들은 여러분들의 권리와 재산을 약탈하여 자기들만 편안하게 배불리 먹고 사는 여러분의 억압자들에게 나를 결박 지어 넘겨주었습니다. 바로 여러분의 피를 마시는 자들에게 말입니다.

여기 모이신 노인들 가운데는 스스로 경작하여 얻은 수확물이나, 노인 어른인 아버지께서 거두어들인 곡물 등을 군주들이 칼을 들이대고, 법이라 하며 강제로 탈취한 사실들을 잘 알고 계시는 분은 안 계신가요?

여러분들은 수도승들이 성직자라는 미명 아래 성스러운 시편을 읊조리면서 여러분들의 조상들로부터 토지와 그 많은 포도를 빼앗겼다는 소리를 듣지 못하였습니까?

성직자와 권력층의 사람들이 여러분들에게 복종과 굴욕을 강요하며 여러분들 가슴 속의 피를 흘리도록 공모했다는 사실을 모르십니까?

성직자라는 사람이 여러분들 중 어느 한 분에게라도 자기 앞에서 고개를 숙이지 않도록 겸손을 보인 자가 있습니까? 더구나 어느 여자분이든 그에게 희롱을 당하지 않은 여인들이 있다면 말씀해 보십시오. 거기다 그의 뜻에 복종하지 않은 분은 한 분도 없을 것입니다.

여러분들은 하나님께서 이 땅의 최초의 인간에게 뭐라고 말씀하셨는지 익히 들어왔습니다. '그대 얼굴의 땀으로 빵을 먹으라'라고 말입니다. 그렇다면, 군주 아바스는 어째서 여러분들의 땀으로 반죽한 빵과 여러분들의 눈물로 빚은 포도주를 마실 수 있단 말입니까?

하나님께서는 아바스 군주를 태내에 있을 때부터 만능의 지위를 주셨나요? 하나님께서는 여러분들의 원죄에 분노하시어 그 벌을 주시느라 여러분을 계곡에 퍼져 있는 엉경퀴만을 먹도록 하면서 들판의 과일이나 줍는 노예로 내보내셨다고 생각하십니까? 그렇지 않으면 여러분에게 다 허물어져 가는 오두막 집밖에는 살지 못하도록 하시고는 군주를 위한 화려한 궁전을 짓는 일만 주셨을까요?

여러분들은 나사렛 예수께서 말씀하신 것을 들으셨을 것입니다.

'너희들은 자유롭게 받을 수 있으며, 자유롭게 줄 수도 있다. 나를 위해 너희들의 지갑 속에 금도 은도 청동도 준비하지 말아라.'

그런데, 어떤 가르침이 수도승들과 성직자들에게 금이나 은을 위해서 기도를 팔도록 허용했을까요?

여러분은 밤의 정막 속에서 기도하였습니다.

'오, 하나님이시여! 오늘도 일용할 양식을 주셨듯이 내일도 주시옵소서.'

하나님께서는 여러분의 기도대로 여러분을 이 땅에 보내어 빵과 풍요로움을 주신 것입니다. 그런데, 그런 하나님께서 왜 수도원의 수도승들에게 힘을 주어 여러분의 빵을 훔치도록 하셨을까요?

여러분들은 몇 닢의 은화를 갖기 위해서 자기의 스승을 팔았던 유다를 저주하고 있습니다. 그러면서, 어째서 여러분들은 예수를 팔아 버린 유다를 축복하는 자들에게 칭송을 하게 되었습니까?

여러분들이 저주하는 사악한 인간 유다도 끝내는 자기의 죄를 후회하여 목을 매달고 죽었습니다. 그런데 그런 자를 좋아하는 이들이 여러분 앞에서 고개를 똑바로 쳐들고 걷고 있습니다. 최고급 옷을 해 입고, 값비싼 반지와 팔찌 등으로 요란하게 장식하고는 뽐내고 있습니다.

여러분들은 자식들에게 나사렛을 사랑하도록 가르쳤습니다. 그러한 여러분들이 어떻게 하나님을 증오하고 그의 율법과 가르침을 거역하는 자들을 존경하라고 가르치고 계십니까?

여러분들은 예수와 그의 사도 성인들의 성스런 영혼 안에서 살아가면서 그것을 위해선 죽음도 두려워하지 않았습니다. 그러나 여러분들은 성직자들과 수도승들이—참 되지 못한 이들—여러분 자신의 노력의 대가로 즐기며 살 수 있도록 스스로 여러분의 영혼을 죽여 왔던 것도 사실일 것입니다.

여러분들에게 비천과 경멸에 시달리게 만든 자는 누구이며, 또 여러분들을 조상의 무덤 앞에서 거짓과 기만에 가득 찬 영상에 굴복시키는 것은 무엇입니까? 여러분들이 굴복함으로써 얻은, 자손에게 물려줄 보물이란 도대체 어떤 것입니까? 또 무엇을 얻었습니까?

여러분의 영혼은 하나님이 아닌 성직자라는 자들의 손아귀에 쥐어져 있고, 여러분의 육체는 권력자에 억압되어져 있습니다. 그러므로 여러분들의 가슴은 슬픔과 절망의 암흑 속에 놓여져 있는 것입니다.

도대체 무엇이 여러분들을 이러한 인생으로 살아가도록 이 끌어 왔으며, 이런 삶만이 우리의 선택된 삶이라고 말하도록 만들었습니까?

오, 가련한 형제들이시여! 여러분들이 두려워하며, 여러분들의 영혼의 신성한 비밀 속에 보호자로서 받들고 있는 그 성직자들이 누구인가를 알고 있습니까?

자, 제 말을 들어보십시오. 그러면 저는 여러분들이 느끼고는 있으나 폭로하는 것을 두렵게 여기는 죄악들을 밝혀 보겠습니다.

그자들은 예수의 사도들이 엮어 놓으신 성경 말씀에 철저한 역행자이며, 진실된 신도들을 암흑으로 끌어들이고, 신도들이 예수께 드리려는 소유물을 낚아채는 데 성경을 그물로 이용하는 자들입니다.

가장 거룩한 성의聖衣를 입고서 행동은 날카로운 창으로 어질고 착한 신도들의 머리 위에 높이 치켜드는 위선자입니다. 자신의 목을 내밀고 있는 약한 사람들에게 고삐를 씌우고, 무쇠 같은 손으로-무력으로-꼭 쥐고는 어진 이들이 진흙 부스러기처럼 부서져 먼지로 흩날리기 전에는 놓아주지 않는 탄압자들입니다.

그들은 수많은 양 떼들이 평화롭게 잠드는 보금자리인 울타리 안에 한 마리의 양으로 믿도록 만든 후 양 떼 속으로 들어가는 가증스런 늑대나 이리인 것입니다. 그리하여 어둠이 깃들 무렵이 되면, 차례차례로 양 떼를 습격하는 이리와 같은 존재인 것입니다.

그는 제단보다도 잘 차린 음식상을 좋아하는 탐욕자입니다. 또한, 악마들의 동굴 속까지라도 한 닢의 은화銀貨를 주우려 거침없이 들어가는 탐욕자인 것입니다.

그들은 마치 사막이 빗방울을 빨아들이듯 자기를 예수의 사도로 믿고 찾은 신도들의 피를 빨아먹는 흡혈귀와 같은 자입니다. 탐욕스러운 자들로서 자신들의 욕구를 만족시키기 위해 부를 축적하는 자입니다. 그는 갈라진 벽 틈으로 들어가 집이 쓰러질 때야 기어 나오는 바퀴벌레와 같은 자들입니다.

몹시 가난한 이들의 때 묻은 돈과 불쌍한 고아들의 코 묻은 돈을 갈취하는 강철 심장의 인간쓰레기들입니다.

그들은 독수리의 부리와 표범의 발톱, 하이에나의 송곳니, 살모사의 혀를 가진 악랄한 괴물입니다.

자, 그러한 그들의 책을 빼앗은 다음, 그들의 의복을 낚아채고, 그들의 턱수염을 뽑아 버리십시오. 여러분 뜻대로 그들을 처리하고 나서 그들을 놔주며 손바닥에다 동전 한 닢을 놓아 주십시오. 그러면 여러분들을 박해하지 않고 사랑에 가득 찬 마음으로 미소를 보낼 것입니다.

그들의 뺨을 세게 올려붙이고, 그들의 얼굴에 침을 뱉고, 욕망으로 더럽혀진 그들의 육체를 발로 짓밟고 나서 그들을 여러분의 식탁 앞에 앉혀 보십시오. 그러면 그들은 지금까지의 모든 일을 잊어버리고 무한히 행복해하며 자신들이 꽉 졸라맨 혁대를 느슨하게 풀 것입니다. 더욱이 술과 음식을 주어 배를 불려준다면 얼마나 행복하게 여기는 줄 아십니까?

그들의 신의 이름을 모독하고, 그들의 신앙을 비방하고, 그들의 신앙심을 조롱하고 나서 한 병의 포도주나 한 바구니의 과일을 그들에게 보내 보십시오. 그러면 그들은 여러분을 용서할 것이며, 신과 사람들 앞에서 여러분의 결백을 소리쳐 외칠 것입니다.

그들이 여인을 보면 얼굴을 돌리면서 외칠 것입니다. '물러가라, 바빌론의 딸들아!' 그러나, 그들은 속으로 말할 것입니다. '결혼은 불바다보다 좋은 것이다.' 그들은 젊은 남녀가 고개를 들어 하늘을 바라보지도 않은 채 사랑의 행렬을 지어 걸어가는 것을 보면서 외칠 것입니다. '헛되고 헛되니, 모든 것이 헛되도다.' 그러나 자신이 홀로 있을 때 그들은 한숨을 쉬며 이야기할 것입니다. '이 전통과 관습, 나로 하여금 인생의 즐거움을 쫓아 버리고 존재의 기쁨마저 거부하도록 하는 이 전통과 관습들……'

그들은 여러분들에게 심판받지 않으려거든 심판하지 말라고 설교합니다만, 그들은 자신들을 혐오하고 비웃는 이들을 거칠게 심판하며, 그의 영혼을 지옥에나 떨어지라고 힐난하면서 눈은 하늘을 쳐다보며 생각은 여러분들의 주머니를 살모사와도 같이 노리고 있습니다.

그들은 여러분들을 '내 아들들아!'하고 부르나, 그들은 아버지의 진실된 사랑을 느끼지 못하고 있으며, 젖먹이와 어린이들을 웃음으로 대하여 주는 것은 의무적인 것으로 생각하나 따뜻한 손길과 어깨로 무등을 태워 줌과 같은 자상함은 없습니다.

그들은 경건하게 머리를 숙이고 여러분에게 말합니다. '인생이란 안개와도 같이 스러져가는 것이므로, 우리들 스스로는 세속적인 일보다 더 높은 곳으로 올라갈 수 있는 일을 하면서 살아가도록 합시다. 어둠 속에서 나날을 보내지 않도록 합시다.' 그러나, 여러분들은 잘 아실 것입니다. 그렇게 말하는 그들이 얼마나 재빠르게 세속의 물질을 추구하고 있는가를 보셨을 것입니다.

지나간 어제에 대한 비탄, 오늘의 덧없음에 대한 공포, 다가오는 내일에의 기대감, 그들은 여러분들에게 기부금을 요구합니다. 그러나, 그들은 여러분들보다 훨씬 부유합니다.

여러분들이 비참한 이들에게 자선을 베푼다면, 그들은 여러 사람들 앞에서 여러분들을 축복해 줄 것입니다. 그러나, 여러분들이 만약 자선을 베풀기를 거절한다면, 그들은 뒤에서 여러분들에게 심한 저주를 퍼부을 것입니다.

성역 안에서 그들은 가난한 이들—여러분들보다 더 비참함—을 여러분에게 위탁시키면서도 자기들의 집 주위에서 굶주림에 허덕이는 이들과 죽음의 절망 속에서 마지막 구원의 손길을 내미는 이들을 보려고 하지도 않습니다.

그들은 기도를 물건처럼 팔고 있으며, 사지 않는 자는 하나님과 자기들의 신의 적으로 몰아붙이면서 축복 내리는 것을 방해하고 있습니다. 이런 엉터리 예수 추종자들은 여러분에게 두려움만을 안겨다 주는 자들입니다.

이런 자들이 바로 여러분들의 피를 빨아먹고 있는 저 훌륭하다는 수도승들인 것입니다. 이런 자들이 바로 오른손으로 성호를 그으면서 왼손으로는 여러분 가슴을 꽉 움켜쥐고 있는 바로 성직자들인 것입니다. 이자들이 바로 여러분들을 노예로 만들고, 자신들이 주인이 된 것처럼 행동하는 교회의 성직자들인 것입니다. 바로 그들이 여러분들께서 성인으로서 미화시켰던 악마, 악마로 탈바꿈한 자들입니다.

여러분께서 그들을 보호자로 떠받들고 무거운 멍에를 스스로 만든 것입니다. 그자들이 여러분께서 이 지구상에 태어나서 저 무한한 곳으로 되돌아갈 때까지 여러분들의 영혼을 따라다니는 그림자입니다.

오늘 나를 이렇게 끌고 와서 재판을 하고, 내 영혼이 여러분들을 사랑했고, 여러분을 형제라 불렀고, 여러분들을 구원하기 위해서 십자가에 못 박히신 나사렛 예수님의 적에게 대항했다는 이유로 나를 추방시켰던 바로 그자입니다."

칼릴은 자기 주위에 모여 있는 마을 젊은이들의 얼굴에 감동의 표정을 만들게 하였고, 청중들의 가슴 속에 성령의 깨달음을 일깨워 주어, 감명을 받은 수많은 얼굴들을 볼 수 있었다.

그는 목소리를 드높여 다음 말을 계속하였다.

"형제 자매들이여! 잘 들으시기 바랍니다. 아멜 아멘 알세 하비는 아바스를 이 마을의 통치자로 임명하였고, 또 그 통치자는 이 신의 관리자로 아멜을 임명하였습니다. 그러나 여러분들은 이 땅 위에 군림하는 통치자를 만든 신을 보신 적이 있습니까?

여러분들은 형체로써 그 무한한 힘의 소유주이시고 만물의 창조주이신 분을 보지도 못했으며 말하는 것을 듣지도 못하였습니다. 그러나 여러분들은 마음속 깊숙히 그 존재를 느끼고 있으며, 그 앞에서 경건하게 기도로써 고개를 숙이고는 이렇게 말하고 있습니다!

'하늘이 내리신 우리 아버지시여!'

여러분들의 성스러운 아버님은 왕과 군주를 임명하실 수 있습니다. 그분은 모든 것을 다 하실 수 있는 분이니까요. 그러면, 여러분들은 여러분을 사랑하며, 여러분들로 하여금 자신의 말씀에 따라서 진리의 길로 걷도록 가르쳐 주신 여러분들의 아버님이 여러분들을 잘못 인도하시고, 여러분들을 억압하도록 한다고 믿습니까?

여러분들은 비를 내리셔서 꽃을 피게 하시고 곡식을 무르익게 해 주시는 그 무한한 창조주께서 여러분들을 굶주림에 시달리게 하고 경멸을 받게 하시며, 여러분들 중의 어느 한 사람에게만 만족시키고 으시대도록 만드셨다고 믿고 계십니까?

여러분들은 여러분들의 몸속에서 아내를 사랑하도록 하며, 아이들에게 자상하게 하며, 형제들을 이끌어 주려는 마음을 주시는 성령에 충만하신 분께서 여러분들을 압박하고, 나날을 노예로서 비참하게 살도록 그 무자비한 군주에게 넘겨주시었다고 믿고 계십니까? 여러분으로 하여금 존재한다는 작은 빛을 사랑하게끔 해 주신 그 신의 율법이 여러분을 죽음의 구덩이 대신에 사랑의 빛을 비추는 이에게 보내셨다는 점을 믿고 계시겠지요.

여러분들은 대자연이 여러분들의 육신이 연약해지는 것을 방지하며 건강을 준다는 것을 믿고 계시는지요? 그런데 여러분들은 그것을 믿지 않습니다. 여러분들이 느끼고 깨달으면서 겪어왔듯이 그런 것들은 모두 신에 의해 창조되었습니다. 그런데도 믿지 않는다는 것은 여러분들이 창조주의 위대함을 부정하는 것이며, 우리 모두를 빛내주시는 진리의 빛을 믿지 않는다는 증거입니다.

그렇다면, 무엇이 여러분에게 여러분의 영혼으로 하여금 거부하고 싶은 나쁜 사물을 도우도록 혼란시키는 것일까요?

왜 여러분들을 자유인으로써 이 땅에 보내주신 하나님의 뜻을 두려워하고, 하나님의 율법을 거역하는 자들의 노예가 되었습니까? 왜 여러분들은 전지전능하신 하나님을 우러러보며 그분을 '아버지'라고 부르면서 약하디약한 이들에게 고개를 숙이며 주인님이라고 부르는 것입니까?

어떻게 하나님의 아들인 인간들끼리 노예가 되고 주인이 될 수 있단 말입니까? 예수께서도 '형제들이여, 자매들이여!'하고 말씀하시지 않았던가요.? 그런데, 아직도 아바스 군주는 여러분들을 시종이라 부르고 있습니다.

예수께서는 여러분들의 영혼을 진리를 탐구하는 자유인으로 만들지 않았던가요? 그런데, 아직도 아바스 군주는 여러분들을 치욕과 부패의 노예로 만들고 있습니다.

예수께서는 여러분을 위해 하늘을 보며 꿋꿋이 십자가에 매달리시지 않으셨나요?

그런데, 여러분들은 왜 땅바닥보다도 더 속으로 들어가려는 것처럼 몸을 숙이고 있습니까?

예수께서는 여러분들의 가슴 속에 빛을 주지 않으셨나요? 그런데 여러분들은 어둠의 심연 속에 깊이 빠져 있습니다.

예수께서는 낮과 밤을 찾을 수 있는 지식과 아름다움을 널리 퍼지게 하는 횃불이 되도록 여러분의 영혼을 이 땅에 내려보내셨습니다. 그런데 아직도 여러분들은 그 횃불을 한 줌의 재로 덮어 버리고는 그 불빛마저 꺼버렸습니다.

예수께서는 여러분에게 사랑과 자유의 왕국을 날 수 있도록 여러분의 영혼에 날개를 주셨습니다. 그런데, 어째서 여러분들은 그 날개를 자신의 손으로 꺾어 버리고는 벌레와도 같이 이 억압의 땅 위를 기어 다니고 있는 겁니까?

예수께서는 여러분의 가슴 속에 행복의 씨앗을 심어 주셨는데도, 어째서 여러분들은 그 씨앗을 끄집어내서 갈까마귀가 쪼아먹도록 바람에 흩뿌리어 멀리 던지고 있습니까?

예수께서는 여러분의 자식들에게 진리의 길을 보여 주도록…… 자식들의 가슴에 인생의 기쁨을 가득 채우도록……, 바램 없는 인생의 즐거움을 유산으로 남길 수 있도록 여러분들을 하나님의 아들딸로서 인정하셨습니다. 지금까지 여러분들은 허송세월을 보내왔으며, 여러분들의 자식들을 생명의 손안에서 죽음의 절망으로 떨어뜨려 놓고 있습니다.

자신의 어린 아들이 빵을 달라고 할 때, 돌멩이를 주는 자와 같이 자유롭게 태어난 아들을 노예로 팔아넘기는 비정한 아버지가 이 제상에 또 있을까요? 여러분들은 들판 위의 맑은 하늘을 날으는 새들이 어린 새끼에게 날으는 법을 가르쳐 주는 것을 보지 못하였습니까?

그런데, 어째서 인간인 여러분들은 자식들에게 억압의 쇠사슬에 매여 끌려다니도록 가르치는 것입니까?

여러분들은 저 깊은 계곡에서 피어나는 꽃들이 양지바른 땅 속에 자기 생명의 씨앗을 품고 있는 것을 보지 못하였습니까?

그러나 만물의 영장인 여러분들은 자신의 귀한 자식들을 암흑과 추위에 내버리는 비정한 일을 저지르지는 않았습니까?"

칼릴은 잠시 숨을 가다듬고 자신의 생각과 철학, 한없이 폭발하는 감정의 불꽃을 억제하려는 듯이 입을 다물었다.

그의 맑은 사념과 끓어오르는 정의의 크나큰 용기가 십자가 위에 매달린 나사렛 예수의 영광처럼 자신을 불태우고 있음에 스스로 놀라지 않을 수 없었다.

잠시 후에 다시 차분한 목소리로 말을 이어 나갔다.

"이 추운 겨울밤에 여러분들이 귀를 기울여 듣고 있는 제 이야기가 죄라 하여 저를 수도원에서 쫓겨나게 했던 것입니다. 그리고 여러분들의 가슴 속에 감동을 느끼도록 해 준 하나님의 영혼의 불꽃이 여러분들 앞에 결박당한 채 끌려오게 했던 것입니다.

여러분들이 받들어 모시는 군주나, 여러분 교회의 성직자라는 이들이 나를 때리고 고문에 의해 쓰러진다 해도 나는 기쁘게 죽을 것입니다. 그것은 폭군에 의해서, 이런 거짓스런 목자에 의해서 그릇된 죄악의 심판을 받았다는 그 아픈 진실을 여러분들에게 똑똑히 폭로시켰기 때문에, 저는 죽는 것이 기쁜 것입니다. 바로, 이 점이 창조주이신 우리 하나님의 뜻을 따른 것이라고 믿고 있기 때문입니다."

칼릴의 맑은 목소리는 장님이 기적적으로 다시 눈뜰 때와 같은 놀라움과 경이로움을 그곳에 모였던 사람들에게 주었다.

여인네들은 그의 성령에 찬 음성에 몸을 떨었으며, 눈에는 눈물이 괴었다.

그러나, 군주 아바스와 사제 일리아는 분노에 치를 떨었다. 두 사람은 어떻게 하든 칼릴의 말문을 막으려 하였으나 그럴 능력이 없었다.

젊은이는—칼릴—강할 때는 폭풍우와도 같이, 부드러울 때는 산들바람과도 같이 신비로운 힘으로 군중들의 마음을 완전히 사로잡았던 것이다.

칼릴은 이야기를 조용히 끝내면서 조금 뒤로 물러서서는 라헬과 마리암과 어깨를 나란히 하고 섰다.

깊은 침묵이 흘렀다.

젊은이의 깊은 가슴속에서 우러나는 신앙심이 넓은 마당 위에 성령으로 떠다니며, 모여있던 마을 사람들의 메마른 영혼에 불을 질렀고, 아바스 군주와 사제 일리아에게 탄압되어 마비된 이성과 사고의 능력을 되찾기 시작한 마을 사람들은 착잡한 심정으로 먼 허공에 시선을 던졌다.

그때 아바스 군주가 노래진 얼굴을 잔뜩 찌푸린 채 지리에서 벌떡 일어나서는 칼릴의 주위에 서 있는 마을 사람들에게 큰 소리로 꾸짖었다. 그 특유의 쉰 목소리는 악에 받쳐 발악하는 것 같았다.

"양과도 같은 너희들을 괴롭히는 저자의 말을 듣지 말아라. 거짓으로만 뭉쳐진 이단자 녀석이 너희들 가슴 속에 독약을 넣어서, 몸과 마음을 마비시키는 저 녀석을 갈기갈기 찢어 버릴 수 없단 말이냐? 저 악마와 같은 놈이 악마의 힘을 빌어 너희들의 영혼을 묶어 놓고 그것도 모자라 마술로 너희들의 육체를 묶어 버리려는 것을 아느냐?"

대노하여 소리치는 아바스 군주는 옆에 있던 창을 들고 묶여 있는 칼릴을 꿰뚫어 버리려고 하였다.

그때 사람들 틈에 끼어 있던 한 건장한 젊은이가 앞으로 뛰어나오면서 힘있게 소리쳤다.

"군주시여! 창을 거두소서. 칼로 일어선 자 칼로 망하는 법이옵니다."

아바스 군주는 그 말에 몸을 떨면서 소리쳤다.

"시중인 네가 너의 군주이자 은인의 말을 거역하려 하는 거냐?"

그러자 그 사나이가 대답했다.

"충성스런 하인은 악마의 행동을 하기 위해 자기 주인의 말을 거역하지 않습니다. 지금 저 젊은이는 다만, 우리들 앞에서 진실을 말했을 뿐입니다."

그러자 또 다른 사람이 나서며 말했다.

"이 젊은이는 박해를 받고 심판을 받아야 할 그 어떤 말도 하지 않았습니다."

그때 나이 많은 부인이 목소리를 높여 말했다.

"저 젊은이는 자기의 신앙을 거짓 없이 말했으며, 말하는 중에 하나님의 이름을 조금도 욕되게 하지 않았습니다. 그런데, 어째서 군주와 사제는 그를 이단자라고 몰아세우나요?"

지금까지 조용하게 서 있던 라헬이 용기를 내서 앞으로 나서며 말했다.

"정말입니다. 이 젊은이는 우리의 입을 대신해서 우리들의 요구와 그 정당함을 말했을 뿐입니다. 이 젊은이를 악마로 몰고자 하는 자야말로 바로, 우리의 적인 것입니다."

아바스 군주는 이빨을 갈면서 악을 썼다.

"이 망할 년의 과부야. 네가 나를 배반하느냐? 5년 전에 네 남편이 나에게 대항했다가 당한 일을 벌써 잊어버렸단 말이냐?"

이 말이 끝나자, 라헬은 무서운 비밀에 부딪힌 사람처럼 몸을 떨면서 고통스럽게 울부짖었다. 그녀는 얼굴을 마을 사람 쪽으로 돌리며 큰 소리로 말했다.

"여러분들은 분노 때문에 자기의 죄악을 스스로 폭로하는 이 살인자의 말뜻을 잘 아셔야 합니다. 내 남편이 들판에서 시체로 발견됐을 때 여러분들은 살인자를 찾아 헤매였으나 허사였습니다. 바로 저자가 벽 뒤에 숨어 있었기 때문에 찾지 못했던 것을 기억하셔야 합니다.

여러분들은 내 남편이 아바스의 비행을 폭로하고 그의 행동을 나무라면서 그의 잔인함에 대항했던 사실들을 아시겠지요? 지금 우리의 하나님께서는 여러분의 형제이며, 이웃을 살해한 살인자를 여러분들에게 밝히셨으며, 여러분 앞에 그자를 끌어 내왔습니다.

여러분들은 아바스를 잘 보세요. 그러면 그의 노랗게 질린 얼굴에 쓰여진 속을 읽을 수 있을 겁니다. 어떻게 이 자가 두려워하며 불안해하는가를 보세요. 여러분들 모두는 이 자가 자기를 바라보는 여러분들의 눈동자를 보지 않기 위해서 두 손으로 자기의 얼굴을 어떻게 감추는가를 살펴보시기 바랍니다.

부러져 버린 갈대처럼 떨고 있는 저 폭군을 잡아야 합니다. 저 권력자는 마치 큰 죄 지은 노예처럼 여러분들 앞에서 두려움에 떨고 있습니다. 지금 이 순간 하나님께서는 여러분들이 두려워하는 저 살인자에게 모든 것을 보여 주시고 계십니다. 저를 여러분들의 부인네와 다르게 한 명의 과부로 또 내 딸을 여러분들의 아이들 사이에서 고아로 만든 저 악마의 죄를 폭로시켜 주시고 계신 것입니다."

라헬이 무서운 기세로 아바스 군주의 죄악을 힐난하는 동안, 모여있던 마을 사람들의 고함 소리와 비명 소리는 주위의 모든 것을 뒤집어 버릴 것 같은 힘으로 출렁이기 시작하였다.

사제는 자리에서 일어나 군주의 팔을 잡아당겨 자리에 앉혔다. 그리고는 떨리는 목소리로 관리인에게 고함을 질렀다.

"흉악한 거짓말로 너의 군주를 모함하는 저 여자를 체포해서 이 이교도와 함께 지옥처럼 어두운 감옥에다 넣어라. 누구든지 너희들을 방해하는 이들은 악마와 같으므로 이 젊은 놈이 성스러운 교회에서 쫓겨났듯이 파문을 당할 것이다. 어서 체포하여라."

그러나 관리들은 아무도 움직이려고 하지 않았으며, 사제의 명령은 듣지도 않을 모양이었다. 그들은 그저 결박당한 채 서 있는 칼릴과 성녀처럼 조용히 분노하고 있는 라헬과 마리암을 바라보면서 몸을 움직이지 않고 그 자리에 서 있었다.

라헬과 마리암은 한 쌍의 날개처럼 공기를 헤치고 하늘로 날아갈 듯이 칼릴의 왼쪽과 오른쪽에 서 있었다. 사제는 분노로 턱수염을 부들부들 떨면서 관리들에게 말했다.

"너희들은 이교도인 젊은이와 거짓말을 늘어놓는 여자를 위해서 부끄럽게도 너의 주인의 은혜도 잊은 채 명령을 거역하려는 거냐?"

그러자 관리들 중에 가장 나이 많은 이가 나서며 말했다.

"우리는 먹을 것과 잠잘 것 때문에 아바스에게 고용 당해 일은 했지만, 결코, 우리는 그의 노예가 아니라오."

하고 말했다.

이렇게 말을 끝내자마자, 그는 쓰고 있던 모자와 입고 있던 관복을 벗어서 아바스 군주 발밑으로 내던지며 다시 말했다.

"나는 이 옷과 모자 때문에 나의 진실이 이 피비린내 나는 장소에서 죄를 지으며 고통스럽게 머무르고 싶지 않습니다."

그러자 또 다른 관리가 그를 따라서 옷과 모자를 벗어 팽개치고는 자유와 해방의 빛이 가득 찬 얼굴로 마을 사람들 틈에 끼었다.

일리아 사제는 관리들이 하고 있는 행동을 보면서, 자신의 지위도 끝났다는 것을 알고, 칼릴이 마을에 들어설 때부터 저주를 받던 군주의 관저에서 황급히 빠져나갔다.

마을 사람들 중에 한 사람이 칼릴의 결박한 줄을 풀어 주었다. 칼릴은 죽은 사람처럼 의자에 축 늘어져 있는 아바스를 바라보면서 신념에 찬 음성으로 말했다.

"당신이 죄인이라고 심문하고자 포승으로 결박 지어 끌고 온 여기 서 있는 젊은 저는 여러 사람들에게 어둡기만 했던 마음에 빛을 전하고, 가려졌던 두 눈으로 진리와 올바름을 볼 수 있도록 한 역할만을 했을 뿐입니다. 또한, 당신이 거짓말쟁이라고 호통치던 이 가련한 과부는 5년 전에 지은 당신의 죄악을 우리들에게 알려 주었습니다. 우리들은 무고한 재판과 공평한 것에 박해를 가하는 진상의 현장을 보기 위하여 이곳으로 왔다가 하늘이 당신의 죄악과 당신의 부당함을 보았던 것입니다. 이제부터 이 마을 사람들은 당신을 가까이하지 않을 것이며, 그리하여 당신은 고독하게 될 것입니다. 우리는 당신을 오직 하늘의 뜻대로 대할 것입니다."

군주의 집 넓은 마당 이곳저곳에서 남녀의 목소리가 떠들썩하였다.

"자! 여러분, 어서 이 죄악의 장소에서 떠납시다."

또 다른 사람이 말했다.

"이 젊은이를 따라 라헬의 집으로 가서 그의 지혜에 가득 찬 이야기를 들어봅시다."

그러자 다른 사람이 외쳤다.

"우리들보다 칼릴이 지금부터 우리들이 해야 할 일이 무엇인가를 잘 알고 있을 테니, 그가 하자는 일을 무엇이든지 합시다."

그러자 한 사람이 나서며 말했다.

"만약 우리의 정당성을 보여야 한다면, 내일 아침 아바스 군주의 윗사람에게 가서 그의 죄악을 고하고, 그의 저벌을 요청합시다."

그러자 다른 사람이 말했다.

"우리는 칼릴을 우리 마을의 군주로 임명해 줄 것을 건의하여야 됩니다."

또 다른 사람이 말했다.

"우리는 주교님께 일리아 사제가 아바스 군주와 결탁하여 저지른 모든 죄를 고하여야 합니다."

이렇게 사방에서 터져 나오는 외침 소리 하나하나가 아바스의 놀란 가슴에 화살처럼 꽂혀 고통을 주었다.

칼릴은 손을 들어 마을 사람들을 조용하게 만든 뒤, 진실에 찬 당부의 말을 했다.

"형제 자매들이시여! 서두르지 마시고 좀 더 자세히 우리들의 주위를 살펴보고 이야기를 합시다. 여러분들에 대한 진실된 믿음의 이름으로 저는 여러분들이 통치자에게 가지 말기를 간청합니다. 그는 아바스에 대해 공정한 죄를 심판해 주지 않을 것입니다. 그건 야수가 자기 종족을 물어뜯지 않는 것과 같은 이치입니다. 또한, 대주교님께 일리아 사제에 대한 불평도 단념하시기 바랍니다. 그 주교 역시 내분이 일어난 집은 멸망할 뿐이라는 것을 잘 알고 있기 때문입니다.

또한, 아바스 대신 나를 이 마을의 군주로 임명해 줄 것을 건의도 하지 마십시오. 충성심 있는 시종이란 사악한 폭군을 돕는 것을 원치 않기 때문입니다. 만일 제가 여러분들의 사랑과 애정을 받을 자격이 있다면, 나로 하여금 여러분들과 함께 살도록 해 주시고, 여러분들과 즐거움을 같이 나누도록 말해 주십시오. 그리하여, 여러분들과 함께 슬픔을 나누며 들에서 일하게 하고 쉬도록 하여 주신다면 저는 만족합니다.

지금부터 여러분들과 함께 행동을 하지 않는다면 이제까지의 제 이야기는 올바른 것을 말씀드린 것이 아니라, 거짓으로 죄악을 행하도록 한 것이 됩니다. 여러분들과 저는 지금까지 하지 못했던 일을 용감하게 해냈습니다. 저 하늘의 태양을 밝게 하시고 또 흐리게 하시는 하나님 앞에 폭군 아바스를 남겨두고, 스스로의 양심에 따라 행동할 것을 바라고 우리들은 집으로 돌아갑시다."

칼릴이 집으로 향하자 마을 사람들 모두가 그의 뒤를 따랐다. 마치 그에게 있는 신비한 힘이 이 가난한 사람들에게 미래의 꿈을 제시하여 주듯이……

아바스는 패배의 슬픔에 잠긴 채 요새인 자기 집에 패배한 사령관처럼 남아 있어야 했다. 마을 사람들이 교회 앞마당에 다다랐을 때 달은 하늘 높이 밝게 떠 있으며, 세상을 온통 은빛으로 물들이고 있었다.

칼릴은 마을 사람들 쪽으로 돌아서서 순한 양 떼들이 양치기를 쳐다보는 것처럼 자신을 보고 있는 많은 사람들의 얼굴을 보았다. 그 순간, 그는 자기 가슴 깊숙이 와 닿는 뭉클한 벅찬 감동에 전율해야만 했다.

칼릴은 억압당하고 착취당한 가난에 찌든 마을 사람들과 비참함과 비탄에 잠긴 이 땅의 상징인 눈에 덮인 초라한 오두막집들을 하염없이 바라보았다.

칼릴은 마치 이 시대의 고통에 울부짖고 있는 소리를 듣는 예언자처럼 서 있었으며, 그의 표정은 차츰 변하기 시작했다. 그의 두 눈은 자기의 영혼을 통하여 사람들이 계곡을 가로지르며 노예처럼 묶인 쇠사슬을 질질 끌고 동쪽으로 행진하는 비참한 모습을 보는 것처럼 눈을 크게 뜨고는 고통스러운 표정을 짓고 있었다.

칼릴은 하늘을 향하여 두 손을 치켜들고는 성난 바다의 파도 소리와 같이 외쳤다.

"이 깊고 깊은 곳에서 당신의 음성을 듣고자 합니다.

자유여! 자유의 신이여! 우리의 이야기를 들으소서.

이 어두움 속에서 우리는 당신의 손길을 구원합니다. 우리를 보살펴 주옵소서. 이렇게 눈 위에 엎드려 당신께 빕니다. 우리를 보호하여주십시오. 당신의 경이로운 왕좌 앞에 우리는 서 있습니다.

우리가 입고 있는 남루한 옷에는 선조들의 피로 얼룩져 있습니다. 우리의 머리에는 죽은 자의 먼지와 살아 있는 자의 먼지로 가득 차 있습니다.

또 살아 있는 자의 가슴을 찌른 창도 가지고 있습니다. 우리들의 자유로운 발걸음을 묶던 쇠사슬을 아직도 풀지 못한 채 가지고 있습니다. 상처 입은 고통은 울부짖음으로 메아리치고 있습니다. 어두운 감옥에 갇혀 있는 이들이 통곡하는 비통한 소리가 들려오고 있습니다. 압박과 고통을 받는 이 핍박받은 민중의 간절한 소망의 기도를 저버리지 마시고 귀를 귀울여 주십시오.

오, 자유여! 나일강에서 유프라테스강까지 지친 영혼들의 고통에 찬 울부짖음이 천지를 진동하고 있습니다. 삶의 불안과 죽음의 공포가 아라비아의 제일 끝에서부터 레바논의 산에 이르기까지 퍼져 있습니다. 피맺힌 눈물로 얼룩진 눈들이 걸프

만에서 사막의 제일 가장자리에 이르기까지 당신을 우러러보고 있습니다.

오, 자유여! 우리를 인도하여 주십시오. 가난과 비참함의 그늘에 서 있는 저 오두막집에서 그들은 헐벗은 채 당신 앞에 서 있습니다. 무지한 가슴에 희망을 기다리듯 어둠 속에 잠겨 있는 집안의 공허함이 당신 앞에 엎드려 있습니다. 거짓과 폭정의 안개 속에 갇혀 있는 참되고 약한 영혼들이 당신께 가까이 가려고 합니다.

오, 자유여! 우리들에게 자비로움을 베풀어 주시옵소서. 학교와 다른 배움의 터전에서 배우기를 포기한 젊은이들이 이제 당신과 이야기하기를 간절히 원하고 있습니다. 성경을 치워놓은 채 본래의 사명을 다하지 못한 성당과 교회와 사원에서 당신의 성령을 기다리고 있습니다. 또, 법정에는 율법이 무시당하고 저들이 만든 법이 선한 자를 조롱하고 있습니다.

오, 자유여! 자비를 갖고서 우리를 구원해 주소서. 우리의 이 좁은 골목길에서 상인들은 서구의 모리배들이 매긴 값싼 가격으로 물건을 빼앗기다시피 하나, 그 누구 한 사람 정당한 가격을 받도록 주선해 주는 자가 없습니다.

이 메마른 땅 위에서 농부는 자신의 손톱으로 흙을 일구어 그의 가슴으로 씨를 뿌리고, 눈물로써 물을 주고 있으나 가시덤불 외에는 아무것도 수확하지 못하고 있습니다. 그러나, 이 농부에게 그 부당함을 아무도 말하지 못하게 하고 있습니다. 이렇듯 메마른 광야에서 우리 베두인 민족은 맨발로 헐벗고 굶주린 채 걷고 있으나, 그 누구도 동정을 베풀지 않았습니다.

오, 자유여! 당신의 올바른 말씀을 들려주십시오. 우리를 가르쳐 주소서. 우리의 어린 양들은 잔디와 풀잎 대신에 산사나무에 붙은 가시풀과 엉겅퀴만을 뜯고 있습니다. 그리고, 우리들의 소들은 곡식 대신 나무뿌리를 뜯고 있으며, 우리들의 말들은 보리가 모자라 건초로 배를 채우고 있습니다.

오, 자유여! 우리에게로 와서 구원해 주소서! 왜냐하면, 시작의 고통은 우리들의 손을 덮고 있는 밤처럼 어둡습니다. 그러나, 새벽은 올 것입니다. 고통의 시간이 우리의 곁을 지나며 조롱하는 동안 우리의 육체는 이 감방에서 저 감옥으로 옮겨다녀야만 했습니다.

언제까지 우리는 이 고통의 조롱을 견디어야만 하는 것일까요? 세상 사람들이 멀리서 하나의 즐거움으로 우리의 가난을 비웃는 동안 우리의 목에는 무거운 멍에가 지워졌습니다.

얼마나 오랜 세월을 우리는 다른 민족의 멸시에 찬 웃음으로 괴로워해야 합니까? 우리들의 손과 발을 묶은 수갑은 아직도 우리를 구속하고 있습니다. 우리는 얼마나 오랫동안을 억압 속에서 살아야 하는 것입니까?

이집트의 노예에서 바빌로니아에 이르기까지, 페르시아의 잔인함과 그리스의 노예, 로마의 압제와 몽골의 압박과 유럽의 탐욕의 제물이 되었던 우리는 이제 어디로 가야 합니까? 언제나 우리는 이 험난한 길의 끝에 도달하겠습니까?

파라오의 손아귀에서 느부갓네살(Nebuchadnezzar : 605 ~562. 바빌론 왕)의 지배로, 알렉산더의 손과 헤롯의 무기, 네로의 발톱과 악마의 이빨로 상처투성이인 우리는 이제 또 누구의 손안으로 떨어져야 합니까? 그리고 죽음이 우리를 데리고 가 휴식을 찾게 해 줄 때는 언제입니까?

우리가 갖고 있는 팔의 힘으로 신의 영광을 예배할 사원의 기둥을 세우고 사원을 잘 지킬 수 있도록 벽과 탑을 세운 그 많은 모르타르와 돌을 우리의 등으로 날랐습니다.

우리 몸의 힘으로 그 이름을 영구히 남기도록 피라미드를 세웠습니다. 우리는 언제까지나 궁정과 저택을 지으면서 오두막 집과 동글 속에서 살아야 하는 겁니까? 그리고 또 언제까지 우리는 마늘과 부추만을 먹으면서 부유한 자들의 마대와 창고를 채워야 합니까?

언제까지 우리는 실크와 모로 천을 짜면서 우리 자신의 봄엔 누더기를 걸쳐야만 하는 겁니까? 그들의 사악함과 거짓으로 가정과 가정, 사회와 사회를 서로 반목케 하였습니다. 얼마나 오랜동안을 이 냄새 나는 시체들의 주위를 뛰는 굶주린 호랑이 새끼처럼 잔인한 폭풍우와 싸움 앞에 먼지처럼 우리는 흩어져 있어야 합니까?

그들은 자기들의 왕좌와 마음의 안정을 지키기 위해 이민족을 무장시켜 아랍에 대항케 했으며, 시아파 인들을 뒤흔들어서 西나이트 인들을 공격게 했고, 쿠르드 인들을 추켜 베두인 족을 학살케 했습니다. 또 마호메트 신자들은 기독교 신자들과 논쟁토록 하였습니다.

언제까지 우리의 형제들은 같은 어머니의 가슴 속에서 자란 형제를 학살해야 합니까? 또 언제까지 하나님이 보시는 앞에서 십자가는 레바논의 초승달처럼 동떨어져 있어야 하는 것일까요?

자유여! 우리의 말을 들어주소서. 모든 인간의 어머니시여! 우리를 똑바로 보아주십시오. 이제는 오직 한 사람의 언어로만 말을 하게 하여 주십시오.

하나의 작은 불꽃으로도 건초에 불을 붙이기에는 충분합니다. 당신의 날갯짓으로 우리 중의 한 남자의 영혼을 깨워 주십시오. 한 조각의 구름으로부터 번개가 치면 그 한 번의 번쩍임으로 계곡과 산꼭대기의 공간을 비추어 주듯이 당신의 힘으로 이 검은 구름을 흩어버리고 뇌우처럼 내려와 뼈와 해골에 놓인 저 왕관들—공물과 뇌물로 바친 금으로 장식되고 피와 눈물로 도금한—을 총으로 쏘듯 넘어뜨려 주십시오.

우리의 간절한 소망을 들어주십시오, 자유여. 오, 아테네의 여신이시여! 자비를 베풀어 주소서. 로마의 수녀님이시여! 우리를 구원하소서. 모세의 동행인이시여! 예수님의 신부여! 우리를 가르쳐 주소서. 우리의 마음과 몸을 늘 건강하게 하시어 우리를 편히 살게 하시던지, 아니면 적의 팔을 묶어서 우리로 하여금 멸하게 하여 영원히 평화롭게 쉬게 하여 주소서."

칼릴이 하늘의 신들을 이렇게 분개하고 있는 동안, 농부들의 시선은 온통 그에게로 집중되었고, 그들의 동족애는 그의 목소리에 멜로디처럼 젖어 들어 북받쳐 올랐다. 또 그들의 영혼은 그의 영혼과 함께 높이 높이 솟아올라 그들의 가슴과 가슴을 활짝 열어 놓았다. 이제 젊은 구도자 칼릴과 농부들의 영혼과 육체는 한 덩어리가 되어 서서히 타오르기 시작하였다.

다시 음성을 가다듬은 칼릴은 군중을 향해 나지막한 소리로 말했다.

"밤이 우리들로 하여금 군주 사익 아바스의 집에 모이게 한 것은 낮의 빛을 볼 수 있게 함이요, 이 깨끗한 한기 속으로 억압이 우리를 불러온 것은 우리가 서로를 이해하고 어린 가축들처럼 영원한 하나님의 날개 아래 모일 수 있게 합니다. 자, 이제는 이곳을 떠납시다. 우리들의 침대로…… 내일 우리의 형제를 다시 만날 준비를 다 할 수 있도록 말입니다."

이렇게 말하고 나서, 그는 라헬과 마리암의 뒤를 따라 그들의 오두막집으로 갔다. 다른 사람들도 각자 자기의 집을 향해 흩어졌다. 그들은 그가 보고 들은 것에 대해 생각하고 그의 감동 어린 이야기에 힘입어 삶에 부드러운 감촉을 느꼈다.

한 시간쯤 지나자, 오두막집들의 불빛이 꺼졌다. 침묵이 마을 위에 베일을 두르고, 꿈이 농부들의 영혼을 날라가 버렸다. 사익 아바스의 영혼만이 밤의 모습과 함께 잠을 이루지 못하고, 그의 죄 앞에 떨며 고통받고 있었다.

VII

두 달이 지났다. 칼릴은 계속 마을 사람들의 가슴에 자기의 영혼 속에 감추어진 비밀을 쏟아놓았다.

그들의 권리를 빼앗은 나날을 이야기하고, 그들에게 야망을 품은 승려들의 거짓된 삶을 폭로하며, 그들의 난폭한 통치자들에 관해 이야기하고, 많은 육체를 결속시키는 법률에 대한 평등 속에 그들과 자신 사이에 강한 연대 의식을 심어 주었다.

그들은 메마른 땅이 빗물을 즐기듯이, 그의 말을 기쁘게 들었다. 그들은 그가 한 말들을 되풀이하게 하고 그 의미가 영혼이라 믿으면서 사랑의 육체로 그것을 옷 입혔다. 그들은 일리아 사제에게는 아무런 관심도 기울이지 않았다.

사제는 자기의 동료인 사익 아바스 군주의 죄가 폭로된 이후 그에게 아첨하는 데에만 신경을 썼다. 그는 화강암처럼 단단했던 자리에서 이제는 촛불처럼 유순해졌다.

사익 아바스는 시간이 지나감에 따라 미친 병 환자와 같은 영혼의 질병으로 고생하게 되었다. 그는 울안에 갇힌 한 마리의 호랑이처럼 자기 집 안의 이곳저곳을 서성거렸다.

그는 커다란 목소리로 하인들을 불렀지만, 벽 이외에는 아무도 대답하는 이가 없었다. 그는 도와줄 사람을 소리쳐 찾아보았지만, 오는 사람은 그의 못난 아내뿐이었다.

그녀는 농부들이 그의 포악함에 잘 견디었듯이 남편의 잔인함을 참았다. 그리고, 사순절과 함께 신께서 봄이 옴을 예언하실 때, 사익의 인생은 겨울이 지나감과 동시에 끝났다.

그는 고통과 공포 속에서 죽었으며 그의 영혼은 그가 저지른 행위들의 영화 속에서 떨어져 갔고, 우리가 그 존재를 느낄 수는 있지만 볼 수는 없는 왕좌 앞에 벌거벗고 서기 위해 떠나갔다.

그의 죽음에 대해서 농부들의 의견은 가지각색으로 다양했다. 어떤 사람들은 그가 이성을 잃고 지쳐서 죽었다고 했다. 또 어떤 사람들은 그의 권위가 떨어졌을 때 절망감이 그의 인생을 좀먹어 자기 자신의 손으로 죽게 한 것이라고 말했다.

그러나, 그의 부인을 위로하러 갔던 아낙네들은 삼안 알라미의 귀신이 피로 덮인 옷을 입고 그의 앞에 나타나 한밤중에 5년 전 그가 시체로 발견되었던 곳으로 그를 강제로 끌고 다녔기 때문에 공포로 죽었다고 말했다.

봄이 되자, 마을 사람들에게 칼릴과 라헬의 딸 마리암의 숨겨온 사랑을 알렸다.

그들의 얼굴은 기쁨으로 빛났고, 그들의 가슴은 행복으로 춤추었다. —왜냐하면, 그들의 어두웠던 영혼을 일깨워 더 높고 넓은 영역으로 이끌어 준 젊은이가 그들에게서 떠날 걱정을 하지 않아도 되었기 때문이었다. 그들은 이제 그가 다정한 이 웃이 된다는 사실로 크게 기뻐하였다.

추수절이 다가와서 농부들이 논으로 나와 농작물을 모아 방앗간에 쌓았다. 그곳에는 농작물을 빼앗아 자기의 창고에 갖다 놓을 사익 아바스가 없었다. 모든 농부들은 각자의 씨앗을 뿌린 만큼 거두었고, 그들의 오두막집은 옥수수와 포도주와 기쁨으로 가득했다. 그리고 칼릴은 그들이 일하고 즐거워하는 데 항상 함께 해주었다.

그는 그들이 농작물을 거두고 포도의 즙을 짜며 과일을 따는 것을 도와주었다. 그는 사랑과 노력과 인내로써 그들로부터 떨어지지를 않았다.

그 마을의 모든 농부들을 그들이 눈물로써 뿌린 것을 기쁨으로 거두었고, 고통과 수고로 가꾼 열매들을 즐기면서 땄다.

그리고 땅은 그것을 경작했던 사람의 소유가 되었고 포도밭도 가꾼 사람들에게로 돌아갔다.

지금은 이러한 사건이 있은 후, 반세기가 지나서야 레바논 사람들에게는 각성하는 마음이 생겼다. 삼목나무 숲을 향해 걷는 여행자는 걸음을 멈추고 계곡의 옆에 신부처럼 앉아 있는 마을의 아름다움을 감상했다.

이제는 그 옛날의 오두막집이 비옥한 논과 꽃 피우는 과수원 깊숙이 자리 잡은 아름다운 저택으로 보였다. 그리고, 여행자가 마을 사람에게 사익 아바스에 대해 물어보면 그는 돌 더미들과 파괴된 벽을 가리키면서 대답할 것이다.

"이것이 그의 궁전이고, 그의 인생의 역사랍니다."하고……

그리고, 아마도 또 칼릴에 대해 질문을 받으면 손으로 하늘을 가리키면서 말할 것이다.

"저기 저곳에 우리의 좋은 친구 칼릴이 살고 있습니다. 그의 인생의 역사는 우리 아버지의 손으로 우리의 가슴 속 페이지마다 빛나는 글자들로 새겨져 있으며, 밤과 낮이 수없이 지나쳐도 그것을 지울 수는 없을 것입니다."〈끝〉

칼린 지브란 자전적 산문소설

고독한 영혼의 방랑자

초판 인쇄 2020년 12월 20일
초판 발행 2020년 12월 25일

칼릴 지브란 지음
이상영 옮김
홍철부 펴냄

펴낸곳 문지사
등록 제25100-2002-000038호
주소 서울특별시 은평구 갈현로 312
전화 02)386~8451/2
팩스 02)386~8453

ISBN 978-89-8308-554-2 (03840)

값 14,000원